U0115457

語言文字叢書

說文解字義證析論

馬顯慈　著

賀顯慈棣獲北京師大博士學位

卅年積學苦功餘　抱璞懷珠羨此儒

多識前言知育德　何天高翅杜連衡

江湖跌宕予晚　國步顛危賴汝挟

任重自堅寧懼遠　喜看吾道日非孤

注：易大畜象辭：「君子以多識前言往行以畜其德。」又上九：「何天之衢，道大行也。」小象：「何天之衢，道大行也。」識讀作志，記也。

辛巳仲夏新會陳海柏書贈

序言

　　在清代《說文》四大家中，對桂馥的研究最為薄弱。現代《說文》學的論著，有關桂馥的研究比之段玉裁、王筠、朱駿聲的研究偏少，全面解析桂馥《說文義證》的更是少而又少。《說文義證》在《說文》學中是有重要價值的著作，馬顯慈《〈說文解字義證〉析論》的出版，對《說文》研究是有重要推進的。

　　要公允評價桂馥《說文義證》的價值，必須從《說文》學的角度，對「四大家」加以全面的分析。段、桂、王、朱四家之所以並列，不僅僅是因為他們的成就最高，還因為他們各自代表不同的研究類型：段玉裁對《說文》的研究重在研發：他用引申義驗證了《說文》的本義，創「六書音韻表」突出了小篆的諧聲系統，用《說文》自身的體例來校改《說文》，他的功績是在理解《說文》的基礎上，發揚了《說文》的主要思想，提出了新的課題。王筠對《說文》的研究重在解釋：他揭示了《說文》中各種術語的實質，發掘《說文》的相關體例中反映出的規律，對《說文》中的諸多現象給予了詳盡的闡釋，從理性的角度，為許書立言。朱駿聲可以說是《說文》的轉型派：《說文通訓定聲》用《經籍纂詁》為材料庫，將《說文》以五四〇部形首為綱據形系聯的「形─義」體例，轉變為以十八聲首統帥的據音系聯的「音-義」體例，構建出另一個「說文（形）——通訓（義）——定聲（音）」的新框架，在這個框架下，《說文》僅僅是朱書的基礎材料和基本精神而已。說到桂馥，他對《說文》的研究重在還原：《說文義證》的主要任務是找回許書的原貌，理解、證實和闡釋許書的本源。

　　張之洞《說文解字義證敘》最開始的幾句話說:「治經貴通六義,然求通義理必自音訓始,欲通音訓必自《說文》始。」我們把這幾句話反轉過來理解,必會領悟到:《說文》是通音韻訓詁的基礎,而音韻訓詁是治經學、明義理的基礎。經史諸書是《說文解字》的來源,《說文解字義證》的主要工作就是客觀地去尋求這個來源。這是樸學精神的第一步,是漢學「求實」精神的最重要的體現。從某種意義上說,解釋、研發甚至轉型,都要在恢復原典本來面貌的基礎上進行,這是《說文》學的根基。就工作的類型和程序而言,桂馥不在四大家之末,而在四大家之首。

　　還原是歷代經典閱讀最具挑戰性的工作,尋求古人的原意,不但需要淹博,而且需要識斷,既要精心細緻,又需銳敏清醒,細讀和通讀《說文解字義證》,是可以感受到通曉經學、「小學」,又是書法家、篆刻家的桂馥所具有的全面的素質。唯有在還原基礎上的研發和解釋,才能得其要領。王筠作《說文解字句讀》,主要用《說文解字注》和《說文解字義證》刪繁舉要,二家同說,則多用桂氏說,正是看准了桂馥《說文解字義證》客觀還原的特點。我這樣說,並不是否認段、王、朱,尤其是段玉裁治《說文》的成就,而是強調學習桂書的重要性和不可替代性。

　　顯慈上世紀末到北京師範大學攻讀博士學位,論文題目定爲《〈說文解字義證〉研究》。這部《〈說文解字義證〉析論》是在他二○○一年完成並舉行答辯的博士論文基礎上增補修訂而成的。北京師範大學的《說文》學由陸穎民(宗達)先生親傳,極得「乾嘉——章黃」之學的精華。穎民師十分重視治經治史治「小學」的客觀還原工作,他經常說:「讀古代的典籍,先要理解,還其本來面貌,再去評價、發揮、採用。萬不可臆測妄言,曲解古義,一字之謬,難免失之千里。」顯慈博士論文的選定和中心思想的確立,都是與這些教導有關的。

　　顯慈是一位忠於學術、爲人醇厚的學者，不論遭遇如何，總是埋頭苦幹，勤於學習而毫不懈怠。他的博士論文在通觀《說文解字義證》全書之後，有根有據地論證了桂書的得失，比之一般泛泛之作，已經具有了較高的水平。《〈說文解字義證〉研究》在答辯時得到七位評委一致的好評。論文的答辯決議說：「對於桂書，學界多以爲僅是『臚列古籍』而『不下己意』，馬顯慈的論文則據大量事實指出，桂氏有自己的觀點，有評論，有分析，只是對少數不能定奪者絕不妄測，更無私自篡改原意以遷就己說之舉。這種新的看法論據充足，突破眾說與泛論，對學術發展是有所推進的」。這裡還要介紹《說文》純熟又有很深古文字造詣的趙誠先生對顯慈學術能力的評價。趙誠先生的評語在肯定了論文選題的重要性和取得的成就後說：「《說文解字義證》一書搜集、徵引例證廣泛，所引書證中的相當一部份字詞用義艱深、隱晦，不宜推求，其研究難度和工作量之大不言而喻，從馬顯慈君的引述和論證中，可知作者對本學科及相關學科的研究狀況和最新進展瞭解全面，並有著堅實的理論基礎和較強的專業能力；加之此文材料翔實、結構嚴謹、表達準確、學風規範，是一篇高水平的論文。」這是可以代表評委們的總體意見的。但是，十年來，顯慈並沒有急於將其付梓出版。他在不斷思考、詳細斟酌，增刪補訂，使趨完善。可以看出，在十年沉澱之後，本書的質量比之二〇〇一年，又已有了一定地提高。

　　《說文》學是中國傳統語言學的根底之學，這門經過近兩千年積澱、爲歷代學者作出輝煌成績的具有中華特色的專門學科，今後的發展還有很大的空間，切盼顯慈在百忙的工作中，對這個自己已經熟悉的領域做出更大的成績，以惠當今，以享來者！

二〇一二年四月二日於北師大

目次

前言

　　桂馥，清山東曲阜人，字冬卉，號未谷，與段玉裁、王筠、朱駿聲並稱「《說文》四大家」。桂氏少承家學，喜好讀書，博覽群籍，聞多識廣，學問貫通經史，一生專攻文字、訓詁之學，對書法、篆刻、戲曲、音樂頗有精深研究，又雅好書畫藝術，工於古隸、篆法，另有古詩、戲曲等文藝創作，皆存於世。

　　《說文解字義證》是桂氏畢生用力之作，其撰作宗旨有二，其一論析許慎《說文解字》一書之訓解，包括其字形之筆法結構及說解訓釋，其二翻檢群書爲許篆尋找本義，以書證闡釋許慎之說解及文字之借義。清人張之洞十分欣賞桂氏此書，評說其能「令學者引神貫注，自得其義之所歸」(《說文解字義證‧敘》)。事實上，書名以「義證」爲題，已清晰交待作者編撰之精神及其特色。桂氏於〈附錄〉曾申述自己參照梁朝舍人孔子祛「檢閱群書以爲義證」(見《梁書‧孔子祛傳》)之研究方式，此書命名及撰作目的由此可知。

　　《說文解字義證》並非只以書證說字，不能視作一部參考性質工具書。此書處處是寶，字裏行間盡見作者心血，包涵了桂氏畢生研治學問之心得，書中分析、評論、比較、互證皆有，是一部書證豐富，材料賅備，述論有法之《說文》研究專著，在學術、文化方面皆有高度價值與貢獻，不比段、王、朱三家之《說文》代表作遜色。誠然，桂馥學問在其生時已名聞天下，與段玉裁齊名於當世，享有「南段北桂」之美譽。

　　《說文解字義證》於桂氏生時完成，但是沒有付梓出版，長期以來只以稿本流傳。直到一八五一年，桂氏離世後四十六年，此書由當世有名學者許瀚詳細校訂後，才刊入《連筠簃叢書》。其間點

校、刊刻等工序又諸多不順利，波折重重。之後，此書版片又遭戰火所燬，刊本傳世甚少，流播不廣，影響力自然不及其他《說文》名家之作。一八五三年，王筠《說文解字句讀》脫稿，王氏在其〈自敘〉及〈凡例〉交待曾參考桂氏此書與段氏《說文注》，並謂「二家說同，則多用桂說」，桂氏《說文解字義證》漸為學術界重視。

眾所周知，清代訓詁、考據之學大興，乾嘉之世尤其流行樸實無華、注重語言實際之論學風氣。此不主觀、不武斷、不浮誇失實之探究學問態度，源自上古質樸之學風，正是桂馥一向秉承之傳統研究精神。桂氏以漢、唐人之注經手法，將《說文》全書逐字逐句疏解，務求通過文獻查考及以書證字方式，為許慎所訓解之篆字、古文，乃至訓釋文辭、引用材料，逐一提出具體而堅實的疏證。作者尊重前人研究成果，忠於《說文》之編排及說解體系，按一字一句疏證原則，以書證辨釋立論，於有必要處出案語闡析辨證，凡引證能將問題說通，則不下案語申說，此為《說文解字義證》全書之一貫風格。

本書以《〈說文解字義證〉析論》為題，主要由兩個重心構成。其一為分析桂氏全書內容，包括其編寫情況、體例編排、闡釋系統、說解理據與表述方式。另一是論述此書之學術成就與缺失，及其與段、王、朱三家之《說文》研究比較。通過《說文解字義證》與有關文獻之辨解論述，及互相印證之比較分析，闡釋桂氏之《說文》研究成果，並綜合評論其學術地位與貢獻。

第一章
緒 論

　　清代是小學黃金時代，《說文》研究的成果是空前璀璨。近代文字學家唐蘭先生（1901-1979）在他的《中國文字學・前論》就這樣評價：「跟著漢學的復興，清代《說文》學有了從來沒有的昌盛，小學比任何一種經學發達，而在小學裏，《說文》又特別比其他字書發達」。[1]清代的確是《說文》研究的鼎盛時期，王鳴盛（1722-1798）曾說：「《說文》為天下第一種書，讀徧天下書，不讀《說文》，猶不讀也」。[2]可見《說文》是如何受到重視。清代文字學著述相當豐富，成就巨大，可謂史無前例。據丁福保（1874-1952）《說文解字詁林・引用諸書姓氏錄》統計，由清初到清末的章炳麟（1869-1936）為止，研究《說文》的已超過二百人。[3]丁氏於《說文解字詁林・自敘》特別標舉段玉裁（1735-1815）的《說文解字注》、桂馥（1736-1805）的《說文解字義證》、王筠（1784-1854）的《說文釋例》、《說文解字句讀》、朱駿聲（1788-1858）的《說文通訓定聲》，認為是清代最傑出的《說文》著作，並高度讚揚「四家之書，體大思精，迭相映蔚，足以雄視千古」。[4]段、桂、王、朱四家的著作，正好標誌著清代小學研究里程中的一個輝煌階段。清末國學大師梁啟超（1873-1929）

1　見《中國文字學》唐蘭著，香港：太平書局，1949 年，頁 22。

2　見王鳴盛《說文解字正義・序》，輯於《說文解字詁林》丁福保編，臺北市：鼎文書局，1983 年，第 1 冊，頁 328a。

3　案：《說文解字詁林》所記〈《說文解字詁林》引用諸書姓氏錄〉，作者為周雲青。見《說文解字詁林》，第 1 冊，頁 69-74。

4　見丁福保〈說文解字詁林敘〉，《說文解字詁林》，第 1 冊，頁 8b。

在《清代學術概論》一書討論到清代的《說文》學時,也特別標舉出四家的代表作。[5]事實上,段、桂、王、朱之所以被稱為「《說文》四大家」,正是因為他們都對許慎的《說文解字》進行了深邃而獨特的研究,其成果得到學術界的推崇和讚許,對清世乃至現代的《說文》研究都有一定的影響。

然而,一門學術之所以發達,必定有讓它可以發展的空間及其原因,而與之有緊密相關的歷史背景與時代思潮,都是不容忽視的推動力量。梁啓超曾提出「時代思潮」這個概念,認為「凡『時代』非皆有『思潮』,有思潮之時代,必文化昂進之時代也」。[6]清代在中國文化史上當然算是一個重要的時代思潮,根據梁氏的闡述,所謂「清代思潮」就是對宋明理學之一大反動,而以「復古」為其職志;它的動機與內容,都與歐州的「文藝復興」相類。自秦代以後,漢之經學、隋唐之佛學、宋明之理學、清之考據學,皆是舉足輕重的時代思潮。而由明末到清這三百年的時代學術主潮就是「厭倦主觀的冥想而傾向於客觀的考察」。[7]

明末清初,對中國學術思想最有影響的是黃宗羲(1610-1695)、顧炎武(1613-1682)、王夫之(1619-1692)三位偉大學者。在中國文化史和思想史上,他們是重要的啓蒙先驅。他們反對封建法制、封建特權、等級制度,反對科舉制度和官僚制度,並利用各種表達方式,表示出對封建思想、專橫制度和依存於它的一切附屬物的強烈憤慨感情。他們的進步思想一方面突破了傳統的思想樊籠,另一方面提出了具有民主觀念和綱領的政治理念,以及具系統而適合當時社會發展趨勢的新思潮。[8]黃宗羲、顧炎武、王夫之,這些前代

---

5 見《清代學術概論》梁啓超著,臺北市:水牛出版社,1981 年,頁 83。

6 見《清代學術概論》,頁 1-2。

7 見《中國近三百年學術史》梁啓超著,臺北市:華正書局,1974 年,頁 1。

8 詳見《儒生與國運》劉修明著,杭州市:浙江人民出版社,1997 年,頁 589-590。

遺老，在清初非常重要的影響著學術界，他們所努力的，是要對前代的學術思想實行革新，雖然他們所要建設的新學派頗多方向，但總目的是在於「經世致用」[9]。據梁啓超的分析，這三位大學者不是爲學問而做學問，是爲政治而做學問，要用學術與滿清皇朝抗衡。他們是滿州人認爲最難纏的一撮反動力量，因爲他們是民眾的指導者，滿清統治前途的暗礁，都與他們密切相關。[10]爲了壓抑這些反動思潮，也爲了保著自己的江山，滿清政府不得不嚴正對待。自順治元年（1644）至康熙十二年（1674），三十年間，清廷政策作出了多次調整，由利用政策到高壓政策，之後又轉爲懷柔政策。康熙是懷柔政策的策動者，他分三著實施：第一著爲康熙十二年之薦舉山林隱逸，第二著爲康熙十七年（1679）之薦舉博學鴻儒。不過，這兩著並收不到預期成效。第三著爲康熙十八年（1680）的開《明史》館，基於當時不少學者都非常眷戀故國文獻，而編撰前代歷史卻是私眾之力難以辦好的事，於是得到了正面的迴響。[11]此後，康熙又分別於四十五年（1706）、五十五年（1716）完成於《古今圖書集成》及《字典》（後名《康熙字典》）之編撰工作。這種看似重視重建漢人典籍文化的具體行動，對於當時無論在朝或在野的文人學者，特別是漢族人民，在其思想及心理上皆有一定的安撫平順作用。

---

[9] 參考《中國哲學大辭典》方克立主編，北京市：中國社會科學出版社，1994年，頁493-494，「經世致用」條。

[10] 關於黃宗羲、顧炎武、王夫之三人不屈從清朝的情況及其注重經學、史學之精神與目的，詳見《清史稿》趙爾巽等撰，北京市：中華書局，1977年，〈儒林傳‧二〉，頁13166-13169、頁13102-13106、頁13106-13108。另參考《清朝通史》朱誠如主編，北京市：紫禁城出版社，2003年，〈明末清初三大思想家〉，頁74-78。

[11] 見《中國近三百年學術史》，頁16-18。

　　事實上，由順治至乾隆都曾大興文字獄[12]，在康熙、雍正兩朝，又同時大力提倡宋學──程朱學說，但是民間──以江浙爲中心的「反宋學」氣勢已日漸壯大，而且更標舉出漢學名目與之抵抗，宋學始終振興不起。乾隆之世，從事漢學研究的學派更得到空前巨大的研究成果，滿清政府就藉此致力發展文化事業，一如康熙時編撰《字典》那樣，結集了一大批學者去編纂體系及數量都非常龐大的《四庫全書》。四庫開館，自乾隆三十八年（1774）至四十七年（1783），歷時九年而成，所著錄書本三千四百五十七部，七萬九千七十卷，存書目六千七百六十六部，編成九萬三千五百五十六卷。乾隆以保存漢人的文化文物爲號召，其中重要目的有三：一、消耗文人的精力，二、平服明末遺老的反抗情緒，三、積極防範反滿思想的蔓延。[13]

　　我們要談到滿清政府的種種政策與行動，就是因爲以研究《說文》而得到輝煌成果的「乾嘉學派」，正是在這樣的政治環境及學術氣候下生根蓬勃起來。當然，康熙時《字典》的編撰方式與顧炎武等遺老所倡議的學術研究態度，都對乾嘉學派的研究路向有著非常重要而深遠的影響。以《字典》的編撰來論，此書由張玉書（1642-1711）、陳廷敬（1639-1712）等三十人，於康熙四十九年（1710）奉詔集體編撰，至康熙五十五年（1716）而成。《康熙字典》收字量龐大，共收四七〇三五字，比明代梅膺祚的《字匯》、張自烈（1564-1650）《正字通》多出一萬多字。[14]《字典》主要內容有五項：1.列出該字正體，古文形體列於正體之後；2.注音，羅列古代各類韻書的反切，並用直音注音；3.解釋該字本義，逐條臚列，兼且附有豐富的書證；4.列出該字的別音、別義；5.列出該字

---

[12] 見《中國文字獄的眞相》李鍾琴著，臺北市：國家出版社，2011 年，第四章。

[13] 同上，頁 24。

[14] 梅膺祚，生卒不詳，待考。其作《字匯》（另稱《字彙》），收楷體單字三三一七九個。張自烈《正字通》收楷體字及異體字合共三三五四九個。

的別體、重文。書前「凡例」更強調對《說文》應用的重視：「六書之學，自篆籀、八分以來，變爲楷法，各體雜出，今古代異。今一以《說文》爲主，參以《正韻》，不悖古法，亦復便於楷書」[15]，也具體交代了全書收字及正字的原則。《康熙字典》的編撰精神與形式，正好爲後來的「乾嘉學派」的《說文》研究，提出了一個具系統的編撰楷模，同時開啓了清儒研究學問的方向與態度，所謂「輕主觀而重客觀」、「賤演繹而尊歸納」[16]的治學軌跡。

明末清初的的學術研究，以顧炎武倡導的「通經致用」帶動主流，他主張根據經書和歷史去立論研究，以達到「明道救世」的目的。[17]顧氏說：「古今安得別有所謂理學者？經學即理學也。……自有捨經學以言理學，而後邪說以起」[18]，表現出一派堂堂正正的嚴謹治學風範。然而，清儒重視《說文》的研究也始自顧炎武。顧氏在《日知錄》卷二十一，這樣說：

自隸書以來，其能發明六書之指，使三代之文尚存於今日，而得以識古人制作之本者，許叔重《說文》之功爲大，後之學者一點一畫莫不奉之爲規矩。而愚以爲亦有不盡然者，且以六經之文，左氏、公羊、穀梁之傳，毛萇、孔安國、鄭眾、馬融諸儒之訓，而未必盡合，況叔重生於東京之中世，所本者不過劉歆、賈逵、杜林、徐巡等十餘人之說，而以爲盡得古人之意，然與否歟？一也。五經未遇蔡邕等正定之先，傳寫人人

---

[15] 「凡例」，見《康熙字典》，上海市：上海辭書出版社，2008 年。上述分點說法，參考《中國學術名著提要•語言文字卷》胡裕樹主編，上海市：復旦大學出版社，1992 年，頁 347-349。

[16] 梁啓超語，見《清代學術概論》，頁 175。

[17] 參考《中華儒學通典》吳楓、宋一夫主編，海口市：南海出版社，1992 年，頁 1144-1145，「顧炎武」條。

[18] 顧說見清人全祖望〈神道表〉，收於《亭林先生年譜》張穆著，出版地及出版者不詳，1844 年，頁 115b。

各異，今其書所收，率多異字，而以今經校之，則《說文》爲短，又一
書之中，有兩引而其文各異者，後之讀者將何所從？二也。流傳既久，
豈無脫漏，即徐鉉亦謂篆書堙替日久，錯亂遺脫，不可悉究，今謂此書
所關者，必古人所無，別指一字以當之，改經典而就《說文》，支離回
互。三也。……今之學者能取其大而棄其小，擇其是而違其非，乃可謂
善學《說文》者與？[19]

　　顧炎武這番議論表述他不盲從、不妄說，實事求是的治學態度，
開啓有清一代之考據學風，爲後世的《說文》研究成就奠定了重要
基礎。[20]梁啓超在《中國近三百年學術史》非常推許顧炎武的主張
與貢獻，認爲顧氏之所以能在清代學術界佔最主要位置有兩點：第
一在他做學問的方法，給後人許多模範；第二在他所做的種類，替
後人開出路來。[21]

　　乾隆、嘉慶年間，一些學者繼承及發揚了顧炎武的主張，用訓
詁、考據的方法來研究經學，進而擴大到對古籍進行整理，與此同
時又進行語言文字的研究，形成了一派「樸學」風氣，這就是後人
所稱道的「乾嘉學派」。乾嘉學派主要分兩大派系：以惠棟（1697-1758）
爲首的吳派和以戴震（1723-1777）作領導的皖派。[22]乾嘉學派主要
研究焦點是經學，而復古與樸質正是這派的特色。乾嘉學者研究經
書的目的，是要恢復他們認爲最可信的東漢古文經學家之解說，尤
其是東漢賈逵、馬融、許愼、鄭玄等注經專家的傳注。當時的研究

[19] 見《日知錄》顧炎武著，輯於《四庫全書》，上海市：上海古籍出版社，1987年，第858
　　冊，頁864-865，「《說文》」條。
[20] 見《漢語傳統語言學綱要》韓崢嶸、姜聿華著，長春市：吉林大學出版社，1991年，頁
　　86。
[21] 見《中國近三百年學術史》，頁67。
[22] 兩派之說，主要參考《中國近三百年學術史》，頁22-23。

學風很盛，學者著作豐富，惠棟有「古訓不可改」[23]的主張，戴震則提出「故訓明則古經明」[24]，又謂：「以肆經爲宗，不讀漢以後書」。[25]乾嘉學者以漢學爲研究對象，以「由字以通其詞，由詞以通其道」[26]爲研究方法。於是就從文字、音韻、訓詁入手，考證字義，辨明名物，疏解傳注，以求做到無一字沒來歷，無一事沒出處。

　　吳派領袖惠棟是一位經學專家，曾說「訓詁古音古字，非經師不能辨」[27]。他著有《讀〈說文〉記》十五卷，是清儒第一本研究《說文》的專書，不過書中創見不多，沒有受到當世學者高度重視。可以說，在《說文》研究方面，惠棟是一位開拓者，但對於清代學術界卻沒有重大影響。[28]皖派領袖戴震，他雖然沒有專書討論《說文》，但是非常重視傳統的小學，從十六、七歲起就致力於《說文》研究，曾與其師江永（1681-1762）詳細討論六書的理論。戴震開創了清代的訓詁研究，其對當世訓詁學的貢獻，主要體現於其研究方法。戴氏主張實事求地進行客觀考察和分析，他在〈與姚姬傳書〉說：

> 有十分之見，有未至十分之見。所謂十分之見，必徵之古而靡不條貫，合諸道而不留餘議，鉅細畢究，本末兼察。若夫依於傳聞以擬其是，擇於眾說以裁其優，出於空言以定其論，據於孤證以信其通。雖溯流可以

---

[23] 見〈九經古義・原序〉惠棟著，輯於《四庫全書》上海市：上海古籍出版社，1987 年，第 191 冊，頁 362。

[24] 見戴震〈題惠定宇先生授經圖〉，《戴震集》上海市：上海古籍出版社，1980 年，頁 214。

[25] 見《漢學師承記》江藩著，臺北市：臺灣商務印書館，1970 年，卷三，頁 51，「錢大昕」條。

[26] 見戴震〈與是仲明論學書〉，《戴東原集》戴震著，輯於《萬有文庫》第一集，上海市：商務印書館，1929 年，卷九，頁 30。

[27] 見〈九經古義・原序〉，同註 22。

[28] 有說關說法，參考《中國近三百年學術史》，頁 232。

知源，不目覩淵泉所導，循根可以達杪，不手披枝斡所歧，皆未至十分
之見也。[29]

　　這是他對治學方法的見解，與清初傳統學者，如顧炎武、王夫
之等人的研究方法正是一脈相承。戴氏用考據學治經，並且注意到
小學與經學的關係，他在〈古經解鉤沈序〉說：

　　經之至者，道也；所以明道者，詞也；所以成詞也，未有能外小學文字
　　者也。由文字以通乎語言，由語言以通乎古聖賢之心志。[30]

在〈六書音韻表序〉又說：

　　許叔重之論假借曰：「本無其字，依聲託事」。夫六經字多假借，音聲失
　　而假借之意何以得？故訓、音聲相爲表裏。故訓明，六經乃可明。後儒
　　語言文字未知，而輕憑臆解，以誣聖亂經，吾懼焉。[31]

　　誠然，戴震是一位「寔事求是，不偏主一家」[32]、治學細密而
重視客觀理據分析的學者。清人余廷燦（1729-1798）說他「有一
字不準六書，一字解不通群經，即無稽者不信，不信者必反復參證
而後安，以故胸中所得，皆破出傳注重圍，不爲旁岐駢枝所惑」。[33]

---

[29] 見《戴東原集》，收於《萬有文庫》第一集，上海市：商務印書館，1929 年，卷九，頁 31。
　　案：姚姬傳，即姚鼐（1732-1815），清代文章家，四庫館開，曾充任篹修官。

[30] 見《戴東原集》，卷十，頁 36。

[31] 同上，頁 41。

[32] 說見《潛研堂集‧戴先生震傳》錢大昕著，呂友仁標校，上海市：上海古籍出版社，1989
　　年，頁 710。

[33] 見〈戴東原先生事略〉余廷燦撰，輯於《國朝耆獻類徵初編》，周駿富輯，臺北市：明文

而戴氏也認為治學要「巨細畢究，本末兼察」[34]才能深刻，指出治經要注意「傳其信，不傳其疑，疑則闕」[35]，具有一種重視真實性、歷史性、系統性的研究精神。他提倡通過文字、音韻來判斷及瞭解古書的內容及其含義，即是以語言文字作為治學的手段。又強調治學要有「十分之見」，就是要求大家對知識要具有深刻透徹的理解。戴氏反對「食而不化」的學習方法，他說「苟知問學猶飲食，則貴其化，不貴其不化。記問之學，入而不化者也」。[36]所謂「貴其化」，就是要求掌握知識注重融會貫通，而戴氏治學原則就是要講求實用、靈活，並且注重通變和系統。戴震學問廣博深邃，滿腹經綸，貫通經史，天文地理，水利、數學，無不通曉，為當世名師。他講學深入淺出，引人入勝，一時好學之士，登門拜訪，絡繹不絕。盧文弨（1717-1796）、段玉裁、王念孫（1744-1832）、王引之（1766-1834）等學者，都分別向戴氏請益，其中有些要求拜他為師，有些則因仰慕其學問而自稱弟子。「《說文》四大家」之一的桂馥，在當世也曾親自向戴震問學，並給指點過研究學問的門徑。[37]

　　吳、皖兩派都有各自的思想宗旨、治學方式、研究重點與學術風格，形成自己的學術體系。吳派學者以研治《周易》和《尚書》較多，他們尊重漢儒之說，重點在於考證疏解經義，風格篤實謹慎，少下己見。此派繼承者有江聲（1721-1799）、余蕭客（1729-1777）、江藩（1761-1831），成就卓越而學問淵博的首推錢大昕（1728-1804）。江藩曾評錢氏說：「學究天人，博綜群籍。自開國以來，蔚然一代儒宗也」。

書局，1967年，卷131，頁149-817。

[34] 見〈與姚姬傳書〉戴震撰，《戴東原集》，頁31。

[35] 同上。

[36] 見《孟子字義疏證》戴震著，北京市：中華書局，1982年，卷上，頁8，「理」字條。

[37] 桂馥曾問學於戴震，戴震對他說：「江慎修先生不事博洽，惟孰讀經傳，故其學有根據。」見《晚學集》桂馥著，收於《式訓堂叢書》，卷六、〈上阮學使書〉，頁1。

38至於以戴震爲代表的皖派，則精於小學，治學不拘泥於漢儒經說，以考據詳博、嚴正細入見長，而且多出己見，勇於駁論，特別重視音韻、文字、訓詁功夫。吳、皖兩派並不對立，學術主張有不少共同的地方，因此互爲影響，互爲師友。吳派學者王鳴盛曾評惠棟與戴震兩家的區別說：「方今學者推斷兩先生，惠君之治經求其古，戴君求其是。究之，舍古亦無以爲是」。39王氏並沒有因爲自己是吳派而偏頗一隅，其客觀、中肯、樸實風範，由此可見。

　　乾嘉學派中的「《說文》四大家」，段、桂、王、朱就是在這樣的學術氣氛下，孕育出來的偉大學者。他們同出一脈，研究各有所承，而且著作豐厚，各自有驕人的成就。四大家的《說文》研究著作之中，以段玉裁的《說文解字注》（亦簡稱《段注》）最爲學術界所關注及推許。段氏是由清世到現代都爲人討論得最多的清代《說文》專家。據本文所見資料統計，清世論及《段注》的專書與單篇論文，已有百多篇。40與桂、王、朱三家相比，段玉裁的《說文》學無疑是非常突出，也是最得到學術界重視。事實上，《段注》一出就成爲當世的研究熱點，此書對當世學術界之研究風氣，委實具有深遠而重大的影響，是乾嘉當世甚至是清末以來的《說文》學者均難以逮及。當代語言學大師王力先生（1900-1986）在他的《中國語言學史》曾分別評述四大家的《說文》研究，他把段氏排在首位，並稱許段氏的《說文》研究，說該書最大的創造在於：一是敢

---

38 見《漢學師承記》江藩著，輯於《經學叢書初編》邱德修編，臺北市：學海出版社，1985年，第12冊，頁272。

39 王鳴盛說，轉引〈戴先生行狀〉、收於《初學堂遺稿》卷一。

40 《中國語言學論文索引》中國科學院語言研究所編（香港：三聯書店，1978年），頁53，「《說文段注》」下收錄了專論題目18篇。本文曾對其清代《說文》研究著作做過統計，其中與「《說文段注》」有關的專著有26篇。及至廿一世紀初，在中國大陸已有若干關於段氏的專書刊行，香港、臺灣兩地學者對《段注》及其相關的研究也有不少，保守估計可能已有百餘篇。

於批評許慎，二是注意到詞義的變遷。[41]近期，中國大陸《說文》學者李傳書（1944-），在他的《說文解字注研究》裏披露自己多年來對《段注》的精心研究。李氏總結《段注》對後世的影響有三點：一、開通《說文》研究的道路，直接地造就後世對《說文》研究的條件；二、段氏的語言學理論，開創語言學研究的前景；三、《段注》的研究成果，推動文字、音韻、訓詁等各個方面的發展。[42]近代語言學專家周祖謨先生（1914-1995）也曾評論段氏注解《說文》：「不僅能淹貫全書，發其義蘊，而又能疏通古今音訓，深知大要，所以大爲學者所推重」。[43]事實上，段氏的研究是突破了單純校訂、考證的舊框架，他全面論述了文字形、音、義的相互關係。無可否認，《段注》是一部體大思精的不朽巨著。

　　王筠的《說文》研究，主要在《說文釋例》、《說文解字句讀》（以下簡稱《釋例》、《句讀》）兩書。王力先生指出王筠是側重於整理的工作，《說文釋例》有較多創見，他是四家當中唯一注意到文字學的普及工作。[44]近代學者胡樸安（1878-1947）曾評說：「清朝文字學諸家，能自成一書，解釋《說文》全部之例，足爲後學之指導者，當推王筠之《說文釋例》」。[45]綜觀當代一些專家學者之評論而言，王氏對《說文》研究的貢獻有四方面：一、具系統性闡發《說文》條例，爲後人研讀《說文》提供指示性方向；二、注意文字之間的字義聯繫，揭示了文字孳乳演變的規律，提出了「分別文」、「累增字」的概念；三、利用金文、石刻等古文字材料研究漢字的

---

[41] 見《中國語言學史》王力著，香港：中國圖書刊行社，1984 年，頁 114-115。

[42] 見《說文解字注研究》李傳書著，長沙市：湖南人民出版社，1997 年，頁 193-199。

[43] 見《論段玉裁〈說文解字注〉》周祖謨著，輯於《北京大學百年國學文粹・語言文獻》，北京市：北京中國傳統文化研究中心，1998 年，頁 158。

[44] 見《中國語言學史》，頁 131-133。

[45] 見《中國文字學史》胡樸安著，臺北市：臺灣商務印書館，1988 年，頁 341。

字形結構，訂正《說文》說解的訛誤；四、將文字學知識普及化，由淺入深，注重初學者的理解，此於其《句讀》與《文字蒙求》兩書最能體現出來。[46]

朱駿聲的《說文通訓定聲》（以下簡稱《通訓定聲》或朱書），其最大的貢獻是運用聲義相通的理論去全面解釋詞義。[47]王力先生謂朱氏突破了許慎專講本義的舊框架，而進入了一個廣闊的天地。[48]誠然，朱駿聲的《說文》研究與王筠的《說文釋例》都是別出心裁的編撰，分別運用前所未有的新演繹方式。在編排上，朱氏更是別具一幟，擺脫了字形、部首的規限，從字音上觀察詞義的變化與發展，以及字與字之間的通轉關係，又把傳統的中國文字從字形排列改爲韻部排列。其實，此書以韻部編字的理念及排檢格局，與阮元（1764-1849）在嘉慶四年（1799）刊行的《經籍纂詁》很有相關性。朱書以《說文》九千多個篆字爲重編內容，書中材料則按古音韻部劃分類別，爲假借理論的分析奠定基礎，並將同一聲符的文字連繫起來，爲「音近義通」之說提供了參證材料。[49]《通訓定聲》反映出朱氏對一詞多義現象的高度重視，作者藉著文字音義之理據而進行深入細緻的研究。此書完全打破了許慎《說文》分作五百四十部的「據形聯繫」體例，將文字的部首編制拆散而重新組織，所

---

[46] 有關王氏的《說文》研究貢獻，主要參考：《漢語文字學史》黃德寬、陳秉新著，合肥市：安徽教育出版社，1990 年，頁 145-147；《中國語言學史》王力著，頁 131-133；及拙作《說文解字句讀述釋》（香港：新亞研究所煜華文化出版社，2011 年），頁 21-23，及〈前言〉部分。

[47] 見《中國傳統語言學要籍述論》姜聿華著，北京市：書目文獻出版社，1992 年，頁 365。

[48] 見《中國語言學史》，頁 126。

[49] 參考《說文學導論》余國慶著，合肥市：安徽教育出版社，1995 年，頁 142。

謂「舍形取聲，貫穿聯綴」[50]，是一部在研究方法上融化《說文》成果，而又以它爲研究材料的自成體系之字詞分類專著。

　　至於桂馥的《說文解字義證》（以下簡稱《義證》或桂書），一般學者的意見都認爲它最大優點是材料豐富，它引用他書之說解證實《說文》說解，引他書所引之《說文》以互相參證，引他書以補充《說文》之不足，其取材廣泛，經史子集，無所不包。[51]王力先生認爲它的是一部非常有用的材料書，並指出它明顯的缺點是桂氏先認定《說文》所講都是對的，因而書中所找的例證就是勉強牽合。[52]也有學者認爲桂書特點不在於獨到的見解，而在豐富的例證，它是一部訓詁資料的匯編，但是僅在於文字的形義上下功夫，以古書文義作例證，所以最多只能明訓詁之所以然。[53]梁啓超在《中國近三百年學術史》也曾評說桂馥的識力不及段玉裁，評論「桂書恪守許舊，無敢出入」，以及「案而不斷」。[54]梁氏在他講學中的「小學書及文法書類」一節裏，也只提及段、朱、王三家的代表著作做入門書目，梁氏說：「段著爲《說文》正注，朱注明音與義之關係，王著爲《說文》通釋，讀此三書，略可通《說文》」。[55]他並沒有提及桂馥的《義證》。

　　綜合以上幾家意見，桂馥的《說文》研究地位似乎是在於段、王、朱三家之下。桂氏《義證》只是「一部訓詁資料匯編」，由於王筠的推重，張之洞（1833-1909）的宣傳，才與《段注》並舉，結果一時出現了段、桂齊名的局面，其實是不能與《段注》相比。

---

[50] 見朱駿聲著《說文通訓定聲‧凡例》，北京市：中華書局，1984 年，頁 13。

[51] 見《說文解字導讀》蘇寶榮著，西安市：陝西人民出版社，1995 年，頁 442。

[52] 見《中國語言學史》，頁 121-122。

[53] 見《中國小學史》胡奇光著，上海市：上海人民出版社，1987 年，頁 276。

[54] 見《中國近三百年學術史》，頁 233。

[55] 見《梁啓超國學講錄二種》梁啓超著，北京市：中國社會科學出版社，1997 年，頁 109。

[56]如此看來，桂書就沒有其麼價值與成就，甚至不應該與段、王、朱三家同列，或者應說「《說文》四大家」裏不宜讓桂馥佔一席位。

然而，這樣的評論是否客觀和公允？未討論桂書的內容及其特色之前，或許先讓我們思考一下以下幾點：假若桂書是不能與《段注》相比，爲甚麼在乾嘉時期的王筠要研究它？王筠的《句讀》是他晚年的代表作[57]，他的《說文釋例》早已發表，而且創獲甚多[58]，爲甚麼他撰寫《句讀》時又要參考段、桂兩書？其實，道理很簡單，因爲這兩部都有研究與參考的價值。王筠在書中序文的「凡例」裏，曾明白的說出「二家說同，則多用桂說」[59]，這已清楚表明了他是偏重桂說的立場。王筠多用桂說正是因爲《義證》比《段注》有更多可取的地方。假若桂書的水平低於《段注》，王筠又怎會這樣說？王氏在序文裏又接著說：「以其書（所指是桂書）未行，冀少存其梗概，且分肌擘理，未谷尤長」[60]，更是清楚的道出桂書是具有系統性的優點。事實上，王筠撰作他的《句讀》時，桂書還未刊行，流傳的只是抄本。[61]王氏後來還參與編校桂書的工作，對桂氏的學問及其《義證》肯定具有相當深入的研究。然而，當時的《段注》

---

56 見《中國小學史》，頁 276。

57 案：《說文解字句讀》始撰於道光二十一年（1841），於咸豐三年（1853）脫稿，前後凡十三年。書成時，王筠已六十九歲。見拙作《王筠〈說文解字句讀〉研究》，香港大學中文系哲學碩士論文，1994 年，頁 5。

58 《說文釋例》成書於道光丁酉年（1837），當時王筠五十三歲。參考：《中國古代語言學家評傳》吉常宏、王佩增編，濟南：山東教育出版社，1992 年，頁 589。王力評《說文釋例》創見較多，工作做得很細很好。見《中國語言學史》，頁 131。

59 見《說文解字句讀》王筠著，北京市：中華書局，1988 年，頁 4。

60 同上，頁 4。

61 桂馥《說文解字義證》於桂氏生前未刊行，長期以抄本流傳。清光六年（1826），李璋煜延請許瀚、王筠等據抄本整理，於道光二十七年（1847）由楊尚文出資刊刻，咸豐二年（1852）全書刊刻完成。說見 1987 年由齊魯書社出版的《說文解字義證》之「出版說明」。另見《中國漢字學史》孫鈞錫著，北京市：學苑出版社，1991 年，頁 160，「2.桂馥的《說文》研究」。

已流傳了三十多年[62]，對學術界響影很大，人人可以得而研究，加之《段注》識力過人，勇於論斷，而且詞鋒尖銳，批判性強。[63]段氏在字裏行間闡發的議論，尤其是批駁「淺人」[64]謬說的風格，往往能激發讀者深邃反思，這正是《段注》可貴之處。不過，段氏往往師心自用，立論有時武斷主觀，過於自信而擅改《說文》，當世已有不少學者提出匡謬及駁論。[65]王筠《句讀》一書後出，訂段、補段也是要旨所在，王氏在〈序〉裏說：「余輯此書別有注意之端，與《段注》不盡同者凡五事」[66]，但是並沒有說及他的著作與桂書之不同，這正好反映出桂馥的研究路向與成果，王筠是比較接受。至於張之洞的意見是怎樣？不妨先看看他在《說文解字義證敍》中的一節原文：

---

[62] 《段注》於嘉慶十二年（1807）寫成，於嘉慶二十年（1815）刊行。說見《斷句套印本說文解字注》（《四部刊要》影印本）段玉裁著，王進祥總編輯，臺北市：漢京文化事業有限公司，1983年，頁2之「出版說明」。

[63] 參考《中國漢字學史》，頁159。

[64] 案「淺人」一詞是《段注》中常見詞語，通常是針對一些對《說文》研究不深的讀者。有學者曾統計段氏在注中說及「淺人」之處一共有三百一十一條。詳見〈《說文段注》「淺人說」探析～以「一曰」為例〉黃淑汝著，《漢字文化國際學術研討會‧臺灣地區論文集》北京師大漢字研究所、遼寧人民出版社主辦，丹東，1998年，8月9-11日，頁105-107。

[65] 王筠曾在《說文釋例‧序》評《段注》云：「惟是武斷支離，時或不免，則其蔽也。」（見《說文釋例》北京市：中華書局，1987年，卷一，頁1。）《段注》問世後，回響很大，當時有不少專家寫了專著評訂段氏之誤，如徐承慶（？-1833）《說文解字注匡謬》、鈕樹玉（1760-1827）《說文段注訂》、王紹蘭（1760-1835）《說文段注訂補》等。參考：〈「說文學」源流考略〉張其昀著，貴州市：貴州人民出版社，1998年，頁150-159。有關《段注》缺失的批評另參：1.《中國語言學史》頁118；2.《漢語文字學史》頁142。

[66] 王筠所謂五事：「一曰：刪篆、二曰：一貫、三曰：反經、四曰：正《雅》、五曰：特識。」見《說文解字句讀》，頁1-2。

竊謂段氏之書，聲義兼明，而尤邃於聲；桂氏之書，聲亦並及，而尤博
於義。段氏鉤索比傅，自以爲能冥合許君之恉，勇於自信，欲以自成一
家之言，故破字創義爲多；桂氏數佐許說，發揮旁通，令學者引申貫注，
自得其義之所歸。故段書約而猝難通闖，桂書繁而尋省易了。夫語其得
於心，則段勝矣；語其便於人，則段或未之先也。其專臚古籍，不下己
意，則以意在博證求通。展轉孳乳，觸長無方，非若談理辨物，可以折
衷一義。亦如王氏《廣雅疏證》、阮氏《經籍纂詁》之類，非可以己意
爲獨斷者也。[67]

　　很明顯，張之洞之說是通過比較的觀點而提出評論，全文焦點
在於呈示《義證》的優點。綜合張氏之說，桂書優點有五：第一、
它與《段注》都是聲義並及，而尤博於義；第二、它以觸類旁通的
方式，讓讀者通過材料去瞭解文字之本義與引申義；第三、它是資
料繁多，但條理貫通，易於尋索理解；第四、它所排列的材料十分
完備，足以讓人瞭解文字的別義及其轉變發展；第五、它是一本客
觀的著作，沒有像《段注》那樣，摻入了個人的主觀思想。

　　乾嘉時期，除了王筠將段、桂兩書相提並論，王筠的好友陳慶
鏞（1795-1858），一位《說文》研究學者，也有相同的看法。[68]陳
氏在《說文義證‧原敍》說：「余嘗謂段書尙專確，每字必溯其原，
桂書尙閎通，每字兼達其委。二書實一時伯仲」。[69]可見段、桂並
稱，已在乾嘉之世，也非孤立見於張氏一人之主觀評論。葉德輝
（1864-1927）在《郋園讀書志》也評說：

---

[67] 張氏敍文見《說文解字詁林》第 1 冊，頁 225-226。
[68] 有關陳氏與王筠之交往，詳見拙作《說文解字句讀述釋》，頁 4-5。
[69] 見《說文解字詁林》第 1 冊，頁 224-225。

> 當乾嘉時，海內通《說文》之學者，以江浙爲最盛。然能集其大成者，
> 南北祗有三家。南則金壇段玉裁之《說文解字注》，北則王筠之《說文
> 解字句讀》、《釋例》與桂氏《義證》。此三書者，段、王最風行，桂書
> 至同治九年湖北官書局鏤版，南方治小學者，始得家置一部。於是段、
> 王、桂如鼎足三分，蔚然成三大國矣。[70]

由此可見，桂書在清世佔著一個重要地位，完全是因爲它的學術價
值，並不是因爲張之洞所給予的宣傳。桂書與《段注》不相伯仲，
兩書相較各有所長，這點王筠早就看出，他在《說文釋例・序》說：

> 今天下之治《說文》者多矣，莫不窮思畢精，以求爲不可加矣。就吾所
> 見論之，桂氏未谷《說文義證》、段氏茂堂《說文解字注》，其最盛也。
> 桂氏書徵引雖富，脈絡貫通，前說未盡，則以後說補苴之；前說有誤，
> 則以後說辨正之。凡所傋引，皆有次第，取足達許說而止，故專臚古籍，
> 不下己意也。讀者乃視爲類書，不已眛乎！惟是引據之典，時代失於限
> 斷，且泛及藻繢之詞，而又未盡加校改，不皆如其初悟，則其蔽也。[71]

如引文所說，桂書在當世已是非常受人重視，《說文解字義證》與
《說文解字注》是當時眾多《說文》研究中的兩本重要著作。王筠
序文把桂書放於《段注》之前，其實也反映了他對桂、段兩家的態
度及取向。王氏是目前我們所知的，一位最早研究和評論桂書而又
與桂馥所處之時代最相近的《說文》學者，他的評論可以證明段、
桂並稱是事實，桂馥的學術能力與成就足以與段玉裁相提並論。王
筠在〈序〉中指出桂書多方面的優點，它除了引證豐富、排列材料

---

[70] 見《郋園讀書志》葉德輝著，上海市：澹園，1928 年，頁 221。

[71] 見《說文釋例》，頁 1。

有次第、說解有脈絡、不以個人主觀論斷之外，書中更做了一番補訂與辨證的功夫。王筠這番分析，也正好說明《義證》之所以採用那麼豐富的材料，就是因爲桂馥發現《說文》有所缺失，因而要通過眞憑實據，辨析訛誤，且補其所不足。[72]因此，我們不宜將桂書視爲一部類書性質的著作。

　　當然，桂氏《義證》也有它的缺點。依王筠的評述，可以歸納爲三點：一是引用材料失於限斷；二是材料過於廣泛，其中所引用的一些文學材料似乎不大適當；三是書成之後未加以核校，因而與桂氏原意略有出入。[73]無可否認，王筠所說的是事實，他的批評在一定的程度上是正確不訛。但桂馥以一人之力，用三四十年時間去完成整部《說文》的疏證，其翻檢核證工序相當繁複，加之此書刊行又經歷過重重波折[74]，當中有所缺失委實在所難免。況且有關問題都只是一些枝節小事及個別例子，並不關乎桂書的全盤體系，也不關涉桂氏的個人學問修養。只要細心讀畢全書，就會發現有問題的地方並不多，可謂瑕不掩瑜，大醇小疵而已。

　　不過，有學者認爲桂書的主要缺點，在於過分相信及依從《說文》，即是桂馥認爲《說文》所說的都必定是正確。桂氏的工作也只不過是爲《說文》找出例證，以書證說明《說文》是正確無誤而已，這就是此書命名爲《說文解字義證》的原因。[75]這種說法當然有值得商榷討論之處。要知道，桂馥在〈附錄〉裏說他依照梁朝「孔

---

[72] 桂馥云：「竊謂訓詁不明則經不通，復取許氏《說文》反復讀之，知爲後人所亂。欲加校治，二十年不能卒業。」見《晚學集》（上海市：商務印書館，1936 年）卷六，頁 1。

[73] 王筠之說見《說文釋例・序》，頁 1。

[74] 桂書刊行頗多波折，由許翰刊刻的初本成書於咸豐二年（1852），後於咸豐十一年（1861）遭兵燹而版片皆燼，同治九年（1870）再由崇文書局翻刻。詳見本文第二章之「四.本書版本」。

[75] 《中國古代語言學史稿》李智明著，貴陽市：貴州教育出版社，1993 年，頁 337。

子祛檢閱群書以爲義證」之事例而把書題作「義證」[76]，這番話其實是交待桂氏整本書的命名。這並不是桂馥撰作此書的目的，不能就此推說桂書的工作只是尋找例證，此其一。桂馥自己曾說：「馥爲《說文》之學，亦取證於群書」[77]，正好反映出他研究《說文》的方法。查檢書證其實不是一件容易的事，必要經過長時間的精細閱讀及用心梳理取捨的功夫，一條資料採用與否也需要經過反復推敲與精密審愼的分析研究，此其二。假若單從桂氏這幾句話，撿拾書中幾條字例、引文資料，就概括評說：「桂氏認爲許書是對的，必須爲它找出例證，以致對許氏一些錯誤說法，桂氏也要勉強牽合一些所謂例證，以證明許說不誤」[78]，這樣的批評也未免過於孤立、片面，單憑幾條個別例子而概括一部書的內容與價值就不見得合理，此其三。

事實上，《義證》有不少地方是包容了作者自己的觀點，不但有評論，有分析，有比較，有互證，而且引用材料恰切又相當廣博，不限於書傳文獻，碑帖簡牘，金石文物，方言俗諺，甚至個人耳聞目睹，現實生活事例之類，也會一概兼收並蓄，包舉羅列，總之能把字義說通的都一律吸納採用。至於那些不能下定論或資料匱乏不足的，桂氏不會私下妄測，也不會竄改原文，以遷就一己之說。相反，對於一些不能解決的問題，他在書中會說明未能詳考，或引錄其他專家之不同說法，將之附記於下，以待後學裁決或跟進研究。王筠的《說文》學就深受桂、段兩家的影響，結果王氏成就非常卓越，其中某方面的創獲可謂邁越前修，名氣直逼段、桂兩家。[79]我

---

[76] 見《說文解字義證》，頁 1343。案：孔子祛，梁朝・會稽山陰人，生卒不詳，待考。孔氏著作有《尚書義》、《集注尚書》等。《梁書》有傳。

[77] 同上，頁 1343。

[78] 見《中國傳統語言學要籍述論》，頁 354-355。

[79] 有學者曾說：「從文字學的角度而論，其（王筠）成就在段、桂、朱之上。……真正從文

們若是評說桂書「述而不作」[80]，不見得公允合理。桂馥在書中的引述及其行文風格，其實是一種傳統樸學範式，書中的注疏體例都是漢、唐以來學者注經的規矩。桂馥與段玉裁不同，他沒有闡發尖銳的批判議論，沒有主觀的學術立場，他不刻意尋求新說，因爲這部書的撰作精神就是「義證」。桂氏的《說文解字義證》充分反映出作者的樸學風範，他以客觀鋪排證據手法，展示個人的學術心得與研究取向。前文提及，朱駿聲的《說文通訓定聲》是從《說文》走向漢語詞義的系統研究[81]，把全部《說文》拆散了重新組織[82]，從詞匯學觀點重整《說文》。朱氏的研究得到了很高的評價，有學者讚揚他「在詞義的綜合研究上應該坐第一把交椅」[83]。然而，朱書裏有不少同源詞觀念，卻與桂氏《義證》所說的「聲義通」、「聲近義通」等分析相合而互相發明，若斷然說朱氏研究《說文》完全沒有參考過桂書就眞的難以令人相信。[84]

字學角度研究《說文》，段氏有創始之功，王氏則把這方面的研究大大推進了一步，後來居上。」見《漢語文字學史》黃德寬、陳秉新著，合肥市：安徽教育出版社，1990 年，頁148、151。

[80] 有學者曾以「述而不作」論述段、桂等四家之《說文》研究，詳見：

　1.《中國語言學史》王力著，頁 126。

　2.《從古文字學方面來評判清代文字、聲韻、訓詁之學的得失》于省吾著，見《中國近三百年學術思想論集五編》周康燮主編，香港：崇文書局，1974 年，甲集，頁 2。

　3.《中國學術名著提要・語言文字卷》胡裕樹主編，上海市：復旦大學出版社，1992 年，頁 281。

[81] 見《「說文」學名詞簡釋》李國英、章琼著，鄭州市：河南人民出版社，頁 76-77，「朱駿聲」條。

[82] 見《中國近三百年學術史》梁啓超著，北京市：東方出版社，1996 年，頁 262。

[83] 見《中國語言學史》，頁 128。

[84] 有關朱氏的研究，詳見本書第七章。

　　桂氏做學問的工夫及其學術風範，委實與傳統的漢學風格一脈相承。[85]明末清初大學者顧炎武的學問就是這樣的統傳樸學功架。顧氏的學術研究方法與取態向，對清儒有著非常深邃的影響，桂馥是樸學專家當然也受到不少薰陶。在探討顧炎武的學問風格之前，我們先看幾條關於顧氏治學的資料：

1. 歷覽二十一史，以及天下郡國縣志書，一代名公文集，間及章奏文冊之類，有得即錄，共成四十餘帙。(《天下郡國利病書・自序》)[86]

2. 先取《一統志》，後取各省府州縣志，後取二十一史，參互書中，凡閱書一千餘部。本行不盡，則注之旁行，旁行不盡，則別爲一集曰「備錄」。(《肇域志・自序》)[87]

3. 嘗謂今人纂輯之書，正如今人之鑄錢。古人采銅於山，今人則買舊錢，名之曰「廢銅」，以充鑄而已。所鑄之錢既已麤惡，而又將古人傳世之寶，舂剉碎散，不存於後，豈不兩失之乎？承問《日知錄》又成幾卷？蓋期之以廢銅；而某自別來一載，早夜誦讀，反覆尋究，僅得十餘條，然庶幾采山之銅也。(《文集・卷四・與人書・十》)[88]

---

[85] 晚清學者支偉成(1899-1928)將桂馥列入《清代樸學大師列傳》一書中的「小學家列傳」，與顧炎武、戴震、段玉裁、王筠、朱駿聲等同列。見《清代樸學大師列傳》支偉成著，長沙市：岳麓書社，1998年，頁175-176。

[86] 見《天下郡國利病書》顧炎武著。輯於《四部叢刊三編・史部》，上海市：上海書局，1985年，第19冊，頁1。

[87] 見《顧亭林詩文集》顧炎武著，香港：中華書局香港分局，1976年，頁137。

[88] 同上，頁97-98。

從上述資料可知，顧氏是一位勤於搜集資料，廣博閱讀書傳的學者，他用心用力做筆記，十分著重閱讀心得。顧氏畢生得意之作《日知錄》，原來幾年才做得十幾條。他在《鈔書自序》曾說：「著書不如鈔書」。[89]然而，這種抄書做學問的方法，其實也不是一件容易事情。關於這一點，梁啟超《中國近三百年學術史》就這樣說：

> 須知凡用客觀方法研究學問的人，最要緊是先澈底了解一事件之眞相，然後下判斷，能否得眞相，全視所憑藉之資料如何，資料從量的方面看，要求豐備；從質的方面看，要求確實。所以資料之蒐羅和別擇，實佔全工作十分之七八。[90]

顧炎武就是用這樣穩紮而堅實的方法治學，這種研究方式也正是桂馥撰作《說文解字義證》的眞實寫照。事實上，桂書也經常引述顧炎武的考據心得，桂氏受顧氏學風影響可以說是絕對肯定。誠然，這種抄書的治學方法並不是隨意的抄錄，梁啟超曾將顧炎武的《日知錄》與宋人黃震（1213-1280）的《黃氏日鈔》、王應麟（1223-1296）的《困學紀聞》作過比較，發覺黃、王兩家的書「多半是單詞片義的隨手劄記」，但顧氏的《日知錄》則不同，「每一條大率皆合數條或數十條之隨手劄記而始能成，非經過一番『長編』工夫，決不能得有定稿」，顧氏「每撰成一條，事前要多少準備工夫，可以想見，所以每年僅能成十數條」，「《日知錄》各條多相銜接，含有意義」，而且「前後照應，共明一義，剪裁組織，煞費苦心」。[91]桂馥的《說文》學問正是源出顧氏之考據學風，可以說是同出一轍。梁氏讚許

---

[89] 同上，頁 32。

[90] 見《中國近三百年學術史》，頁 68。

[91] 同上，頁 68-69。

顧炎武的抄書學問是「籌燈底下纖纖女手親織出來的布」，並指出「亭林作品的價值全在此，後來的王伯申的《經傳釋詞》、《經義述聞》，陳蘭甫的《東塾讀書記》都是模仿這種工作。這種工作正是科學研究之第一步，無論做何種學問都該用他」。[92]梁氏的評論說得十分中肯。然而，他在說王引之（字伯申）之前，也應該加上桂馥的《說文解字義證》。

　　桂馥的《說文》學，是秉承著由顧炎武一脈傳下之治學精神及其研究方向。顧氏不主張「空虛之學」，而重視「博學於文」[93]，「提倡向外的──客觀學問」[94]。這也正是桂馥《說文解字義證》所備有的同一學術質量。此書之撰作以樸學精神為本，以書證說解字義為研究框架。它是一部既扎實、博大，而又論講客觀之《說文》學專著。事實上，要弄清楚桂氏對《說文》研究的意義、價值與貢獻，除了要瞭解他的學問背景與研究方式，也應深入而全面的研究《義證》全書每一條資料內容。只有通過全面的查考與交互的比較，才可以對桂氏的《說文》研究，作出合理而平實的評價。

---

[92] 同上。

[93] 見《亭林先生年譜》，清・張穆著，出版地與出版者不詳，道光二十四年（1844），頁111。

[94] 見《中國近三百年學術史》，頁63。

第二章
《說文解字義證》的編寫

　　《說文解字義證》爲桂馥畢生用力之作，於《說文》研究、文字學、訓詁學方面皆有重大貢獻，此在乾嘉當世已爲學術界所肯定。以下按桂氏生平、《義證》之編寫原則、成書過程、版本及其立論依據五項，逐一詳細闡釋。

一　作者桂馥[1]

　　桂馥（1736-1805），生於清世乾隆元年，一字冬卉（一作東卉），又字天香，號未谷、雩門、賅洽，別號蕭然山外史，晚號老苔（老菭）[2]，一號瀆井復民，祖籍江西貴溪，後移居山東曲阜（今山東省曲阜市）。曾祖父存正，邑庠生。祖父枝茂，歲貢生，考授直隸

---

[1] 桂馥生平主要參考：

　1.《清史稿》趙爾巽等撰，北京市：中華書局，1977 年，頁 13230-13231，「儒林二」。

　2.《清史列傳》周駿富輯，臺北市：明文書局，1985 年，第九冊，頁 104520-104523。

　3.《碑傳集》清・錢儀吉纂錄，臺北市：明文書局，1985 年，卷 109，頁 112127-112128。

　4.《國朝詩人徵略》清・張維屏輯，臺北市：明文書局，1985 年，頁 022741。

　5.《國朝詩畫家筆錄》清・竇鎮輯，臺北市：明文書局，1985 年，頁 082248。

　6.《國朝耆獻類徵初編》清・李桓輯，臺北市：明文書局，1985 年，頁 162823-162824。

　7.《清朝先正事略》清・李元度纂，臺北市：明文書局，1985 年，頁 193-411。

　8.《經學博采錄》清・桂文燦著，香港：龍門書店，1969 年，頁 56-59。

　9.《中國語言學家評傳》吉常宏、王佩增編，濟南市：山東教育出版社，1992 年，頁 499-505。

[2] 桂馥號「老苔」見《國朝書畫家筆錄》，頁 82-248。「老菭」則見《清人雜劇初二集》鄭振鐸纂集，香港：龍門書店，1969 年，頁 203、212、216。

州判。父公瑞，貢生，候選教諭。[3]桂馥於乾隆三十三年（1768）
以優行貢成均，曾為北京國子監教習，後補任山東長山縣訓導。乾
隆五十四年（1789），中鄉舉，次年取進士。嘉慶元年（1795）授
任雲南永平縣知縣，後移任順寧縣知縣。居官多善政，嘉慶十年
（1805）卒於官，終年七十歲。[4]

　　桂馥世代書香，少承家學，博覽群書，好學而警敏，以古文自
勵。學問貫通經史，一生潛心小學研究，對書法、篆刻、繪畫、戲
曲、音樂，均有相當精湛修養。其中成就最高的是《說文》研究，
桂氏在《上阮學使書》曾談及自己治學的歷程：

> 自束髮從師，授以高頭講章，雜家帖括。雖勉強成誦，非性所近。既補
> 諸生，遂決然舍去。取唐以來文集說部，泛濫讀之，十年不休。三十後，
> 與士大夫游，出應鄉舉，接談對策，意氣自豪。周書昌見嘲曰：「君因
> 不喜帖括，遂不治經，得毋惡屋及鵲邪？涉獵萬卷，不如專精一藝，願
> 君三思。」馥負氣，不從也。及見戴東原，為言：「江慎修先生不事博
> 洽，惟熟讀經傳，故其學有根據。」又見丁小雅，自訟云：「貪多易忘，
> 安得無錯。」馥憬然知三君之教我也，前所讀書，又決然舍去。取注疏，
> 伏而讀之，乃知萬事皆本於經也。竊謂：「訓詁不明則經不通」，復取許
> 氏《說文》反復讀之。[5]

---

[3] 見《碑傳集》，頁 112-126。

[4] 見〈桂馥傳〉清·蔣祥墀撰，輯於《國朝耆獻類徵初編》，第 36 冊，頁 162823；《文獻徵存
　　錄》清·錢林撰，見《續修四庫全書》，上海：上海古籍出版社，1995 年，第 540 冊，
　　頁 393。

[5] 見《晚學集》桂馥撰，式訓堂叢書（出版時地不詳）第 27-28 冊，卷六，頁 1。

桂馥少年時與內閣學士翁方綱（1733-1818）交往，所學益精。[6]然
而，桂氏在學術研究方面的轉捩點，正是由與大學問家戴震、周永
年（1730-1791）論學開始，[7]當然經史校讎專家丁杰[8]（1738-1807）
對他影響亦相當重要。桂氏依從戴震勸說熟讀經傳，專心治經，認
同戴氏「通訓詁、明義理」[9]之說，並且提出「士不通經不足致用，
訓詁不明則經不通」[10]，「以爲讀書必先識字」[11]，又謂「經學不辨
名物，辭章不識古字，吾不知其可也」[12]，特別重視傳統的語言學
研究。桂馥曾引徐幹（171-218）《中論》：「鄙儒博學，務於名物，
詳於器械，考於訓詁，摘其章句而不能統其大義之所極，以獲先王
之心。故使學者勞思慮而不知道，費日月而無功成」。[13]他對當世
文人的學術態度及能力很有意見，指出「近日學者，風尙六書，動
成習氣，偶涉名物，自負《倉》、《雅》，略講點畫，妄議斯、冰，

[6] 見《碑傳集》，頁 112-127；《國朝先正事略》，頁 1649。案：文中所稱翁覃溪即翁方剛，詳
　　《中國語言文家辭典》，陳高春編，鄭州市：河南人民出版社，1986 年，頁 371。

[7] 參考：1《中國學術名著提要・語言文字卷》胡裕樹主編，上海市：復旦大學出版社，1992
　　年，頁 279-280。2.《中國歷代語言學家評傳》濮之珍主編，上海市：復旦大學出社，1992
　　年，頁 302-303。案：周永年，清代有名學者、藏書家，曾爲清朝編修《四庫全書》，
　　輯校《永樂大典》。《清史稿》有傳，云：「（周永年）又以爲釋、道有藏，儒者獨無。乃開
　　借書園，聚古今書籍十萬卷，供人閱覽傳鈔，以廣流傳」。詳見頁 13210-13211。

[8] 桂氏〈上阮學士書〉所說丁小雅正是丁杰。丁氏乃經史名家，旁及六書音韻，精校讎。字
　　升衢，號小雅，又號小山，乾隆四十六年進士，事迹見《清史稿》卷四百八十一。

[9] 戴震〈題惠定宇先生授經圖〉云：「故訓明則古經明，古經明則賢人聖人之理義明。」見《戴
　　震文集》戴震著，趙玉新點校，北京市：中華書局，1974 年，頁 168。

[10] 見（《清史稿・儒林傳》卷 481，頁 13230-13231；《晚學集・上阮學使書》；蔣祥墀《桂君
　　未谷傳》見收於《晚學集》頁 1。

[11] 語見《桂未谷傳》，《飛鴻堂印人傳》卷三，清汪啓淑撰，輯於《叢書集成續編》，臺北市：
　　新文豐出版公司，1989 年，第 94 冊，頁 330-331。

[12] 見《札樸》桂馥撰，北京市：商務印書館，1958 年，頁 21，〈匡謬・小學〉。

[13] 見《清史稿》，頁 13231。

叩以經典大義，茫乎未之聞也」。[14]桂氏這番言論別具個人識見，「為同時小學家所不能言，足以鍼肓起廢」。[15]

桂馥尊崇古人樸學，好學讀書，又熱心於扶助後學，曾與當時名學者周永年「振興文教，出兩家所藏書，置借書園，以資來學，并祠漢經師（伏生、叔重諸先生）其中，其誘掖後進甚篤」[16]。桂氏好學識廣，飽讀書傳，學問精邃博大，早已「名滿天下」[17]，朱筠（1729-1781）、戴震、王念孫等有名學者，也心表折服。[18]

桂馥論著豐富，學術領域廣闊，研究內容深邃。除代表作《說文解字義證》五十卷外，還有《繆篆分韻》五卷、《續三十五舉》一卷、《歷代石經略》二卷、《說文諧聲譜考證》、《說隸》、《札樸》十卷、《訓要圖說》二卷、《晚學集》八卷、《未谷詩集》四卷、《詩話同錄》五十卷、《後四聲猿》一卷等。所著書均傳於世。[19]

桂馥畢生專治《說文》，曾聘請友人繪集自許慎（西元58-148？年）以下至徐鉉（西元917-992年）、徐鍇（西元921-975年）、張有（1054-？）、吾丘衍（1272-1311）等歷代文字學大師，成《說文統系圖》一幅[20]，又題自己的書室為「十二篆師精舍」。[21]其畢生精力盡萃於《說文》研究，及對古代《說文》專家之尊重崇敬心意，於此大概可知。

---

[14] 見《說文解字義證・附說》，頁 1343a。

[15] 見《清史稿》，頁 13231。

[16] 見《清朝先正事略》，卷 36，頁 193411；《國朝耆獻類徵初編》，頁 162823。

[17] 見《國朝獻類初編》，頁 162824。

[18] 見《飛鴻堂印人傳》，頁 331。

[19]《說隸》一書詳見《「說文學」源流考略》張其昀著，貴陽市：貴州人民出版社，1998 年，頁 165-166。

[20] 案：《說文解字詁林》有收錄桂氏《《說文》統系圖》縮影本，見第 1 冊，頁 1339-1340。

[21] 見《清朝先正事略》，頁 193411。

　　桂氏平生好學，才華四溢，書畫皆能，尤其工於漢隸，精曉金石篆刻。從小篤嗜古銅印，收集豐富，南北古今各派兼備，因博探秦漢以下官家或私人的符印，以及宋元諸家印譜，按《廣韻》次第，編成《繆篆分韻》一書。[22]清代文字學家陳鱣（1753-1817）當時曾評讚他說：「收羅極其博，考據極其精」。[23]事實上，在桂馥之前，實在難見有一本用韻部來編排「繆篆」的專書，他發表此書之後，又續編了補遺五篇。[24]《繆篆分韻》一書，據統計，共收單字二千餘字，重文八千有餘，全書包羅概括所有漢魏印章用字，可說是一部結集繆篆文字的專著。[25]此書正好標誌著桂氏對銅印書體、字源學方面的一項重要貢獻。

　　桂馥另有一本關於摹印方面的著作，題作《續三十五舉》。此書之編撰動機，是基於元朝人吾邱衍輯錄的《學古編》所列出之「三十五舉」，其中詳論了書體正變與篆寫摹刻的法則。桂氏認為摹印變自唐而晦於宋，直到《學古編》所說之「三十五舉」面世才依從漢人法則。然而，元代以後還有不少古印是作者所未及見，兼且有些材料也需要加以補充，於是桂氏就致力編著這本關於研究摹印的專書，後來又續寫了補編《再續三十五舉》。[26]

　　桂氏另撰有《歷代石經略》一書，其焦點在於石經之研究。本書根據顧炎武的《石經考》、《金石文字記》、朱彝尊（1629-1709）的《經義考》，以及當世一些專家的意見，將之逐一總集起來，匯

---

[22] 參考《繆篆分韻》桂馥撰，上海市：上海書店，1986 年，書前「說明」。及《晚學集》卷七，頁 4b，〈繆篆分韻補序〉。

[23] 同上，見書之序文。

[24] 同上，見桂氏〈自序〉。

[25] 同上，見「出版說明」。

[26] 有關《續三十五舉》的編撰過程，詳見翁方綱、陸費墀之〈序〉；沈心醇、吳錫麒之〈跋〉及桂馥的〈再續三十五舉序〉。見收於《說印》，桑行之等編，上海市：上海科技教育出版社，1994 年，頁 174-181。

撰成爲一本自漢而下的石經考據專書。[27]此外，又編有一本《說隸》，
原刻本收入桂氏的《晚學集》，後來收於《式訓堂叢書》。[28]於今所
見之《晚學集》內收有〈說隸〉一篇，桂氏於文中列舉數十字例，
對文字之構形特點有具體分析，並說明字體由篆變隸時之結構變化，
申明字體發展與變通之關係。[29]桂氏說：

> 作隸不明篆體，則不能知其變通之意。不多見碑版，則不能知其增減、
> 假借之意。隸之初變乎篆也，尚近於篆，既而一變再變，若耳孫之於鼻
> 祖矣，又若水之同源異派矣，又如酒之脫卻米形矣。[30]

　　桂氏是從歷史發展觀去看字體的流變，這種看法比段玉裁恪守
篆文爲正統的思想進步。[31]其實，桂氏對文字演進發展的觀點，在
他的《說文解字義證》裏也有不少具體的論述（詳見本書第四、五、
六章）。此外，桂馥還有一篇《隸品》，運用了生動之語言去比喻歷
代隸書名家真跡，其中也闡發了一些個人品評原則與審美觀點。[32]
　　除以上這些與小學有關的著作外，桂馥還有一部《說文解字聲
譜考證》很值得我們注意。這本論著本來是準備與《說文解字義證》
一併刊行，但很可惜，桂馥辭世後，原作散失數卷，不能得全。[33]

---

[27] 參考〈歷代石經略跋〉丁晟善撰；〈歷代石經略序〉吳重憙撰，見《歷代石經略》桂馥撰，
　　輯於《續修四庫全書》上海市：上海古籍出版社，1995 年，第 183 冊，頁 609、650。

[28] 說見「說文學」源流考略，頁 166。

[29] 見《晚學集》卷九，頁 6-9。

[30] 同上，見頁 6。

[31] 王力曾評說：「清代《說文》四大家中，只有段氏犯了這個毛病（案：指拘泥於小篆的字
　　式），桂馥、王筠有個別地方這樣做了，但是基本上仍依楷體。」見《中國語言學史》，頁 117。

[32] 桂氏《隸品》又名《國朝隸品》見收於《叢書集成初編》臺北市：新文豐出版社，1989 年，
　　第 99 冊，頁 55。

[33] 說見《清史列傳·儒林傳》，頁 104-521。

然而，從書名所謂「聲譜考證」一語，就反映出桂氏在音韻學上的修養。事實上，不少清人撰寫關於桂馥的傳記裏，都指出他是「精通聲義」。[34]至於《說文解字義證》，是桂氏畢生心血之作，也是他一生的最大成就。基於這本巨著是本文的重要論述焦點，爲免篇幅累贅，有關細節留待下文詳細介紹。

桂馥將一些所謂「所見者晚，未能治全經，成一家之說」的論述編入他的《晚學集》。[35]全書一共八卷：卷一「論考」，卷二「說辨」，卷三、四、五「題跋、書後」，卷六「書」，卷七「序、記、傳」，卷八「誌銘、墓表、壙志、頌、祭文」。[36]此書在經史、文字、音韻、訓詁各方面，都有所闡發。其中更有講述他自己的治學與處世態度：

> 凡人胸中不可無主，有主則客有所歸。岱宗之下，諸峰羅列；而有嶽爲之主，則群山萬壑皆歸統攝，猶六藝之統攝百家也。今之才人，好詞章者，好擊辨者，好淹博者，好編錄者，皆無當於治經。胸中無主，誤用其才也。誠能持之以愚，斂之以虛，刊落世好，篤信師說，以彼經證此經，以訓詁定文字，貫穿注疏，甄綜秘要，終老不輟，發爲心光，則其才盡於經，而不爲虛生矣。（〈惜才論〉）[37]

此外，《晚學集》也有些內容反映了桂氏的尊貴品格與廣闊胸襟：

---

[34] 案：阮元曾爲桂氏《晚學集》寫序，在文中就說桂馥「經史、聲音、文字諸大端，皆博而精覈」，見《晚學集》阮序。又《清史稿》、《清史列傳》、《清代七百名人傳》等書，皆謂桂馥「精通聲義」。此外，桂氏又精於音律，曾撰作戲曲，亦可佐證其在音韻學上之修養。

[35] 見阮元《晚學集·序》。

[36] 見《晚學集·目錄》，頁 1-5。

[37] 見《晚學集》，卷一，頁 1。

> 聞段懋堂、王石臞兩君所定《說文》、《廣雅》俱已開彫，願及未塡溝壑
> 得過一眼，借以洮汰累惑也。(〈上阮中丞書〉)[38]

至於《札樸》一書，是桂氏在雲南做官時所寫的研究筆記。全
書分爲〈溫經〉〈覽古〉〈匡謬〉〈金石文字〉〈鄉里舊聞〉〈滇游續
筆〉幾個部分，書中內容主要是「追念舊聞，隨筆疏記」[39]。桂氏
〈自敘〉云：「以其細碎，竊比匠門之木樸，題曰札樸。」[40]這是
他自謙之辭，其實書中記錄了他不少極具功力的訓詁學問與考據成
果。桂馥與段玉裁生於同一時代，段氏比他年長一歲，同是以研究
《說文》而聞名當世，但二人無緣相見。[41]所謂「南段北桂」[42]、「段
書外惟曲阜桂氏《義證》爲可與抗顏行者」[43]，正是給予其人其書
的高度評價。[44]據記載，清人錢桂森（1827-1902）與桂氏聯名著有
《說文段注鈔》及《補鈔》兩書，書中有糾正及申論段說之處，刊
入《觀古堂彙刊》，由劉肇隅（1875-1938）編。[45]丁福保編纂的《說

---

[38] 同上，卷六，頁 9b。

[39] 同上，卷七，頁 5a。

[40] 同上。

[41] 段玉裁在《札樸・序》云：「友有向慕而終不可見者，未始非神交也。余自蜀歸，晤錢少
詹曉徵、王侍御懷祖、盧學士紹弓，因知曲阜有桂君未谷，學問該博，作漢隸尤精，而不
得見。覬其南來，或可見之。已而未谷由山左長校官成進士，出宰雲南永平，以爲是恐難
見矣。……得晤山陰李君柯溪，刻未谷所撰《札樸》十卷方成，屬余序之。余甚喜，以爲
未谷雖不可見，而尤得見其遺書也。」見《札樸》桂馥撰，北京市：商務印書館，1958 年，
頁 1。清人桂文燦（1823-1884）曰：「(桂馥) 與段茂堂大令生同時，同治《說文》，學者以
桂段並稱，而兩君不相見，書亦未見。」見《經學博采錄》，頁 56。

[42] 見繆荃孫（1844-1919）《桂氏說文義證原刻跋》，民國刻本《藝風堂文漫存・癸甲稿》卷三，
頁 283。

[43] 見張之洞《說文解字義證敍》，收於《說文解字詁林》，第 1 冊，頁 225-226。

[44] 參考《中國歷代語言學家評傳》，頁 307。

[45] 說見葉德輝《說文段注鈔案敍》，收錄於《說文解字詁林》，第 1 冊，頁 212。「說文」源

文解字詁林》也有引錄了一本名爲《說文段注鈔案》的書，並收錄了由葉德輝（1864-1927）撰寫的序文，序中指出此爲桂未谷作品，但據近世學者所考，此非桂馥之作。[46]事實上，翻檢《說文解字義證》全書亦未提及《段注》，全書只有一條引述過段氏的研究[47]，此足見桂氏生前對段氏學問是有所認識，但不能由此論證桂氏鈔錄過段氏的著作，尤其是段氏的《說文解字注》。相反，段玉裁曾看

流考略》亦有提及桂馥撰《說文段注鈔》及《補鈔》，頁157。此書謂見於觀古堂匯刻書。

[46] 葉氏在〈說文注鈔跋二冊〉說：「桂未谷先生手鈔《說文段注鈔》眞蹟，計上冊九十二紙，下冊六十紙，注下按語，訂正段誤甚多。與所作《義證》之例不同，審其字跡，知爲《義證》未成以前鈔錄備檢之冊。段書刻成於嘉慶癸酉（1813），其時北省得之不易，故先生鈔此以待參稽。」見《郘園讀書志》，葉德輝著，臺北市：明文書局，1985年，頁227。案：段玉裁的《說文注》成書於嘉慶十二年（1807），桂馥在《晚學集》也曾提到知段氏之書正在刊行，「願未及塡溝壑得過一眼」，似乎桂馥未曾見過定稿本《段注》。值得注意的是，桂氏卒於嘉慶十年（1805），《段注》則後兩年面世，桂馥在世時應未及見。事實上，桂氏的《說文解字義證》亦未曾徵引過《段注》。《說文段注鈔》今剪輯於《說文解字詁林》，按書中行文及內容，皆不見與《義證》有所相關或相近，文中案語亦不用「馥案」之慣常體式，說是桂馥之作難以令人接受。近代《說文》學者張舜徽先生（1911-1992）也曾認爲此非桂氏原作，張氏說：「桂氏研究《說文》和寫成專著，都在段玉裁之前，其學問不在段下。兩人所居異地，未曾見過面。桂氏卒於一八〇五年（嘉慶十年）。段《注》刊成，桂氏已早死了。後來作僞者乃私造《說文段注鈔案》一書，謂爲桂氏所作，眞是絕大笑話。」見《〈說文解字〉導讀》張舜徽著，成都市：巴蜀書社，1990年，頁75。案：張舜徽氏乃有名考據專家，文字、訓詁皆精，傳承家學，藏書甚豐，一生讀書無數，其說合理可信。

[47] 桂氏於書中有「段若膺謂」一語，下有論說（詳見《說文解字義證》「㰩」篆說解，頁505）。今翻檢段氏《說文注》「㰩」篆下則未見桂氏所引之段說，然而兩家所引之《荀子》《晏子春秋》資料則基本相同（詳見《說文解字注》，頁263）。可見桂馥在世已知有段玉裁其人，但未有談及段氏之《說文解字注》（只談過聞段懋堂所訂《說文》已開彫），應未及見此書。此外，《義證》於卷四十三，第六頁，有提及「段氏曰」之說，但本條所述未見《說文注》，且所謂「段氏」亦未知是否指段玉裁。事實上，《段注》晚出，於嘉慶十二年（1807）撰成，於嘉慶二十年（1815）才正式刊行，此時桂氏去世（1805）十載。有關桂氏引述段說問題，有待詳考。

過桂氏的著作，晚年又爲桂氏《札樸》作序[48]，並給予桂馥高度的
讚揚。段氏這樣說：

> 未谷深於小學，故經史子集、古言古字有前人言之，未能了了而一旦豁
> 然理解者，豈非訓詁家斷不可少之書耶？況其考核精審，有資於博物
> 者，不可枚數。[49]

桂馥的《札樸》是一部從小學出發論述的專著，書中考訂經義、文
字、名物，援據宏富，辨證精詳。桂氏每下一論斷，必先廣搜例證，
加以歸納。[50]有許多經史子集中的古言古字爲前人之未能了了者，
在桂氏的《札樸》裏都可以豁然理解。誠然，段玉裁對桂氏《札樸》
的讚揚，是合理而平實，一點也不過份。

桂馥又是一位出色的雜劇作家，其精通音韻亦可由此得到佐證。他
的雜劇《後四聲猿》，有四齣折子戲：《放楊柳》、《題園壁》、《謁府
帥》、《投圂中》。[51]四劇取材別出心裁，分別描述了古代四位文豪：
白居易、陸游、蘇軾、李賀的動人故事。四節劇作「題材皆絕妙雋
永」[52]，一方面刻劃了人情冷暖，世態炎涼的可悲現實，另一方面
又描繪才子文人的種種坎坷不平。[53]桂馥撰寫這些劇作時已是七十
歲之高齡，[54]但是《放楊柳》、《題園壁》這兩劇的曲詞，就寫得「纏

---

[48] 《札樸‧序》段玉裁撰，收於《札樸》桂馥著，北京市：商務印書館，1958 年，頁 1。

[49] 同上。

[50] 參考《札樸》，頁 1-2，「出版說明」。

[51] 桂馥四劇輯於《清人雜劇初二集》鄭振鐸纂集，香港：龍門書店，1969 年，頁 199-220。

[52] 鄭振鐸語，見《清人雜劇初二集》，頁 220。

[53] 今所見四劇之前，皆有桂氏以老苔署名之「散套小引」一節，內文交待了劇中情節與創作
背景。詳見《清人雜劇初二集》頁 203、207、212、216。

[54] 桂馥於《放楊枝散套小引》自言「余年及七十」，見《清人雜劇初二集》，頁 203。

綿俳惻，婉妮多姿」[55]，讀者難以察覺那是出自一位年逾花甲的老人手筆。近代文學批評家鄭振鐸先生（1898-1958）對桂馥這些作品曾給予高度的評價：

> 無一劇不富於情趣，風格之逸逸，辭藻之絢麗，蓋出自號才士名流之作甚遠，似此雋永之短劇，不僅近代所少有，即求之元明諸大家，亦不易二三遇也。（〈後四聲猿‧跋〉）[56]

> 未谷《後四聲猿》亦曠世悲劇，絕妙好辭，如斯短劇，關、馬、徐、沈之履迹，蓋未曾經涉也。（《清人雜劇初集‧序言》）[57]

桂馥又善於寫詩，著有《未谷詩集》四卷。[58]徐世昌（1858-1939）《清詩匯》輯錄桂氏詩作二十首，古今體、五七言皆備。[59]桂馥創作認真，煉字造句尤精，對仗嚴謹別緻，其「詩大牛酒後之作」[60]，「詩多不留稿」，而下筆非常審慎，「徐思塗乙」[61]，力求完美。有論者評論桂詩：「骨幹堅凝，風格遒上，在同時流輩中，正復未遑多讓」。[62]清人張維屏（1780-1859）曾精錄桂馥詩句：「孤懷違世好，

---

[55] 鄭振鐸語，見《清人雜劇初二集》，頁 220。

[56] 見《清人雜劇初二集》，頁 220。

[57] 同上，頁 4。

[58] 案：《清朝先正事略》、《碑傳集》、《國朝耆獻類徵初編》等書所記為「詩集四卷」。《清詩匯》則記有「未谷集」，見《清詩匯》徐世昌輯，北京市：北京出版社，1995 年，頁 1674。

[59] 見《清詩匯》，頁 1674-1675。

[60] 見《國朝書畫家筆錄》，卷三，頁 082-248。

[61] 見《清詩匯》，頁 1647。

[62] 同上，頁 1674。

靜力定群疑，異鄉知己少，本性對人難。」[63]讀者或可由此略知桂氏之詩風及其文學造詣之輪廓。

除文學創作以外，桂馥又工於書畫篆刻，有謂「風流不減文三橋」[64]。他擅長各體書法，尤精篆、隸、八分，所寫作品「脫手輒為人持去」[65]。張維屏謂：「百餘年來論天下八分書，推桂未谷第一。」[66]桂氏在當世享有「詩才隸筆，同時無偶」[67]之美譽，他的八分書法列入《國朝書品》，在書法中的「佳品上二十二人」品評裏佔一席位置。[68]

綜合上文而論，暫且撇開桂馥的《說文》研究成果，我們大可發現，桂馥是一位不折不扣的多才博藝學者。不但學問造詣湛深，研究廣博專精，而且皆有卓越成就，實在令人佩服。桂氏每一項專長，都能夠獨當一面，邁越同儕。其為人雅正樸實，既關心社會人倫，重視文化傳承，又熱衷推動借閱讀書風氣，努力扶掖後學，為當世學術界所敬重。除段玉裁、陳鱣為桂馥寫過書序，王念孫、翁方剛、袁枚（1716-1798）、阮元等有名學者，也曾分別替他寫過序文。[69]桂氏受到清代文人（特別是乾嘉學者）的尊重是真確不假的

---

63 見《國朝詩人徵略》清・張維屏輯，卷五十一。收錄於《清代傳記叢刊・學林類》，臺北市：明文書局，1985 年，頁 22-741，「桂馥」條。

64 見《文獻徵存錄》清・錢林撰，輯於《續修四庫全書》上海市：上海古籍出版社，1995年，第 540 冊，頁 393，「桂馥」條。文三橋，即文彭（1498-1573），明人書畫名家文徵明（1470-1559）長子，善畫畫篆刻印章。

65 見《國朝詩人徵略》，卷五十一，《清代傳記叢刊・學林類》，頁 22-741。

66 見《松軒隨筆》張維屏撰，輯於《國朝耆獻類徵初編》清・李桓輯，臺北市：明文書局，1986 年，第 36 冊，頁 162-825。

67 見《中國歷代語言家評傳》濮之珍主編，上海市：復旦大學出版社，1992 年，頁 310。

68 見包世臣《藝舟雙楫》，收於《歷代書法論文選》，上海市：上海書畫出版社，1979 年，下冊，頁 659。

69 案：王念孫為桂馥撰寫〈說文統系圖跋〉（見《說文解字詁林》第 1 冊，頁 984）、阮元撰寫〈晚學集序〉、袁枚撰寫〈繆篆分韻序〉、翁方剛撰寫〈續三十五舉序〉，分別見收於

事實，絕對不是一位只會抄錄書籍的學究。清人蔣祥墀（1761-1840）為桂氏作傳，文中曾感慨地說：「未谷以宿儒積學，晚而僅得一仕。仕僅十年未竟其用而名滿天下，識與不識聞未谷之卒而痛之哀之」。[70]桂馥成為「《說文》四大家」之一，正是因為他在文字、聲韻、訓詁方面都有湛深的造詣。然而，他在文化藝術各方面的修養與成就，也是光芒四射，當世不少有名學者也難以與之相提並論。

桂馥生平事跡詳見於《晚學集·桂君未谷傳》、桂文燦（1823-1884）《經學博採錄》、《清史稿》卷四百八十一、《清史列傳》卷六十九、《國朝耆獻類徵》卷二百四十四、《碑傳集》卷一百〇九、《國朝先正事略》卷三十六、《國朝漢學師承記》卷六、《文獻徵存錄》卷九、《國朝詩人徵略》初編卷五十一、《飛鴻堂印人傳》卷三、《國朝書畫家筆錄》卷二、《國朝書人輯略》卷七等。

二　編寫原則

桂馥在《說文解字義證》的〈附說〉曾指出研治《說文》應注意：「讀《說文》者，不習舊文，則古訓難通；逞其私智，則妄加改易」。[71]然而，樸學之風，於乾嘉之世甚盛，學者對《說文》之研究，已不下數十家，論著多達百多種。不過，質素高下參差，魚龍混雜，良莠不齊，一如桂馥在《說文解字義證·附說》所述，當時研究六書成為一股風氣，而論者好放言高論，對經典大義卻茫然不懂。[72]桂氏的《說文解字義證》正是建基於匡扶學術正風的思想而動筆撰寫。

桂氏原作之目錄前。

[70] 見《國朝耆獻類徵初編》，第 36 冊，卷 244，頁 162-824。

[71] 見《說文解字義證》，桂馥撰，濟南市：齊魯書社，1987 年，頁 1342。

[72] 見《說文解字義證·附說》，頁 1343a。

　　通過對桂書的內容查考與分析，綜合來說，《義證》編撰的宗旨有兩點：一是要論證許慎《說文解字》一書中的說解；另一是要為《說文》中的文字本義、借義尋找古籍例證。桂書的撰作精髓，與戴震所倡導的「通訓詁、明經義」[73]的思想相一致。正如王筠所謂，《義證》全書「徵引雖富，脈絡貫通。前說未盡，則以後說補苴之；前說有誤，則以後說辨正之。凡所稱引，皆有次弟，取足達許說而止」（王筠《說文釋例・自序》）[74]。至於《義證》全書的立意就在於「令學者引神貫注，自得其義之所歸」（張之洞《說文解字義證・敘》）[75]，所以桂氏輒於許篆之下，臚列古籍，編次例證，讓讀者可以藉此觸類旁通，鉤索尋緒，通過自己理解去分析判斷。這種具有參考作用的著書精神與阮元所編的《經籍纂詁》很相近。[76]事實上，桂書的精髓就是引書證字，所以較少闡發許書條例，只在有必要之處，才另下案語，申明自己的觀點。

三　成書過程

　　《說文解字義證》是桂馥從諸生到通籍，用了約四十年時間而寫成的偉大著作。[77]此書卷帙浩繁，桂氏生前未能將之付梓刊行。書成後，長期以稿本形式傳抄流播。清人許瀚（1797-1866）曾指出是「桂氏未成本」，丁艮善（1829-1893）則認為是「脫稿未校之

[73] 見戴震〈題惠定宇先生授經圖〉，《戴震文集》，頁168。

[74] 王筠《自序》見《說文解字詁林》第1冊，頁235。

[75] 見《說文解字義證序》張之洞著，收於《說文解字詁林》第1冊，頁225。

[76] 案：《經籍纂詁》成書於清嘉慶四年（1799），當時桂馥（1736-1805）尚在人間（《義證》於桂氏逝世後才刊行），此是一部資料總集，收詞廣泛而詮釋詞義的訓詁專書。王引之評曰：「展一韻而眾字畢備，檢一字而諸訓皆存，尋一訓而原書可識，所謂握六藝之鈐鍵，廓九流之潭奧者矣。」詳見《中國學術名著提要・語言文字卷》，頁212-213，轉引。

[77] 見《中國歷代語言學家評傳》，頁303。

書」。[78]葉德輝就認為桂馥在書後「自述作書本末，命名之旨，是首尾固已完具，即中間微引，偶有踳謬，或待補正，固非未成之書也」[79]。然而，桂馥《晚學集》也曾自言：「馥所理《說文》，本擬七十後寫定」。[80]許瀚曾寫信給王筠說及校對桂書之事，許氏云：

> 弟校桂書，凡所徵引，必檢原書，而原書或不盡同，則據所本異，亦或據他書轉引。然因此而發其訛謬者眾，有脫落數十字者，有云查某書者，有約略恍惚語，留待核正而未及者，有所稿已具，而醉墨淋漓，塗改不成文理者，有不錯而桂君親筆改訂反大謬者。蓋書太浩博，成非一時，難免舛誤。[81]

事實上，桂馥用了非常漫長的時間寫撰作《義證》，其所引用材料非常繁多，需要經過一番功夫去核對和覆檢。然而，這件艱巨工作以桂氏一人之力實在難以圓滿辦妥，尤其是他到雲南上任之後，「滇南無書，不能復有勘校，僅檢舊錄簽條，排比付錄」[82]，核證工作很難如意執行。由此可知，《義證》在作者生前應該還未定稿，書中不少引文亦往往來自一己之背誦記憶[83]，所以未能逐一核對原文是桂書的一個缺點。丁艮善曾給予中肯的意見：

---

[78] 見丁艮善〈說文解字義證後敘〉，《說文解字詁林》第 1 冊，頁 226。案：丁艮善，名揚善，字少山，師事許瀚，對金石、訓詁有精心研究。

[79] 見《郋園讀書志》，上海市：澹園，1927 年，卷二，頁 222。

[80] 見桂馥〈上阮中丞書〉，《晚學集》，卷六，頁 8。然而，桂氏辛於任內，享年七十（1805），據桂氏信中謂「本擬七十後寫定」，可推斷其書在生前尚未完全訂稿。

[81] 見許瀚〈與王菉友書〉，收於王獻堂（1896-1960）《顧黃書寮雜錄》，濟南市：齊魯書社，1984 年，頁 67-68。

[82] 見《晚學集》，卷六，頁 8。

[83] 見《怎樣學習〈說文解字〉》章季濤著，鄭州市：河南人民出版社，1988 年，頁 141。

凡書中約略大意，撮引數句數字，與原文不符合，或大反背者，皆桂氏
欲查原書而未及者也，是在善讀者爲之補正耳。[84]

《義證》這本巨著長期以稿本流傳，而未能刻印刊行，直到桂馥去
世二十多年後，才有熱心人士去籌劃刊刻之事。道光六年（1826），
諸城李璋煜[85]得到桂書稿本，延請許瀚、許珊林、王筠等小學名家
校訂。當時有人認爲桂書內容蕪雜，欲加以刪節，王筠卻認爲不可
輕率處理。道光二十二年（1842），從桂馥的之孫桂顯忱處得到原
稿，校稿工作得以正式開展。聊城楊以增（1787-1855）致書許瀚，
以桂氏一生心血畢在於是書，欲代爲刊行，但以爲未免有蕪雜之
處，摘其尤者似亦無妨。楊氏出資請許瀚爲總校，汪孟慈、汪
士鐸（1802-1889）、管嗣復（ ？-1860）等任分校。[86]許瀚慎重其
事，曾擬〈《說文義證》校例廿條〉、〈刻書事宜十二條〉回覆楊
以增，結果因爲人事及校勘訂改問題，工序又再次遇上阻滯，最
後由許瀚一人擔任校刻之事。[87]

　　道光二十五年（1845），張穆（1805-1849）、王筠二人分別慫
恿藏書家靈石楊尙文刊刻桂書。二十七年（1847），楊尙文出資在
清浦刊刻，並由許瀚擔任主校，薛壽、田普實任分校。可惜校者
水平差劣，所校白黑顛倒，而且隨意刪改，任意呵斥，以致謬誤百
出，許瀚大爲不滿意，因而停刻。三十年（1850）二月，在贛榆縣
青口鎮重刻，許瀚一人負責整件刊印工作。咸豐二年（1852）終於

---

[84] 見丁艮善〈說文解字義證後敘〉，《說文解字詁林》第 1 冊，頁 226。
[85] 李璋煜，清‧嘉慶廿四年進士，生卒不詳，待考。
[86] 見《郘園讀書志》，頁 224。
[87] 桂氏《義證》刊刻歷盡波折，此事始末，近人張景栻〈說文解字義證校刊事輯〉有詳述，
　　見《說文解字義證》，濟南市：齊魯書社，1987 年，頁 23-24。另繆荃孫（1844-1919）〈桂
　　氏《說文義證》原刻跋〉亦有略述刊刻之事，詳見《藝風堂文漫存》，頁 284-285。

大功告成，許瀚致書王筠說：「今桂書勉強告竣，其不安於中者尚多，不知何日能得廓清也」。[88]《義證》自最初籌劃刊刻到開雕印製成書，經歷二十六年才能面世。[89]當時只刊印了幾十部，這些都屬連筠簃楊氏刊本。咸豐十一年（1861）捻軍發動戰爭，清江浦及日照等地，兵燹連年，當時桂書版片正藏於許瀚家中，結果與許家書籍一併遭逢戰火燬燼。同治九年（1870），湖北崇文書局以桂書刻後未有大量印行，世少傳本，於是翻刻，由許瀚弟子丁少山負責，可是校勘與刻印都不如原刻本。[90]

四　本書版本

　　桂馥這本巨著又名《說文解字桂氏義證》、《說文解字義疏》、《說文解字正義》[91]，略稱《說文義證》、《義證》，共五十卷。[92]據陳高春《中國語言學家辭典》所考，《義證》的版本有三種：一、道光三十年（1850）至咸豐二年（1852）連筠簃楊氏刊本；二、同治九年（1870）湖北崇文書局刊本；三、舊抄本。[93]據本文所考，現今較常見印本有四種：

88　見《顧黃書寮雜錄》，頁 68。

89　案：《連筠簃叢書》靈石楊氏刊本，各卷首卷頁題「曲阜桂馥學」封面署「道光卅年二月起工咸豐二年五月訖工，日照後學許瀚校字」。見〈《說文解字義證》校刊事輯〉張景栻撰，收於《說文解字義證》濟南市：齊魯書社，1987 年，頁 23。

90　有關桂書校刊事情，詳參〈《說文解字義證》校刊事輯〉，頁 23-24。及〈許印林《說文義證》刻樣二校錄語〉，見桂氏《說文解字義證》，濟南市：齊魯書社，1987 年，頁 2-6。案：丁少山，即丁艮善，見前註文。

91　案：段玉裁在《札樸序》云：「抑柯溪言，未谷尚有《說文正義》六十卷，為一生精力所聚，今其稿藏於家。」見《札樸》，頁 1。

92　見《中國學術名著提要·語言文字卷》，頁 279。

93　見《中國語言學家辭典》陳高春撰，鄭州市：河南人民出版社，1986 年，頁 820。

（一）於一八七〇年由湖北崇文書局開彫印行的同治九年本
　　　子。原書題作《說文解字桂氏義證》，共五十卷，十六
　　　開線裝印本。[94]

（二）由學者張亦軒校點，以濟南齊魯書社出版的原刻初印本
　　　為底本的縮小影印本（亦即湖北崇文書局刻本），全一
　　　冊，一九八七年十二月第一版，一九九四年三月二次版。
　　　書前附有一些縮影資料：桂馥自畫像兩幅、桂馥親筆隸
　　　書立幅兩張、羅聘為桂馥繪〈《說文》統系圖〉一張及
　　　許瀚手校刻樣兩頁。書後附有〈說文解字義證校錄〉，
　　　包括〈許印林說文義證校例七條〉、〈許印林說文義證刻
　　　樣二校錄語〉、〈許印林說文義證定本〉（記改錯誤）、以
　　　及張景栻的〈說文解字義證覆校〉、〈說文義證校刊事
　　　輯〉，並有筆劃檢字索引。這是近期所見比較完備的縮
　　　影本。

（三）由臺灣學者高明主編的《說文叢刊》所收的湖北崇文書
　　　局開彫的影印本，臺灣廣文書局印行。全書照原版影印，
　　　分為十五冊，書前收錄張之洞序言。

（四）由北京中華書局據湖北崇文書局本縮小影印的描修版本
　　　印行，全書分兩冊，一九八七年七月第一版，一九九八
　　　年十一月二次版。本書與濟南齊魯書社出版及廣文書局
　　　刊行的相同，沒有標點，書眉沒有楷體。但全書前有筆
　　　劃檢字，書後有四角號碼檢字，兩種索引並用，查檢方
　　　便。

---

[94] 案：香港中文大學新亞錢穆圖書館、香港大學馮屏山圖書館之閉架藏書室，均收有桂馥著
　　　的《說文解字義證》同治九年（1870）版本。

此外，近代學者酈承銓（1904-1967）《說文解字敘講疏》一書後之參考書目，列有《義證》武昌書局本[95]。原書未得一見，有待跟進。拙作之有關研究則主要參用第二、三種版本。

五 立論依據

近代訓詁專家黃侃先生（1886-1935）曾說：「許君說字，皆有徵信，經典之有徵者，則徵之經典；經典之無徵者，更訪之通人；其有心知其意，無可取徵者，則寧從蓋闕，以避不敏。」[96]桂馥著述態度，亦一如許慎遺風，論說細入嚴謹，而且必有依據，甚少空疏之言，於無可補充者則闕如處理。以下試從三點歸納桂氏立論之特點：

（一）根據文獻資料考究字形、字音、字義

在說解文字的形、音、義三方面，桂馥都徵引了不少字書、辭書、韻書，而且兼及各類不同版本。桂氏研究《說文》的態度，既是嚴謹認真，又是詳實清晰，考據細入，一絲不苟。所引用材料相當廣泛，不但經、史、子、集各類都有，甚至一些罕見、僻有的文獻資料，也同樣兼收羅列。總之，只要能把問題說通的，桂氏就會加以應用。以下分字形、字音、字義三大類，各舉十例，加以說明。[97]

---

[95] 酈文見收於《文字學論集》陳新雄、于大成主編，臺北市：西南書局，1979年，頁196。

[96] 見《文字聲韻訓詁筆記》黃侃口述、黃焯編撰，上海市：上海古籍出版社，1983年，頁89。

[97] 案：本書所引《說文》，包括篆字及許語說解，為便於統一處理（如有必要訂改，則另下案語說明）基本上依桂氏《說文解字義證》之引錄原文及參考大徐本。本書引述桂氏之書證原文所下之現代標點，主要參考上海辭書出版（2009）《康熙字典》（標點整理本）之引錄格式，引文如非必要一般不冠上引號。為省篇幅，本書以下所引《義證》字例及各家之

1 字形

（1）「刀」篆（《說文・刀部》），《義證》釋曰：

象形者，象其刃與環也。古文作 ♪。

（2）「采」篆（《說文・采部》），《義證》釋曰：

象獸指爪分別也者，《五音集韻》：采，獸縣蹄。《易・剝卦》：剝牀以辨。虞曰：指間稱辨。

（3）「哲」篆（《說文・口部》）下有收古文 ，許語云：從三吉。《義證》釋曰：

從三吉者，《詩・抑》：靡喆不愚。其字從二吉，蓋省。

（4）「公」篆（《說文・八部》），《義證》釋曰：

《釋名》：公，廣也，可廣施也。《北堂書鈔》引韋昭《辨釋名》云：公，猶取正直無私也，故公字從八厶。注云：八，音背。厶，古之私字，背私則爲公也。

（5）「中」篆（《說文・中部》），《義證》釋曰：

《說文》專著，一般不再附註頁碼。

馥案：本書，屮，出也。象屮過中，枝莖益大有所之。鍇《繫傳》云：
中從｜，引而上行（音進），屮始脫孚甲，未有岐根。

（6）「冊」篆（《說文·冊部》）下有古文「𥬠」，《義證》釋曰：

本書「侖」，籀文從此。又古文「𥬠」云：從竹。馥謂：從古文冊也。《定
四年·左傳》：備物典筴。《釋文》：筴，本又作冊，或作篇。

（7）曰：詞也。從口，乙聲。亦象口气出也。凡曰之屬皆從曰。
（《說文·曰部》）《義證》釋曰：

從口乙聲亦象口气出也者，《孟子正義》引同。本書：乀，鉤識也，從
反丿，讀若捕鳥罬。今從甲乙字者，誤也。皇侃《論語義疏》云：《說
文》：開口吐舌謂之曰。《孝經釋文》云：曰，語詞也。從乙在口上，
乙象氣。人將發語，口上有氣，故曰字缺上也。

（8）「歺」篆（《說文·歺部》），《義證》釋曰：

從半冎者，上當爲厂，不應作卜。

（9）廿：二十并也。（《說文·廿部》）本句下有「古文省」一
語，《義證》釋曰：

古文省者，省二十爲一字。

（10）才：屮木之初也。從｜上貫一，將生枝葉。一、地也。
凡才之屬皆從才。（《說文·才部》）《義證》釋曰：

從｜上貫一，將生枝葉，一地也者，徐鍇曰：上一，初生岐枝也，下一，地也。《五經文字》：才從｜，上貫二，｜象將生枝葉。一象地。

綜合上述諸例而言，「刀」、「采」、「歺」是從筆畫、筆勢闡述字形之構意。「哲」、「廿」說明文字形體之繁省。「公」按其他書籍所記辨析一組相關字形之構意。「屮」、「才」乃通過字形筆勢之具體形象意義以辨析其構形。「冊」、「曰」從《說文》其他相關字例互證其形體構意。

2　字音

（1）襺：裛裏也。從衣，鬲聲。讀若擊。（《說文·衣部》）《義證》釋曰：

讀若擊者，《長楊賦》：拮隔鳴球。韋昭曰：古文隔為擊。

（2）警：失气言。……。傅毅讀若慴。（《說文·言部》）《義證》釋曰：

傅毅讀若慴者，《漢書·項籍傳》：府中皆警伏。《史記·項本紀》作「慴服」。

（3）坺：治也。一曰：臿土謂之坺。《詩》曰：「武王載坺。」一曰：塵皃。從土，友聲。（《說文·土部》）《義證》釋曰：

《詩》曰：武王載坺者，《商頌‧長發》文，彼作旆。案：《周禮‧大司
馬》：中夏教茇舍。鄭注：茇，讀若萊沛之沛。馥謂：坺、旆，聲相近。
《荀子》引《詩》作發。坺、發，聲亦相近。公孫文子名拔，或作發，
見《檀弓‧注》。

（4）䛐：徒歌也。從言肉。（《說文‧言部》）《義證》釋曰：

從言肉者，當爲肉聲。徐鍇以聲字爲誤，非也。䛐，古讀若由，與肉聲
近，當有聲字。唐本云：肉亦聲。不應有亦字。

（5）膌：臞也。從肉，皆聲。（《說文‧肉部》）《義證》釋曰：

臞也者，膌聲轉爲柴。俗作瘵。《集韻》：柴，瘦也。

（6）「甡」篆（《說文‧生部》）下有「從生，豨省聲」語句。《義
　　證》釋曰：

豨省聲者，徐鍇本作豕聲。《一切經音義‧十六》：甡字從生，從豕聲。

（7）鄱：鄱陽豫章縣。從邑，番聲。（《說文‧邑部》）《義證》
　　釋曰：

番聲者，孟康音婆。

（8）朙：照也。從月，從囧。凡朙之屬皆從朙（《說文‧朙部》）
　　《義證》釋曰：

從囧者，徐鍇本作囧聲。

（9）「毌」篆（《說文·毌部》），《義證》釋本篆之音形曰：

《史記·齊世家》：伐衛取毌邱。[98]《索隱》云：毌音貫，衛之邑也。今作毋邱，字殘缺耳。案：《漢書》有曼邱氏，顏注：曼邱、毋邱本一姓。馥謂：曼、毌，聲近；毋、毌，形似。

（10）「宄」篆（《說文·宀部》）。《義證》於許語「讀若軌」下釋曰：

讀若軌者，《成十七年·左傳》：臣聞亂在外為姦，在內為軌。《釋文》：軌，本又作宄。《史記》：寇賊姦軌。《漢書·元帝紀》：殷周法行而姦軌服。顏注：軌與宄同。亂在外曰姦，在內曰軌。《循吏傳》：姦軌不禁。

綜合而言，「䜴」、「譽」、「宄」引證古書、古注以論《說文》篆字之「讀若」。「坡」、「毌」則論證文字古音有聲相近可通之理。「詧」論證本篆為形聲，並辨析小徐之誤。「膪」以聲轉原理說明字音。「鄥」引古人之直音為佐證。「羻」、「䎸」以小徐本及其他文獻所見，說明本篆字形為聲符。

3 字義

（1）炯：光也。從火，冋聲。（《說文·火部》）《義證》釋曰：

光也者，《廣雅》：炯炯，光也。《蒼頡篇》：炯，明也。或借扃字。《襄
五年·左傳》引逸詩：我心扃扃。杜云：扃扃，明察也。馥按：《玉篇》：
炯炯，明察也。本此。

（2）枚：榦也。可爲杖。從木，從攴。《詩》曰：施于條枚。（《說
　　文·木部》）《義證》釋曰：

榦也者，《廣雅》：枚，條也。《詩·汝墳》：伐其條枚。傳云：枝曰條，
榦曰枚。可爲杖者，《襄十八年·左傳》：以枚數闔。杜云：枚，馬檛也。
《二十一年·傳》：識其枚數。馥謂：枚，馬杖也。

（3）罟：网也。從网，古聲。（《說文·网部》）《義證》釋曰：

网也者，《廣雅》：罔謂之罟。《魯語》：里革斷其罟而棄之。注云：罟，
網也。《淮南·說山訓》：好魚者先具罟與罜。《詩·小明》：畏此罪罟。
傳云：罟，網也。《魚麗》，傳云：庶人不數罟。罟，必四寸，然後入澤
梁。《孟子》：數罟不入洿池。注云：數罟，密網也。

（4）羔：羊子也。（《說文·羊部》）《義證》釋曰：

羊子也者，顏注《急就篇》：羊子曰羔。《周禮·羊人》：凡祭祀飾羔。
注云：羔，小羊也。《楚詞·招魂》：臑鱉炮羔，有柘漿些。注云：羔，
羊子也。

（5）返：還也。從辵，從反。反，亦聲。《商書》曰：祖甲返。
　　（《說文·辵部》）《義證》釋曰：

還也者，《釋言》：還，返也。《書・金縢》：反風。馬注：風，還反也。
《詩・何人斯》：爾還而入。箋云：還，行反也。《衛策》：至境而反。
高云：反，還。《韓策》：周必寬而反之。鮑云：言還也。

（6）趹：馬行皃。從足，決省聲。（《說文・足部》）《義證》釋曰：

馬行皃者，《史記・張儀傳》：探前趹後，蹄間三尋。《索隱》云：謂馬
前足探向前，後足趹於後。謂後足抉地，言馬之走勢疾也。……《後漢
書・班固傳》：要趹追蹤。注引《廣雅》：趹，奔也。

（7）譶：疾言也。從三言。讀若沓。（《說文・言部》）《義證》
釋曰：

疾言也者，本書「雪」從譶省，云：眾言也。《集韻》：傝譶，疾貌。《琴
賦》：紛傝譶以流漫。李善引本書同。

（8）鞃：車軾也。從革，弘聲。《詩》：「鞹鞃淺幭。」讀若穹。
（《說文・革部》）《義證》釋曰：

車軾也者，《韻會》引徐鍇本作「車軾中靶也」。《玉篇》：鞃，軾中靶也。
或作䡷。《類篇》：鞃，車軾中靶。《詩》曰鞹鞃淺幭者，《大雅・韓奕》
文。傳云：鞃，軾中也。《正義》言鞹鞃者，言以去毛之皮，施於軾之
中央，持車使牢固也。

（9）畋：平田也。從攴田。《周書》曰：畋尒田。（《說文・攴
部》）《義證》釋曰：

平田也者，畋，經典借田字。《詩・齊風》：無田甫田。傳云：田謂耕治
之也。又借佃字。范甯注《穀梁》云：一夫一婦，佃田百畝。《周書》
曰畋尔田者，《多方》文。《正義》云：治田謂之畋。

（10）穿：通也。從牙在穴中。（《說文・穴部》）《義證》釋曰：

通也者，本書「川」下云：貫穿通流水也。「錾」下云：斤釜穿也。《漢
書・溝洫志》：穿渠溉田。〈食貨志〉：彭吳穿穢貊、朝鮮。注云：始開
通之，故言穿。〈司馬遷傳〉：貫穿經傳。從牙在穴中者，《詩・行露》：
誰謂鼠無牙，可以穿我墉。

綜上所引諸例，「炯」、「畋」爲引書證論述借字之例。「枚」、「罟」、
「返」則以典籍證篆字與《說文》訓釋字有同義同源之關係。「羔」、
「跌」、「軌」廣引書證以辨明許語之說解。「畾」以《說文》他篆
之省體論說形義結構。「穿」則引《說文》他篆互證字義之解釋。

（二）徵引專家學者之說

許愼撰寫《說文》，取材廣泛，重視專家學者意見。他在《說
文敘》中所謂「博采通人」，就是廣泛徵用一些大學問家的意見。
這些「通人」，「有在許君之前者，有爲許君所及身親見者。在前者，
博采之；親見者，博問之」。[99]桂馥研究《說文》，亦秉承許學精神，
立說必有所本，甚少孤證申說，亦不單憑個人之主觀判斷作爲結論。
桂書對文字形音義之研究，除博引各類文獻資料外，對先進前賢的

---

[99] 馬宗霍（1897-1976）語，見《〈說文解字〉引通人說考》馬宗霍撰，臺北市：臺灣學生書
　　局，1973 年，頁 7。

研究成果，也同樣重視，並且兼收併蓄，將有用的逐一引錄於其注解之中。此外，桂氏對於諸家有可商榷之處，也會一併引錄，然後加以討論，闡發自己的研究觀點。

　　桂氏《義證》，全書博引典籍，經、史、子、集，無所不包。書中論述材料非常廣泛豐富，自周秦、兩漢而下，逮至唐宋元明，及其當世大清，各朝各代文獻皆有徵引。論講文字，經常出入於各家注疏之中，有關例子多不勝數。只要細心閱讀《義證》，就會發現桂馥是非常重視和尊重他人的研究心得。篇幅所限，下列就以清初及乾嘉之世為例，引錄數條關於桂書援引專家學者之論說，以見一斑。

　　（1）譜：加也。從言，曾聲。（《說文・言部》）《義證》釋曰：

　　　　加也者，本書：加，語相增加也。誣，加也。……顧炎武曰：《漢書・
　　　　杜周傳》：吏所增加，十有餘萬。謂辭外株連之人。

案：顧炎武乃明末清初學術界巨擘。以上桂氏引顧說以補充本篆字義說解。

　　（2）豲：逸也。從豕，原聲。《周書》曰：「豲有爪而不敢以撅。」讀若桓。（《說文・豕部》）《義證》釋曰：

　　　　《周書》曰：豲有爪而不敢以撅者。閻若璩曰：出《周書・周祝解》，《說
　　　　文》脫逸字。馥案：本偁《逸周書》，傳寫升逸字於注首，故《周書》
　　　　上脫逸字。

案：閻若璩（1636-1704），清初著名考據學家。以上桂氏先引述閻氏之發明，然後自己再加以說明。

（3）鶌：鶌鳩也。從鳥，屈聲。（《說文·鳥部》）《義證》釋曰：

> 鶌鳩也者，《釋鳥》：鶌鳩、鶻鵃。郭云：似山鵲而小，短尾，青黑色，多聲，今江東亦呼爲鶻鵃。戴君震《毛鄭詩考正》〈墓門〉二章，傳：鴞，惡聲之鳥也。震案：此及《魯頌》「翩彼飛鴞」，皆讀零喬切。司馬彪以爲小鳩，是也。似山鵲而小，短尾，多聲。《春秋傳》謂之鶻鳩。鶌鴞之鴞，讀吁驕切，即鶌鵃，語之轉耳。說者往往涸鴞與鶌鴞爲一物。馥案：郭說不以鶻鵃爲斑鳩，良是。

案：戴震，乾嘉學派領袖。以上桂氏詳引戴說佐論本篆之音義說解。

（4）穖：禾穖也。從禾，幾聲。（《說文·禾部》）《義證》釋曰：

> 禾穖也者，程君瑤田曰：禾采成實，離離或聚珠相連貫者，謂之穖。與珠璣之璣同意。《呂氏春秋·審時篇》：得時之禾，疏穖而穗大；得時之稻，長桐疏穖。高注：穖，禾穗。果贏是也。徐鍇以爲禾莖，失之矣。

案：程瑤田（1725-1814），乾嘉經學家。以上爲桂氏引錄程說之例。

（5）麚：鹿麚也。從中，麃聲。……（《說文·中部》）《義證》釋曰：

> 錢君大昕曰:《釋草》:蘭,鹿藿。蓝、蘭二字,形聲全別。然其致誤亦
> 有由,《春秋》:楚子麋卒。《穀梁》作卷。卷、麋聲相近,蓋因蓝讕為
> 麋,又以聲轉為蘭耳。《詩·陳風》:邛有旨苕。傳云:苕,草也。陸疏:
> 苕,苕饒也。幽州人謂之翹饒。蔓生,形如勞豆,而葉細似蒺藜,其莖
> 葉綠色。可生食,如小豆藿也。馥案:《本草》《蜀本圖經》言鹿霍亦堪
> 生噉。疑苕、蓝聲相近,蓋一物歟。

案:錢大昕,乾嘉小學名家,精於音韻學。以上桂氏引錢說再加案
語補充本篆聲義之說。

(6)頁:頭也。從百,從八。⋯⋯(《說文·頁部》)《義證》
釋曰:

> 頭也者,本書「囂」下云:頁,首也。王君念孫曰:頁即首字,不知何
> 故,轉為胡結切。《說文》「恖」即從頁聲。馥謂:頁、頭,聲相近。

案:王念孫,乾嘉小學名家,精於訓詁、音韻學。以上桂氏引王說
以論本篆聲義相關之說。

　　除此以外,乾嘉時的一些有名學者,例如:惠棟、袁枚、盧文
弨(1717-1796)、江聲、朱文藻(1735-1806)、丁杰、邵晉涵(1743-1796)、錢
大昭(1744-1813)、錢坫(1744-1806)、武億(1745-1799)、王聘
珍(1746-?)、莊述祖(1750-1816)、阮元、王引之等,他們的精
心研究,桂馥都在《義證》裏多次直接加以徵引,以佐論說解文字

之形音義。[100]桂氏重視前輩及同儕學者之研究，其廣闊之學術胸襟，由此可知大略。

（三）驗證於生活語言材料及個人見聞

古人說解文字音義，早已注意到利用現實生活語言材料，作爲相互驗證的研究。秦漢時的《爾雅》、西漢揚雄（前53-後18）的《方言》（全名爲《輶軒使者絕代語釋別國方言》）、東漢劉熙（西元160-？年）的《釋名》、曹魏張揖（西元220-265年）的《廣雅》等古漢語專書，都經常援引方言、俗諺等資料說解字義、詞義。桂馥精於音韻、訓詁之學，當然明白到語言有方言、方音，及其與古音的傳承關係，也瞭解異代音變及語言發展的道理。他知道方言、口語很多時都保留著古音蛻變的痕跡，可以由此考究文字音義。許愼《說文》所收錄的古代語言資料，雖然遠隔千載，然而也可以通過其他途徑，在文獻的考證以外，去加以探討研究。事實上，桂馥《義證》說解文字音義，就有不少地方是引用現實生活裏的方音、口語等材料，甚至借用一些生活見聞、行爲習慣等素材而加以發揮，並通過互相參證辨析方法，去論說字音、字義的種種複雜關係。茲列舉有關例子說明如下：

（1）榺：機持經者。從木，朕聲。（《說文·木部》）《義證》釋曰：

---

100 桂馥徵引諸家意見，詳見《義證》書中之說解。爲省篇幅，茲各舉一條：「煇」篆（引惠棟說）；「疋」篆（引袁枚說）；「婉」篆（引盧文弨說）；「奏」篆（引江聲說）；「離」篆（引朱文藻說）；「亳」篆（引丁杰說）；「植」篆（引邵晉涵說）；「蛀」篆之遺文（引錢大昭說）；「德」篆（引錢坫說）；「貞」篆（引武億說）；「疋」篆（引王聘珍說）；「本」篆（引莊述祖說）；「豐」篆（引阮元說）；「碬」篆（引王引之說）。

機持經者者，《廣韻》：縢，織機縢也。《一切經音義・十四》引《三蒼》：經所居機曰縢。王逸《機賦》：縢復回轉，刻象乾形。《廣雅》：栫謂之縢。《玉篇》：栫亦作梭。馥案：梭，持緯者。縢，乃密竹器。吾鄉呼之音如憎。

（2）棠：牡曰棠，牝曰杜。從木，尚聲。（《說文・木部》）《義證》釋曰：

《釋木》：杜，赤棠。白者棠。《六書故》引「舍人」云：白者為棠，赤者為杜。馥案：今俗呼棠梨、赤梨。

（3）萹：萹茿也。從艸，扁聲。（《說文・艸部》）《義證》釋曰：

馥至萊州，三月間，有小兒提籃賣野菜，呼編豬芽。其葉似藜，烝食之，味亦似藜，因憶《本草》言：萹蓄生東萊山谷。俗謁編豬也。

（4）臭：禽走臭而知其迹者，犬也。從犬，從自。（《說文・犬部》）《義證》釋曰：

禽走臭而知其迹者犬也者，《玉篇》：犬逐獸走而知其迹。故字從犬。徐鉉曰：犬走以鼻知臭，故從自。馥案：禽走者，野禽走逃也。走屬野禽，不屬犬，徐語未了。賈岱宗《大狗賦》：逆風長屬，野禽是覓，鼻嗅微香，眼裁輕迹。《周禮・迹人》鄭注：迹之言跡，知禽獸處。馥在嶧縣，見夜獵者放犬入山，隨其後，犬臭露草，知玀狸所在。

（5）䘓：血醢也。從血，肬聲。《禮記》有䘓醢，以牛乾脯梁籟鹽酒也。（《說文・血部》）《義證》釋曰：

《禮記》云云者，記字衍文。《周禮・醢人》：其實韭菹、醓醢。注云：醓，肉汁也。又云：作醢及臡者，必先膊乾其肉，乃後莝之，雜以粱麴及鹽，漬以美酒，塗置瓶中，百日則成矣。馥案：今雲南人取豬血，雜以肉骨同鹽豉作之，名曰豆豉。醓，音轉如沈姓之沈。

（6）莛：維絲筦也。從竹，廷聲。（《說文・竹部》）《義證》釋曰：

> 趙宦光曰：今紡絲銓曰筳子，誤讀上聲。馥案：北方轉爲去聲。

（7）亼：三合也。……讀若集。（《說文・亼部》）《義證》釋曰：

> 讀若集者，《書・允征》：辰弗集于房。傳云：集，合也。馥案：北人呼市爲集，所謂合市也。

（8）「孃」篆下許語有描述本篆之讀音：讀若蜀郡布名。（《說文・女部》）《義證》釋曰：

> 讀若蜀郡布名者，蜀布有筒中黃潤，蓋讀若潤。

（9）拇：將指也。從手，母聲。（《說文・手部》）《義證》詳考古籍文獻對「將指」之訓解，於所引《左傳正義》資料下加以評說：

> 馥謂此曲說也。手足皆以拇爲將指，手之大指爲拇指，二指爲食指，三指爲中指，四指爲無名指，五指爲小指。此南北之通語也。

（10）鷮：走鳴、長尾雉也。乘輿以爲防釳，箸馬頭上。從鳥，
喬聲（《說文·鳥部》）《義證》於「乘輿」句下先詳細引
錄文獻論證，再解釋說：

馥與宋君葆淳同看漢人石刻畫，駕車之馬頭上有雉尾。宋君爲問，余曰：
即防釳也。

綜合而言，「縢」爲桂氏以家鄉山東方音論證古語。「棠」以當
時所聽聞之俗用詞語疏證本篆之古義。「蒿」、「臭」爲借生活所見
所聞辨解字義。「艦」以地方文化生活情況疏證古義，並說明方音
與古音之變讀。「筵」、「厽」則以北方之文化語言特點，解說字音
及字義。「嬛」借一地之文物實況以論證《說文》所記之讀若音例。
「拇」爲以南北文化用語習性去說解字義之例。「鷮」以圖畫實物
及個人觀察所得作參證之例。

第三章
《説文解字義證》的編排體例

　　《說文解字義證》，又簡稱《義證》，全書共五十卷。連同許語、篆字、古文及桂氏註文作粗略計算，約有二百萬字。按其書中內容安排，可分爲三種不同編次方式：

　　第一部分編次方式：由卷一至卷四十八，此爲對許愼《說文解字》正文的疏證部分。此部分自成體例：先以大字收錄《說文》原文（以大徐本爲主要依據），字頭則用小篆。然後仿照唐人注經的方式，低一格以雙行小字疏解，假如所引古籍說法與許愼的《說文解字》不合或有所補充、發明，便在疏解之前以頂格雙行小字加以說明。在各部首之後，如有增補，則另以楷體列出，並標明爲「遺文」。

　　第二部分編次方式：見卷四十九，此爲對許愼《說文解字敍》、許沖《進書表》的疏證部分。本部分亦沿用古人注經體例，全部用雙行小字隨文疏解，以申明文章之原意。當中也有說及文字之音義，字形方面，亦有論及筆劃、書體之源流及變化情況。

　　第三部分編次方式見於卷五十，此涉及〈附錄〉與〈附說〉兩類。〈附錄〉主要蒐集見於古籍中與《說文》研究的師承相關資料，有說及《說文》一書對後代字書在編排、收字、訓解等方面的影響。上卷一共收錄五十三條，編次詳略有序，別具心思，有助讀者入門了解及進一步探究。至於〈附說〉，見於下卷，連同桂馥自己的一些讀書心得計算，一共收錄了三十三條。主要輯錄一些與《說文》版本及校勘有關的材料，以及桂氏自己對《說文》研究的意見。

　　以下分五項並各舉例子，說明《義證》的正文疏證編次體例：

一　先說許篆

　　如前所述,《義證》是先引錄《說文》篆文及許語之說解,然後依次逐一論證。在釋字之前先說解許篆,或說明其出處,或說明其構形,或說明其字義詞義。一般採用與許篆平排,即以頂格說明本篆的格式,此爲全書通例。假若該字並無有關資料作補充或說明,就會略去不論,而採用低一格的方式,進入疏解許語部分。例如:

（1）玠:大圭也。從玉,介聲。《周書》曰:稱奉介圭。(《說文・玉部》)《義證》先用頂格式說解本篆曰:

　　《釋器》:珪大尺二寸謂之玠。《詩・崧高》:錫爾介圭。《韓奕》:以其介圭,入覲于王。

案:以上爲說明本篆出處之例。

（2）瓅:玓瓅。從玉,樂聲。(《說文・玉部》)《義證》以頂格式說解本篆曰:

　　字或作「礫」。《思元賦》:顏勺礫以遺光。又借爍字。《羽獵賦》:隨珠和氏,焯爍其波。

案:以上爲說明本篆或體及借義之例。

（3）岀：菌岀，地蕈叢生田中。從屮，六聲。（《說文‧屮部》）
《義證》以頂格式說解本篆曰：

按篆當作屵，中橫，左右下垂。

案：以上爲說明本篆筆畫之構形。

（4）臽：小阱也。從人在臼上。（《說文‧臼部》）《義證》以頂
格式說解本篆曰：

篆當作臽，人在臼上，不在臼中。

案：以上爲訂正許篆筆形結構及字形構件位置之例。

（5）劃：錐刀曰劃。從刀，從畫。畫亦聲。（《說文‧刀部》）《義
證》以頂格式說解本篆曰：

本書「畫」，古文作劃，即劃字。

案：以上說明本篆之構形與他篆古文構形有相同之組合部件，辨明
兩字之同源關係。

（6）吁：驚語也。從口，從亏。亏亦聲。（《說文‧亏部》）《義證》以頂格式說解本篆曰：

> 本書口部有吁字，云：驚也。[1]

案：以上桂氏引他部篆字以說明本篆之構形與字義有相似相近之處。

（7）眼：目也。從目，艮聲。（《說文‧目部》）《義證》以頂格式說解本篆曰：

> 《釋名》：眼，限也。瞳子限限而出也。

案：以上為引他書以增補本篆義項之例。

（8）睆：睅，或從完。（《說文‧目部》）《義證》以頂格式說解本篆曰：

> 徐鉉所加。案：《一切經音義‧五》引許慎注《淮南子》，曰：睆，謂目內白翳也。

案：以上為說明增補本篆來由之例。

（9）奮：翬也。從奞在田上。《詩》曰：不能奮飛。（《說文‧奞部》）《義證》以頂格式說解本篆曰：

---

[1] 案：吁下云：「驚也。從口，于聲。」見《說文解字義證》，頁131。此「吁」應為「吁」。

《廣韻》：奮，揚也。鳥張毛羽奮奞也。《淮南・時則訓》：鳴鳩奮其羽。
高注：奮迅其羽，直刺上飛也。《廣志》：白雞金骹者善奮。《釋鳥》：雉
絕有力，奮。《書・舜典》：有能奮庸熙帝之載。傳云：奮，起。

案：以上為列舉他書所見本篆之其他義項之例。

（10）䀛：目不正也。從目，失聲。（《說文・目部》）《義證》
　　　以頂格式說解本篆曰：

　　《玉篇》有古文，作盽。

案：以上為舉其他字書所見本篆之古文例子。

二　後釋許語

　　桂書疏解《說文》許語，必先另起新段，以低一格形式立說。
基本上，說解一律依從許語次序，逐句論證說明。假若書中對該篆
文無所補充，亦以低一格之方式處理，此為全書一貫條例。[2]例如：

（1）噬：啗也，喙也。從口，筮聲。（《說文・口部》）《義證》
　　　以低一格方式，說解許語曰：

　　啗也者，《字林》同。喙也者，說見啜下。

---

[2] 案：《義證》亦有只列出篆字資料而對許語訓解不作補充之例，如「柰」、「踦」、「臀」、「借」、「𧼙」等。此外，也有只錄篆字及許語而全無疏解或補充之例，如「瞫」、「槁」、「鶼」、「炌」「寫」等。

（2）是：直也。從日正。凡是之屬皆從是。（《說文・是部》）《義
　　證》以低一格方式，說解許語曰：

　　　　直也者，本書：直，正見也。《詩・魏風》：爰得我直。從日也者，猶古
　　　　文正從上。

（3）足：人之足也，在下。從止口。凡足之屬皆從足。（《說文・
　　足部》）《義證》以低一格方式，說解許語曰：

　　　　人之足也者，本書：癸承壬，象人足。《易・說卦》：震爲足。《論語》：
　　　　啟予足。《玉藻》：足容重。在下者，《玉篇》《篇海》並引作「在體下」。
　　　　《釋名》：足，續也。言續脛也。從止口者，《五經文字》：從口下止。
　　　　本書：止，下基也。故以止爲足。

案：以上各條爲只說許語之例。桂馥按可說之處立論，至於淺而易
明之內容，一般會略去疏解，不作論說。

（4）羍：六月生羔也。從羊，夶聲。讀若霧。（《說文・羊部》）
　　《義證》以低一格方式，說解曰：

　　　　六月生羔也者，《廣雅》：羍，羔也。

案：桂氏只引《廣雅》一例論證許語說解，而不論說本篆之構形與
「讀若」。

（5）羍：小羊也。從羊，大聲。讀若達。（《說文・羊部》）《義
　　證》以低一格方式，說解許語曰：

　　小羊也者，《詩・生民》《正義》引同。《蓺文類聚》《初學記》《太平御

　　覽》並引作「七月生羔也」。《廣雅》：牵，羔也。讀若達者，《詩・生民》：

　　先生如達。箋云：達，羊子也。《正義》云：薛琮曰：羊子初生，達。

案：以上桂氏先解釋許語「小羊也」在經典上引述內容，基於「牵」

篆的讀若字「達」較為特殊，有進一步補充的必要，於是詳引書證

以申明本篆與讀若字之借義關係。

　　此外，桂書亦有例外之處理，有只針對許語某處訓解而論說。

例如：

（6）首：目不正也。從丫，從目。凡首之屬皆從首。莧從此。

　　　讀若末。（《說文・首部》）《義證》以低一格方式，只對「讀

　　　若末」一語，說解本篆之音義曰：

　　讀若末者，本書：眛，目不明也。《隱元年・左傳》：盟于蔑。《公羊》《穀

　　梁》作眛。《史記・屈原傳》：殺其將唐眛。《古今人表》作唐蔑。《論語》：

　　亡之命矣夫。《漢書》引作蔑之命矣夫，《新序》作末之命矣夫。[3]

案：桂書疏證本篆的本義，再論證本義與其讀若字的關係。

（7）趞：趬趞也。一曰行兒。從走，昔聲。（《說文・走部》）《義

　　　證》以低一格方式，說解曰：

---

[3] 案：《說文》有「眛」、「眛」兩篆，皆釋曰：目不明也。桂氏本條所引為「眛」，見《說文
　　解字義證》，頁 299。

一曰行皃者，《廣雅》：趑趄，行也。

（8）齭：齒傷酢也。從齒，所聲。讀若楚。（《說文・齒部》）《義
　　證》以低一格方式，說解曰：

讀若楚者，《玉篇》：齭與齼同。《御覽・三百六十八》引《字林》：齼，
齒傷酢也。曾幾〈曾宏甫分餉洞庭柑詩〉：邾犀微齼遠山顰。注云：齼，
初舉切。齭，同上。齒傷醋也。《晉中興書》：烈宗起清暑殿，識者曰：
清暑，反語，楚也。爲殿以酸楚之聲爲號，非吉祥也。

（9）品：眾口也。從四口。……又讀若戢。（《說文・品部》）《義
　　證》以低一格方式，說解曰：

又讀戢者，徐鍇作一曰戢。鍇《繫傳》云：戢，謹也。馥案：戢乃字義，
非字音。不當言讀若。

（10）矘：目多精也。從目，蕫聲。益州謂瞋目曰矘。（《說文・
　　　目部》）《義證》以低一格方式，說解曰：

益州謂瞋目曰矘者，《方言》：矘，轉目也。梁益之間瞋目曰矘，轉目顧
視亦曰矘。劉歆〈遂初賦〉：空下時而矘世兮。

案：以上四條，桂書大抵認爲該等篆字及部分說解語句皆無可補充，
而只按某處可疏解者立說。

三 辨證古文

桂氏分析許篆，非常注重客觀材料的引用，對於《說文》篆字說解下所保留之古文，尤其重視，而且會詳細查考，探究源流。或按其字形印證於本篆、他篆、或以其他字書、類書中所見之文字，佐證文字之傳承或其衍變關係。又或引證於書傳以說解其古文之字義，辨明其字形與字義之種種不同或相關特點。按本文統計，桂書一共收錄《說文》古文六四六個，其中有疏解的三四九個。例如：

（1）飪：大孰也。從食，壬聲。（《說文・食部》）本篆下有古文「𦝫」，《說文》云：「古文飪。」《義證》在此以頂格引書說解：

《禮・郊特牲》：腥、肆、爓、腍祭。注云：腍，孰也。馥謂：變壬從念。

案：以上引書證本篆古文因變形而成異體字。

（2）「厚」下有古文「垕」，《說文》云：「古文厚。從后土。」（《說文・㫗部》）《義證》以低一格方式，先引許語再以書證加以說解：

從后土者，《詩・甫田》：以社以方。傳云：社，后土也。《檀弓》：國亡大縣邑，君舉而哭於后土。《僖十五年・左傳》：君履后土而戴皇天。

案：以上爲桂氏只引書而不下案語例。

（3）「李」下有古文「梓」，《說文》云：「古文。」（《說文·木部》）《義證》以頂格方式，先指出其誤再引書證說解：

此爲梓之古文，誤在李下。《周書·梓材》《釋文》引馬融曰：梓，古作杼字。《尚書大傳》：商子謂伯禽、康叔曰：南山之陽有木焉，名曰橋。橋者，父道也。南山之陰有木焉，名曰杼。杼者，子道也。《說苑》《論衡》並作梓。

案：以上爲論證《說文》書中引錄古文之誤，再引書證辨析之例。

（4）「僕」下有古文「僕」，《說文》云：「古文。從臣。」（《說文·羑部》）《義證》以低一格方式，引書說解許語對本篆古文形與義之描述：

從臣者，《書·微子》：我罔爲臣僕。《費誓》：臣妾逋逃。傳云：役人賤者，男曰臣，女曰妾。《昭七年·左傳》：王臣公，公臣大夫，大夫臣士，士臣皂，皂臣輿，輿臣隸，隸臣僚，僚臣僕，僕臣臺。

案：以上引書傳論證本篆古文之構形從臣。

（5）「弅」下有古文「窠」，《說文》云：「古文弅。」（《說文·収部》）《義證》以頂格方式，說解「弅」篆之古文曰：

《呂氏春秋》：仲冬之日，君子齋戒，處必弅高。注：弅，深邃也。馥謂：古文从穴，深邃意也。

案：桂氏分析本篆古文之形，故以頂格行文。以上引書證以闡明本
篆古文從穴。

（6）「孚」下有古文「𣎴」，《說文》云：「古文孚。從禾。禾，
　　　古文保字。」（《說文・爪部》）《義證》先以頂格方式，注
　　　釋「孚」篆之古文：「本書『飽』古文從此。」再另起新段，
　　　以低一格之體例，說解許語：

　　　古文孚從禾。禾，古文保字者，徐鍇本作古文孚，從古文保。保，亦聲。
　　　馥案：本書「保」：從㼽，古文禾。當云：㼽，古文孚。故古文保云：
　　　不省。

案：桂氏以本篆古文與他篆古文互證，以辨析許篆之古文構形。

（7）「憜」下有古文「𤲬」，《說文》云：「古文。」（《說文・心
　　　部》）《義證》先以頂格方式，注釋「憜」篆之古文：

　　　本書「媠」，或省作郁。郭注《爾雅》：鷸鶉鶌鶵，一名墮羿。《釋文》
　　　云：墮字又作媠。《字書》云：古以爲懈惰字。《漢書・雨龔傳》：媠嫚
　　　無狀。《谷永傳》：車馬媠游之具。

案：以上爲指出與他篆古文之或體、省體在構件形符相同之例，桂
氏又另引典籍加以論證。

（8）「謀」下有古文「ㄅ」，《說文》云：「古文謀。」（《說文・
　　言部》）《義證》以低一格方式，說解許語所謂之古文構形：

　　　此與下古文（案：謀篆有兩個古文，桂氏所謂下古文，作ㄅ）但有口言
　　　之別。上體則同，當作ㄅ，蓋母聲。

案：以上按本篆與古文聲符（某、母同是雙聲）之構形，訂正古文
之形體。

（9）「席」下有古文「圆」，《說文》云：「古文席。從石省。」
　　（《說文・巾部》）《義證》以低一格方式，說解許語所謂之
　　古文構形：

　　　從石省者，誤也。文當爲圈，《廣雅》：㓒，席也。本書「㓒」，古文作
　　　囷，云：竹上皮。蓋用竹皮爲席也。

案：以上據他書及《說文》他篆之古文，以訂正許語所釋古文之省形。

（10）「邽」下有古文「糚」，《說文》云：「古文邽。從枝，從
　　　山。」（《說文・邑部》）《義證》頂格說解曰：

　　　通作枝，《莊子》「枝指」，《釋文》：崔云：音歧。謂指有歧也。

案：以上引書證說明本篆古文之通借義。

四 案語立說

先臚列前人所論，再於末處附上個人案語，是唐人注解經書一貫格式。桂馥疏解許慎《說文》也沿用此種傳統範式，在書中有必要說明之處，以「馥案」、「馥按」、「馥謂」、「馥曰」等用語引入個人論說，間中也會只用一個「案」字爲說。其案語體例鮮明清楚，甚少不作交待就承接前文引發己見。以下舉例說明：

（1）寇：暴也。從攴，從完。（《說文・攴部》）《義證》以頂格
　　　式釋曰：

　　　《書・舜典》：寇賊姦宄。傳云：群行攻劫曰寇。馥案：《魏志》：辰韓
　　　名賊爲寇。又《費誓》：無敢寇攘。鄭注：寇，劫取也。

（2）喜：樂也。從壴，從口。凡喜之屬皆從喜。（《說文・喜部》）
　　　《義證》曰：

　　　從壴從口者，《御覽》引同。《春秋元命包》：兩口銜士爲喜。馥案：豈
　　　從中，非士，緯書說文字多謬。

（3）覃：長味也。從𣃗，鹹省聲。《詩》曰：實覃實吁。（《說
　　　文・𣃗部》）《義證》曰：

　　　長味也者，本書「醰」從此。云：酒味苦也。《廣雅》：覃，長也。《詩》：
　　　葛之覃兮。傳云：覃，延也　馥案：延亦長也。

以上爲用「馥案」之例。

（4）臦：乖也。從二臣相違。讀若誑。（《說文·臣部》）《義證》曰：

　　本書「臩」從此。云：驚走也。馥謂：乖、違，故驚也。

（5）眛：目不明也。從目，未聲。（《說文·目部》）《義證》曰：

　　目不明也者，本書「末」下訓同。《廣韻》：眒眛，目不明。馥謂：眒、
　　眛，疊韻。《僖二十四年·左傳》：目不別五色之章爲眛。

（6）等：笢也。從竹，孚聲。讀若《春秋》「魯公子彄」。（《說
　　文·竹部》）《義證》曰：

　　讀若《春秋》「魯公子彄」者，《春秋》下當有傳字。等、彄，聲義並相
　　近。本書「彄」：弓弩端弦所居也。馥謂：彄，管弦者；等，管絲者，
　　筆管亦謂之彄。《內則》：右珮玦捍管。注云：管，筆彄。

以上爲用「馥謂」之例。

（7）咠：語相訶距也。……讀若欁。（《說文·口部》）《義證》曰：

　　讀若欁者，《集韻》：咠，語相呵拒。案：欁，或作栟，故從卉。

（8）侑：刺也。從人，有聲。一曰痛聲。（《說文·人部》）《義
　　證》曰：

　　一曰痛聲者，徐鍇本作毒之。案：本書「瘌」下云：楚人謂藥毒曰痛瘌。

（9）枰：木出橐山。從木，乎聲。（《說文‧木部》）《義證》曰：

> 木出橐山者，《山海經‧中山經》：橐山，其木多枰。案：枰或作椊，又誤為樗。

案：以上為僅用一「案」字之例，書中此類例子較少。

此外，桂氏亦有不標明「案」字，而其實已提出自己言論之例：

（10）溡：水暫益且止未減也。從水，寺聲。（《說文‧水部》）《義證》曰：

> 水益且止未減也者，益當為溢，謂水少少溢出即止，未減損也。

（11）黱：不鮮也。從黑，尚聲。（《說文‧黑部》）《義證》曰：

> 不鮮也者，鮮當為鱻。黱或作曭。《楚詞‧遠遊》：時曖曃其曭莽兮。注云：日月晻黮而無光也。

（12）派：別水也。從水，從辰。辰亦聲。（《說文‧水部》）《義證》釋曰：

> 別水也者，當為「水別也」。本書「辰」：水之衺流別也。《廣韻》：派，分流也。《吳都賦》：百川派別。五臣注引《字說》：水別流為派。《廣雅》：水自汾出為派。

五 增補遺文

　　桂馥《義證》說解文字，一般都是以大徐本《說文》為依據，
原則上不會為新附字提出論證。桂氏撰寫《義證》時，曾據經、史
所見注文，《廣韻》及其同一系列韻書，以及《一切經音義》等專
書所引資料，以訂正《說文》。另外，又據《玉篇》、《匡謬正俗》
等字書所引《說文》之篆字、說解語句、讀若，以及其他在古書中
所引用之有關材料，逐一詳細互證，比勘對照，將之增補於書中各
部首之後。例如，《義證》心部有「惢」、「絭」兩個遺文，手部有
「抵」、「捂」、「押」、「揩」、「捍」、「摻」、「擓」、「揵」八個遺文。[4]這些
補充文字（桂氏皆稱作「遺文」），一般都用楷體，以別於《說文》
原文的篆體字頭。按專家統計，桂書所增補文字有一一五個，重文
四個，一共收了一一九個字。[5]茲舉例如下：

口部後有遺文三個：

　　（1）嘲，相調戲，相弄也。（《說文·口部》）《義證》曰：

　　　　《太平御覽》引。案：徐鉉《新附》有嘲字。《廣韻》：嘲，言相調也。
　　　　《漢書·揚雄傳》：或嘲雄以元尚白，而雄解之，號曰解嘲。《一切經音
　　　　義·一》引《蒼頡篇》曰：啁，嘲也。謂相調戲也。

---

[4] 見《說文解字義證》，頁 915、1067-1068。
[5] 參考《說文學》宋均芬著，北京市：首都師範大學出版社，1997 年，頁 213。

（2）嗤，笑也。(《說文・口部》)《義證》曰：

    李善注阮籍《詠懷詩》引。案：《廣韻》《玉篇》同。

（3）咬，淫聲。烏交切。(《說文・口部》)《義證》曰：

    李善注《舞賦》引。案：《廣韻》同。

案：以上為桂氏據《太平御覽》《文選注》等書所引《說文》，並參證他書資料增補之例。

虫部後有遺文三個：

    （4）「螒」篆(《說文・虫部》)（案：「螒」下無許語說解。)《義證》曰：見「螻」下。

    （5）蚆：黑貝。(《說文・虫部》)《義證》曰：《廣韻》引。

    （6）「蠤」篆(《說文・虫部》)（案：「蠤」下無許語說解。)《義證》曰：說見「蚙」下。

案：以上為桂氏以簡註方式，說明上述遺文所見之處，目的是留待讀者跟進研究。

禾部之後有遺文兩個：

（7）「稊」篆（《說文・禾部》）（案：「稊」下無許語說解。）《義
　　證》曰：

　　本書：荑，從艸，稊聲。《易》：枯楊生稊。虞翻云：稊，梯也。楊葉未
　　舒稱稊。王肅云：稊者，楊之秀也。《夏小正》：正月柳稊。傳云：稊也
　　者，發孚也。《文選・風賦》：被稊楊。

（8）「稱」篆（《說文・禾部》）（案：「稱」下無許語說解。）《義
　　證》曰：

　　《詩・黍離》《釋文》云：《說文》作稱。《廣韻》：長沙人謂禾二把爲稱。

案：以上爲桂氏按他書所引，及根據其有關說解以增補之例。

又如𠦚部，此有一個遺文：

（9）「榦」（《說文・𠦚部》），《義證》曰：

　　戴侗曰：唐本《說文》有「榦」字。曰：榦瀶之榦也。居寒切。馥案：
　　俗以榦爲楨榦，故借乾爲乾瀶。

案：以上爲桂氏以他書所見之《說文》作增補之例，並兼論本字之
俗用、借用。桂氏於「榦」下不錄戴侗所引《說文》之許語說解，
其審愼態度由此可知。

另一例見於多部，有一個遺文：

（10）「𢒅」（《說文‧多部》），《義證》辨析曰：

> 《詩‧螽斯》《釋文》：詵詵，所巾反。《說文》作多，音同。馥案：《廣韻》：𢒅，多也。《玉篇》：𢒅，多也。本書「詵」下引《詩》，後人加之。

案：此爲以古書所引《說文》增補之例，桂氏又以韻書、字書補證字義之訓解。

第四章
《説文解字義證》的闡釋體系

　　桂馥《說文解字義證》全書共五十卷，按其內容之闡釋範疇可劃分為三部分：

　　第一部分，疏證《說文》篆字與許語說解，此為桂氏全書之研究重點。據本文查考，由卷一至卷四十八，全書一共列出許篆九四三七條。其中只錄《說文》原文而完全不加疏證的有三四五條，因於前之篆字已有說解而不再贅說的有八條。以許篆字頭計算，桂氏全書一共疏解了九○九二條，大概佔了全書所收總字量的百分之九十六。此外，《義證》於若干部首下另有補訂「遺文」，一共一○七條，一般皆有論說或簡要注解。

　　第二部分，疏解許慎的〈說文解字敘〉、許沖的〈進書表〉。[1]此部分在《義證》第四十九卷，內容包括：訂正原文字形、說解內文辭義，以及申明兩篇原文之要義。

　　第三部分，由〈附錄〉與〈附說〉上下兩節組成，收於《義證》第五十卷。現分述如下：

一　〈附錄〉部分

　　見於卷五十上。主要蒐集古籍中一些與《說文》研究具有師承關係的資料，其中有申明《說文解字》一書對後世字書的影響。所引資料，一般都列明出處。計有《後漢書・儒林傳》、《汝南先賢傳》、

---

[1] 見《說文解字義證》，頁 1313-1331。

《華陽國志》、江總《借劉太常說文詩》、《南海寄歸傳》、《吳志》、
《後周書》、《太平寰宇記》、衛恒《四體書勢》、《魏書》、《文心雕
龍‧練字篇》、《通典》、《新唐書‧選舉志》、《唐六典》、《五經文字
序例》、《顏氏家訓》、唐玄宗《開元文章字音義序》、釋智光《龍龕
手鏡序》、《容齋續筆》、周亮工《書影‧二》、《唐書‧藝文志》、《玉
海》、《隋書‧經籍志》、郭忠恕《答夢英書》、《中興書目》、《崇文
總目》、《中興書目引經字源》、《宋史‧句中正傳》、《書史會要》、《文
昌雜錄》、林罕《字源偏旁小說序》、《宋史‧藝文志》、《北史‧李
鉉傳》、《後周書‧趙文深傳》、隋‧潘徽《韻纂敘》、《魏書‧世祖
紀》等，另錄李燾、趙宧光、蘇軾、顧炎武等諸家之說。[2]

二 〈附說〉部分

見於卷五十下。主要輯錄一些出自傳統書傳、典籍文獻，或古
人對研究小學的言論，其中也有關於《說文解字》的版本與校勘材
料。所輯資料之來源，計有《漢書‧藝文志》、《梁書‧劉之遴傳》、
朱彝尊〈玉篇序〉、〈漢外黃令高彪碑〉、《隋書‧經籍志》、《汗簡》、
徐鍇《說文繫傳》、張懷瓘《書斷》、封演《聞見記》、吾邱衍《學
古編》、《周易釋文》、魏了翁《渠陽雜鈔》、包希魯《說文補義》、
徐幹《中論》、司馬光〈進通鑑表〉等。[3]

此外，〈附說〉也收錄了一些桂馥對《說文》研究的意見，計
有「本書或侔篆文、或侔秦篆，即小篆也」；「古文簡、籀文繁，故
小篆於籀則多減，於古文則多增」；「《說文》凡字義未明者，注云：
闕，謂所承之本闕也」；「篆變為隸，凡不順隸體者，多借同音之字」；

---

[2] 同上，頁 1331-1339。
[3] 同上。

「習《說文》者，不習舊聞，則古訓難通」；「唐宋以來，《說文》分爲二派」；「《說文》諧聲多與《詩》、《易》、《楚詞》不合，音有流變，隨時隨地而轉」；「諧聲字有曰亦聲者」等說[4]，此皆爲桂氏個人研究心得，有重要之參考價值。其中有兩點值得注意：

其一、桂氏認爲《說文》所收篆字和說解並非許愼一人始創，「蓋總集《倉頡》、《訓纂》、班氏《十三章》三書而成」。桂馥還作了統計說：《倉頡篇》五十五章、《訓纂篇》八十九章、班固《十三章》，凡一百五十七章。以每章六十字計之，凡九千四百二十字。《說文敘》云：「凡九千三百五十三文」，然則《說文》集三書之大成，兩漢訓詁，萃於一書，顧不重哉。

其二、桂氏認爲《說文》「亦聲」之例有兩種：一是「從部首得聲曰亦聲」，另一是「或解說所從偏旁之義而曰亦聲」。

除此以外，桂氏又提出自唐宋以來的《說文》研究，可分爲「遵守點畫者」與「私逞臆說」兩派觀點。又強調「讀《說文》者，不習舊聞，則古訓難通」的觀念，表述作者對樸實考證學問的嚴正態度。〈附說〉末處引《梁書·孔子袪傳》：「高祖撰《五經講疏》及《孔子正言》，專使子袪檢閱群書，以爲義證」，清楚交待其書題爲「說文解字義證」的來由與用意。[5]

以下從析形釋義、逐句疏解、訂正訛誤、徵引文獻、比勘互證、說明句讀六項，概述《說文解字義證》之闡釋體系：

（一）析形釋義

以形說義是許愼《說文解字》分析字義的一種特有方式。通過字形的分析，讓讀者由形而知義，加深對字義的理解。桂馥《說文

4　同上。
5　同上。

解字義證》就採用了這種傳統的形訓方式,將一些比較難於理解的文字,或引文獻,或加案語,逐一明確描述出來,讓讀者清楚明白古代文字的形義關係及其特色。如:

(1) 凵:張口也。象形。凡凵之屬皆從凵。(《說文・凵部》)《義證》釋曰:

    張口也者,《集韻》:凵,張口皃。

(2) 猒:飽也。從甘,從肰。(《說文・甘部》)《義證》釋曰:

    從甘從肰者,李善注《琴賦》云:《說文》曰:猒,從甘肉犬。會意字也。

(3) 昔:乾肉也。從殘肉。日以晞之。與俎同意。(《說文・日部》)《義證》釋曰:

    與俎同意者,俎從半肉也。

(4) 屮:物初生之題也。上象生形,下象其根也。凡屮之屬皆從屮。(《說文・屮部》)《義證》釋曰:

    上象生形下象其根也者,本書「韭」下云:此與屮同意。

（5）囚：繫也。從人在口中。（《說文・口部》）《義證》釋曰：

> 從人在口中者，《風俗通・禮》：罪人寘諸圜土，故囚字爲口守人。馥案：鄭注《周禮・閽胥》云：圜土者，獄城也。宋均注《元命苞》云：作獄圜者象斗運。《司馬遷傳》：幽於圜土之中。江淹〈上建平王書〉：抱痛圜門，含憤獄户。

以上爲只引他書文獻或《說文》他部所見文字立論而不下案語之例。

（6）朩：分枲莖皮也。從屮。八象枲之皮莖也。……（《說文・朩部》）《義證》釋曰：

> 從屮八象枲之皮莖也者，徐鍇本作八象枲皮。馥謂：屮，象莖；八，象皮分也。

（7）臼：舂也。古者掘地爲臼，其後穿木石。象形。中，米也。……（《說文・臼部》）義證》釋曰：

> 象形者，象掘地形也，故凶象地穿。

案：《說文》「凶」篆下云：「惡也。象地穿交陷其中也。」本條桂氏以它篆之相關構形立說。

（8）飛：鳥翥也。象形。凡飛之屬皆從飛。（《說文・飛部》）《義證》釋曰：

象形者，徐鍇曰：上旁飛者，象鳥頭頸長毛。馥案：凡從飛而羽不見，是飛之左右皆象羽。

（9）欁：楔也。從木，韯聲。（《說文·木部》）《義證》釋曰：

楔也者，戴侗曰：《類篇》：㞐，戶牡也。今俗用爲㞐楔。馥案：欁、㞐，聲相近。陸雲〈與兄機書〉：曹公器物，有別齒欁。或作韯。《廣雅》：柣，韯也。

（10）首：𦣻同。古文𦣻也。巛象髮，謂之鬊，鬊即巛也。凡首之屬皆從首。（《說文·首部》）《義證》釋曰：

巛象髮，謂之鬊，鬊即巛也者，本書古文子從巛，象髮也。𦣻下云：巛象髮。鬊下云：鬊髮也。《廣雅》：髮謂之鬊。

案：以上諸條，或是六書中之象形，或是指事、會意，又或是關乎構件、構意、書法、省筆、或體、俗體之特質情況，桂氏均按字形之構成理據逐一辨析其形義關係。

（二）逐句疏解

桂氏《義證》疏解《說文》，逐句辨析研究，條理清晰細緻。一般情況皆先將許愼說解語句引錄，然後隨文注釋。此先引錄後說解系統，反映出桂氏對《說文》研究之認眞態度，及其秉承傳統注疏家之行文風範。有關例子如下：

（1）璿：美玉也。從玉，睿聲。《春秋傳》曰：璿弁玉纓。(《說
　　文・玉部》)《義證》釋曰：

　　美玉也者，《尚書》：在璿璣玉衡。馬注：璿，美玉也。《春秋傳》云云
　　者，《僖二十八年・左傳》文，彼作瓊。張衡〈西京賦〉亦引作璿。

（2）末：木上曰末。從木。一在其上。(《說文・木部》)《義證》
　　釋曰：

　　木上曰末者，《易・繫辭》：其初難知，其上易知，本末也。《楚詞・九
　　歌》：搴芙蓉兮木末。從木一在其上者，唐本：從木從上。徐鍇本：從
　　木，一其上也。

（3）枌：榆也。從木，分聲。(《說文・木部》)《義證》釋曰：

　　榆也者，《集韻》：枌榆之先生葉後生莢者。《詩・東門之枌》，傳云：枌，
　　白榆也。《史記・封禪書》：禱豐枌榆社。《集解》引張晏曰：枌，白榆
　　也。

（4）宷：悉也。知宷諦也。從宀，從釆。(《說文・釆部》)《義
　　證》釋曰：

　　悉也者，詳也。知宷諦也者，諦，《玉篇》、《廣韻》並引作諟。本書：
　　靜，審也。李善引《晏子》：美哉水乎，清其濁無不宷。《書・金縢》：
　　乃問諸史與百執事。鄭注：問者，問審然否也。

（5）丮：持也。象手有所丮據也。凡丮之屬皆從丮。讀若戟。
（《說文‧丮部》）《義證》釋曰：

> 持也者，本書：䝅，闕相丮不解也。《詩‧執競》，箋云：能持強道。《釋
> 文》：執，持也。象手有所丮據也者，據當爲据。本書：据，戟挶也。
> 讀若戟者，本書：挶，戟持也。

以上爲依許語原句逐一疏解例。然而，對於一些顯淺易明或不必論說的內容，例如某些關乎文字結構方面「從某從某」、「凡某之屬皆從某」或「讀若某」之類說解，桂氏則酌情立說補充，無必要者則略而不說。

此外，對於一些需要特別說明之訓釋詞義，則變通其說解方式，例如：

（6）雉：有十四種：盧諸雉、喬雉、鳲雉、鷩雉、秩秩海雉、
翟山雉、䨄雉、卓雉、伊洛而南曰翬、江淮而南曰搖、南
方曰𤲶、東方曰甾、北方曰稀、西方曰蹲。從隹，矢聲。（《說
文‧隹部》）

《義證》在「雉」篆下先將許語「有十四種」、「盧諸」、「喬雉」、「鳲雉」、「鷩雉」、「秩秩海雉」等，依次分爲十五個小節，然後以某某者逐一分節引證說明，採用逐詞說解之處理方式。基於原文資料頗爲冗長，不再贅說。（詳見《義證》卷九，頁四十一至四十三。）

（三）訂正訛誤

　　桂馥研治《說文》，秉承漢人樸學風範，尤其注重各項研究資料之校勘研究。凡有可疑，桂氏必先從原始文獻入手，務求追溯材料原貌，然後將有關材料詳加比勘研究，於其應訂正者，就說明原由，逐一改訂。於有可疑而不能決定，則引錄所見資料，或引述所知情況，將之依次羅列，以留待後人考究。以下分點闡述桂氏之有關研究：

1　訂正字形

（1）講：訕也。從言，壽聲。……（《說文・言部》）。（案：篆文作「𧮪」）《義證》曰：

　　　本書「壽」當從𦈢。此文因誤致誤。

案：《義證》於「壽」下曰：𦈢聲者，本書無𦈢字。《春秋・宣公十四年》：曹伯壽卒。《三體石經》作𦈢。

（2）胝，篆文作「胝」（《說文・肉部》）。《義證》曰：

　　　文當爲胝。

（3）柔，篆文作「𣛙」（《說文・木部》）。《義證》曰：

　　　文當作𣛙。

案：以上爲訂正許篆字形例。

（4）𦳊：棄除也。……官溥說：似米而非米者矢字。（《說文・
　　𠦳部》）《義證》曰：

　　似米而非米者矢字者，矢當作菌。本書：菌，糞也。《法華經》：窮子除
　　糞。《道德經》：天下有道，卻走馬以糞。王弼注：卻走馬以治田糞也。
　　河上公云：糞者，糞田也。

（5）讘：語相反讘也。從言，㒼聲。（《說文・言部》）《義證》曰：

　　語相反讘也者，當爲語相及讘諸也。戴侗引唐本《說文》作語相及也。
　　《玉篇》：讘諸，語相及。

（6）訇：駭言聲。從言，匀省聲。漢中西域有訇鄉。……（《說
　　文・言部》）《義證》曰：

　　漢中西域有訇鄉者，西域當爲西城。《地理志》：漢中郡有西城縣。

案：以上諸條爲訂正《說文》許語中之訛字。

2　訂正許語訓解

（1）斁：擇也。從攴，睪聲。（《說文・攴部》）《義證》曰：

　　睪聲者，本書無睪字，蓋睪之訛。本書：睪，悉也，知睪諦也。馥謂：
　　知睪諦，故能擇也。當云：從睪。衍聲字。

案：以上訂正形聲爲會意。

（2）漱：辟漱鐵也。從攴，從涷。（《說文・攴部》）《義證》曰：

　　從涷者，當爲涷聲。

案：以上訂正會意爲形聲。

（3）睎：望也。從目，稀省聲。……（《說文・目部》）《義證》曰：

　　稀省聲者，當爲希聲。

案：以上訂正省聲爲形聲。

（4）笏：筋之本也。從筋，從夗省聲。（《說文・筋部》）《義證》曰：

　　從筋者，當云筋省。

案：以上訂正省聲之字形爲省體。

（5）許：聽也。從言，午聲。（《說文・言部》）《義證》曰：

　　聽也者，徐鍇本作聽言。馥謂：當爲聽信。《孟子》：則王許之乎？趙注：
　　許，信也。《荀子・王霸篇》：刑賞已諾，信乎天下矣。注云：諾，許也。

（6）譹：呼譹也。從言，豪聲。（《說文・言部》）《義證》曰：

呼譹也者，當為呼號。本書：號，號也。《玉篇》：譹，大叫也。《國語》：三軍譁吶。賈逵曰：吶，譹也。或借嘷字。《周禮・雞人》：夜嘷旦。

案：以上訂正許語之訓釋詞。

3 訂正許語引文中之字形訛誤

（1）狛：如狼，善驅羊。……讀若檗，寗嚴讀之若淺泊。（《說文・犬部》）《義證》曰：

寗嚴讀之若淺泊者，泊當為洦。本書：洦，淺水也。

（2）「禷」下有「禷」字。云：古文禷。《虞書》曰：禷類于上帝。（《說文・示部》）《義證》曰：

《虞書》曰「禷類于上帝」者，《舜典》文，彼作肆。馥案：類當為禷。

4 訂正文字編次

（1）謘：語諄謘也。從言，犀聲。（《說文・言部》）《義證》曰：

語諄謘也者，《集韻》：嚀謘，語不正。馥案：徐鍇本及《玉篇》，謘在詑、謼二文之間，不應因諄謘改次諄下。鍇本有讀若行道遲遲六字。

案：以上訂正許篆之編排次序。

（2）厷：臂上也。從又，從古文ム。（《說文・又部》）《說文》
　　於本篆說解下有「乚」，許君曰：「古文厷。象形」。之後又
　　有「肱」字，釋曰：「厷。或從肉」。《義證》在此字下云：

當在古文之前。

案：以上訂正本篆或體、古文之排列次序。

5　訂正許語之誤移

（1）麒：仁獸也。麋身牛尾一角。從鹿，其聲。（《說文・鹿部》）
　　《義證》詳釋曰：

麋身牛尾一角者，麋當爲麐。《初學記》引作麕身，牛尾，肉角。《御覽》
引作馬身，牛尾，肉角。《一切經音義・二》引作麕身，牛尾，一角，
角頭有肉。《釋獸》：麐，麕身牛尾一角。郭注：角頭有肉。陸璣《詩疏》：
麟，麕身，牛尾，馬足，黃色，員蹄，一角，角端有肉。《牟子》：麟，
麕身，牛尾，鹿蹄，馬背。京房《易傳》：麟，麕身，牛尾，狼領，馬
蹄。《說苑》：麒麟，麕身，牛尾，圓頂，一角。《詩・麟之角》，傳云：
麟角所以表其德也。箋云：麟角之末有肉，示有武而不用。《家語・辨
物篇》：有麏而角者，何也？孔子往觀之，曰：麟也。《劇秦美新》：肉
角之獸。李善云：麟也。……《史記・司馬相如傳》：獸則麒麟角觡。《索
隱》：郭璞云：麒似麟而無角。馥案：傳記言一角，皆曰麟，不曰麒。
或有麒麟並舉，而無單屬麒者。據郭氏說，則麋身牛尾一角六字，當在
麐下，後人改移於此。

（2）詵：致言也。……《詩》曰：螽斯羽，詵詵兮。（《說文·
言部》）《義證》曰：

> 《詩》曰「螽斯羽詵詵兮」者，《周南·螽斯》文。傳云：詵詵，眾多
> 也。《釋文》云：《說文》作莘。馥案：本書無莘字，傳寫脫漏。《玉篇》：
> 莘，多也。然則本書引《詩》當在莘下，此所引後人加之。

案：以上兩條考證某篆下之許語不當，因後人移改或加添而誤。

6　補訂闕漏

（1）麤：行超遠也。從三鹿。凡麤之屬皆從麤。（《說文·麤部》）
《義證》曰：

> 行超遠也者，《隱元年·公羊》《釋文》引《說文》：麤，大也。馥案：《玉
> 篇》、《廣雅》並云：麤，大也。本書闕此義。

（2）觻：角也。從角，樂聲。張掖有觻得縣。（《說文·角部》）
《義證》曰：

> 角也者，角下有闕文。《集韻》：獸角鋒曰觻。《玉篇》：麋角有枝曰觡，
> 無枝曰角。所言即觻字義。

（3）焉：焉鳥，黃色。……燕者請子之候。作巢避戊己。所貴
者故皆象形。焉亦是也。（《說文·鳥部》）《義證》曰：

燕者請子之候者,候下當有鳥字。本書「孔」下云:乙,請子之候鳥也。「乳」下云:乙,玄鳥也。《明堂・月令》:玄鳥至之日,祠于高禖以請子。

（4）離：黃倉庚也。鳴則蠶生。從隹,离聲。(《說文・隹部》)《義證》曰:

黃倉庚也者,朱君文藻曰:當作離黃、倉庚。馥案:《爾雅・釋文》《太平御覽》《集韻》《六書故》所引皆作離黃。《詩・七月》《正義》:倉庚,一名離黃。《月令》:仲春之月,倉庚鳴。注云:倉庚,驪黃也。驪黃即離黃。《荀子》「纖離」即《列子》「盜驪」。《楚詞・九思》:鶬鶊兮喈喈。注云:鶬鶊,離黃也。《高唐賦》:王睢鸝黃。《五音集韻》云:《說文》曰:離黃,鶬鶊。今用鸝爲鸝黃,借離爲離別也,或云黃離。《淮南・時則訓》:仲春之月,倉庚鳴。注云:倉庚,黃離也。《增韻》:黃鸝,鶬鶊也。《說文》作黃離。

案:以上諸條皆爲《說文》說解文辭中有所闕漏,桂氏引書詳考並作補訂。

7 考訂衍文

（1）脊：血祭肉也。從肉,帥聲。(《說文・肉部》)《義證》曰:

血祭肉也者,肉字衍。《玉篇》:脺脊,腸間脂也。《詩・楚茨》:或燔或炙。傳云:燔取脺脊。《祭義》:取脺脊。注云:脺脊,血與腸間脂也。《正義》案《說文》及《字林》云:脺血祭脊,是牛腸間脂也。是脺爲血,脊爲腸間脂也。

（2）雇：九雇，農桑候鳥。……春雇鳻盾，夏雇竊玄，秋雇竊藍，冬雇竊黃，棘雇竊丹，行雇唶唶，宵雇嘖嘖，桑雇竊脂，老雇鴳也。（《說文·隹部》）《義證》曰：

> 春雇云云者，《釋鳥》文。雇，彼作鳸；盾，彼作鶞；鴳，彼作鷃。《左傳》疏引賈服，並云鷃鴳。邵君晉涵曰：《唐石經·爾雅》重出「桑鳸竊脂」四字，於「冬鳸竊黃」之下。今以諸家所引者證之，則《石經》重出四字，實爲後人所羼入，而唐後諸本俱仍其誤。馥案：《釋鳥》：鷑、鳩老、鳸、鴳。《左傳正義》云：注《爾雅》者，皆斷老上屬，惟樊光斷鷃鴳爲句，以老下屬。本書：鴳，雇也。無老字。鷃：欺老也。亦以老上屬。此述九雇之名，仍稱老雇者，後人加之也。

（3）麔 ：鹿麚也。從鹿，臾聲。……（《說文·鹿部》）《義證》曰：

> 鹿麚也者，鹿字衍。《吳都賦》：翳薈無麔麚。李善引《說文》：麔，麚也。《集韻》：麔，麚也。《廣雅》：麚，麔也。揚雄《蜀都賦》：麔與鹿麚。馥謂：麔即麔之省文。

案：以上諸條皆爲桂氏針對《說文》中之衍文考訂研究，其理據建基於文獻資料，表述清晰而合乎情理。

8 訂正引用文獻之訛誤

（1）丈：十尺也。從又持十。（《說文·十部》）《義證》釋曰：

> 《大戴禮·保傳篇》：燕支地計眾，不與齊均也。馥案：支即丈也。或讀爲章移切者，非。

（2）豛：小豚也。從豕，殳聲。（《說文·豕部》）《義證》釋曰：

> 小豚也者，《左傳》：晉先豛。當作此豛，故稱麑子。

（3）敤：研治也。從攴，果聲。舜女弟子名敤首。（《說文·攴
部》）《義證》釋曰：

> 舜女弟子名敤首者，《漢書·人表》：敤手，舜妹。顏注：俗書本作擊字
> 者，誤。馥案：俗本誤合敤、手二字爲擊。《列女傳》：舜女弟子繫。繫
> 又擊之譌也。

案：以上爲桂氏按《說文》內容所述，而考訂其他典籍文獻之訛誤
例子。由此亦可證《說文》具有校勘文獻之功用。

（四）徵引文獻

桂馥《說文解字義證》之撰作，與許愼《說文》「信而有徵」
之學術風格一脈相承。桂氏博引群書，「稽譔其說」，以爲立論依
據。在釋義、解字、證音三方面，都盡量做到必有根據，務求字字
有來歷，書證賅備，材料堅實，證據確鑿。桂書之徵引豐富一向爲
學術界所稱許，以下從文字之義、形、音三方面各舉實例說明。

1 釋義方面

（1）試：用也。從言，式聲。《虞書》曰：明試以功。（《說文·
言部》）《義證》釋曰：

用也者，《釋言》文。《易・无妄》：无妄之藥，不可試也。《釋文》：試，
驗。一曰用也。《詩・采芑》：師干之試。傳云：試，用也。《大東》：百
僚是試。傳云：是試用於百官也。《論語》：吾不試。鄭注：試，用也。
《樂記》：兵革不試。《緇衣》：刑不試而民咸服。注並云：試，用也。

（2）敏：疾也。從攴，每聲。（《說文・攴部》）《義證》釋曰：

疾也者，《釋名》：敏，閔也，進敘無否滯之言也，故汝潁言敏曰閔也。
《周書・謚法解》：敏，疾也。《書・大禹謨》：黎民敏德。傳云：敏，
疾也。《說命》：務時敏。傳云：務是敏疾。《學記》引《書》：務時敏。
注云：敏，疾也。《詩・甫田》：農夫克敏。《江漢》：肇敏戎公。《文王》：
殷士膚敏。《生民》：履帝武敏。傳並云：敏，疾也。《哀十一年・左傳》：
子羽銳敏。杜云：敏，疾也。

（3）瞂：盾也。從盾，犮聲。（《說文・盾部》）《義證》釋曰：

盾也者，《廣雅》同。《小爾雅・廣器》：瞂，盾也。李尤《盾銘》：吳旌
魯瞂，戎兵特須，進則避刃，爰以衛軀。《詩・小戎》：蒙伐有苑。傳云：
蒙，討羽也；伐，中干也。箋云：蒙，厖也。討，雜也。畫雜羽之文於
伐。《釋文》：伐，本或作瞂。《正義》：夏官司兵，掌五盾，各辨其等以
待軍事。注云：五盾，干櫓之屬，其名未盡聞也。《襄十年・左傳》說：
「狄虒彌建大車之輪，而蒙之以甲，以爲櫓。」櫓是大盾，故以伐爲中
干。干、伐，皆盾之別名也。《周書・王會解》：鮫瞂利劍爲獻。注云：
瞂，盾也，以鮫皮作之。《史記・孔子世家》：予戟劍撥。《索隱》：撥謂
大楯也。〈西京賦〉：植鎩縣瞂，用戒不虞。《潛夫論・釋難篇》：今夫伐
者盾也，厥性利。戈者矛也，厥性害。《物理論》：古有邴師之刀，蘇家

之馘，皆爲良工利器，時所寶貴也。夫刀者，身之寶也。馘者，身之衛也。俗或作戲。〈吳都賦〉：去盾自閤。劉注：盾，楯也。

案：以上諸條爲桂氏詳引各類典籍文獻以論證《說文》字義之例。

2 釋形方面[6]

（1）䕌：艸木不生也。一曰茅芽。從艸，執聲。（《說文·艸部》）《義證》辨釋本篆形體曰：

案：篆文當從埶，本書「蓺」從䕌，又「槸」或從䕌，可證也。從埶之字，多誤爲幸。鍇本從埶，誤爲幸。《洪武正韻》辨之。《六經正誤》云：《左傳》：「不采䕌」。䕌，種也。下從埶，不從執也。馥案：《王元賓碑》：口心術藝。《孔龢碑》：經通一䕌。《張表碑》：雅藝攸載。並從埶。《陳球》《景君》《史晨》《張壽》《張遷》《丁魴》《堯廟》諸碑，埶作圭，隸體从省。

（2）隸：附箸也。從隶，柰聲。（《說文·隶部》）本篆下有「隸」字，許慎云：篆文隸。從古文之體。《義證》釋曰：

本書「歝」或作歀。馥謂：隸亦隸之或體，當別有古文，脫去。《一切經音義·三》：隸，附著也，字從米，從叔聲。古者，隸人擇米，以供祭祀，故從米也。又〈卷一〉：隸從米，叔聲。叔字又從崇。《九經字樣》：案：《周禮》：「女子入于舂稾，男子入于罪隸。」隸字故從又持米，從

---

[6] 本文所謂釋形方面之分析，乃泛指文字之形體結構，亦包括文字形體的發展，各類書體、筆形、筆勢等範疇。

柰聲，又象人手也。經典相承，作隸已久，不可改正。馥案：此二說謂
隸、隸皆從米，唐本當如此，但不知何以屬隶部。案：楊君《石門頌》
作隸，即《九經字樣》之說。《魯峻碑》作隸，即《一切經音義》之說。
「出」變爲「土」，與「𧶠」作「賣」同。《楊淮碑》作𣀓，或古文與。

案：以上兩例桂書援引字書、碑帖、經典史籍材料，以說解字形之
結構。

（3）弗：撟也。從丿，從乀，從韋省。（《說文・丿部》）《義證》
　　　釋曰：

　　　顏注《漢書・韋賢傳》：朱紱爲朱裳，畫爲亞文也。亞，古弗字。馥案：
　　　《玉篇》：弗，古文作亞。鄭所謂兩己相背者，己當爲弖。

（4）胊：脯挺也。從肉，句聲。（《說文・肉部》）《義證》釋曰：

　　　脯挺也者，《初學記》《韻會》《字鑑》並引作脯脡。馥案：挺、脡，古
　　　今字。《士虞禮》：饌籩豆脯四脡。注云：古文脡爲挺。《玉篇》：脡，脯
　　　胊也。《聘禮記》：薦脯五臟，半臟橫之。注云：臟脯如版然者，或謂之
　　　脡，皆取直貌焉。《曲禮》：鮮魚曰脡祭。注云：脡，直也。

（5）骫：骨耑骫奊也。從骨，丸聲。（《說文・骨部》）《義證》
　　　釋曰：

　　　《楚詞・九思》：骫靡兮成俗。又《招隱士》：林木茂骫。洪注：骫，骳
　　　屈曲也。《呂氏春秋・報更篇》：見骫桑之下有餓人。《漢書・淮南厲王
　　　傳》：皇帝骫天下正法而許大王。《上林賦》：崔錯癹骫。郭璞曰：癹骫，

蟠戾也。李善曰：骫，古委字。《長楊賦》：骫屬而還。張晏曰：從者仿
佛委釋而迴旋。李善曰：謂委釋其事，連屬而迴還也。骫，古委字也。

案：以上諸條爲引書論說古今文字之例。

（6）咼：言之訥也。從口，從內。凡咼之屬皆從咼。（《說文·
　　訥部》）《義證》釋曰：

言之訥也者，咼，經典變爲呐。《檀弓》：其言呐呐然，如不出諸其口。
注云：呐呐，舒小貌。《正義》云：發言舒小。《穀梁傳集解序》：盛衰
繼之辯訥。《釋文》引《字書》云：訥或作呐。《字詁》云：訥，遲於言
也。《漢書·李廣傳》：呐口少言。《鮑宣傳》：呐鈍于辭。《通鑑》：游雅
謂高允，其言呐呐不能出口。注云：呐呐，言緩也。又，齊主言語澀呐。
注云：呐，聲不出也。

（7）腈：瘦也。從肉，脊聲。（《說文·肉部》）《義證》釋曰：

瘦也者，《玉篇》：腈，臞也。經典用瘠字。《周禮·大司徒》：其民晢而
瘠。注云：瘠，臞也。《易·說卦》：乾爲瘠馬。《書·微子》：多瘠罔詔。
傳云：紂故使民多瘠病。《襄二十一年·左傳》：瘠則甚矣。注云：瘠，
瘦也。《二十九年·傳》：何必瘠魯以肥杞。

（8）冣：積也。從冖，從取。取亦聲。（《說文·冖部》）《義證》
　　釋曰：

經典通作聚。《釋詁》：摯、斂、屈、收、戢、蒐、裒、鳩、揫，聚也。
《論語》：聚斂而附益之。《中庸》：財聚則民散。積也者，㝡通作最。《管
子‧禁藏篇》：冬收五藏最萬物。注：最，聚也。

案：以上諸條為桂氏精心引錄書傳論證經典中之異體字與借字例。

3　證音方面

（1）膴：無骨腊也。……讀若謨。（《說文‧肉部》）《義證》釋曰：

> 讀若謨者，《有司徹》：皆加膴祭于其上。注云：膴，讀如殷哻之哻，刳
> 魚時割其腹以為大臠也。馥案：膴、謨、哻，聲並相近。

（2）觳：盛觵卮也。……讀若斛。（《說文‧角部》）《義證》釋曰：

> 讀若斛者，《集韻》：觳，㢱器名，受三斗。本書「鬲」下云：斗二升曰
> 觳。《考工記‧陶人》：鬲實五觳。注云：鄭司農云：「觳讀為斛，受三
> 斗。」元謂：豆實三而成觳，則觳受斗二升。

（3）籑：竹器也。從竹，贊聲。讀若纂。一曰叢。（《說文‧竹
部》）《義證》釋曰：

> 讀若纂者，字或作籩。《喪大記》：食於籩者盥。注云：籩，竹筥也。《明
> 堂位》：薦用玉豆雕籩。注云：籩，籩屬也，以竹為之。又通作算。《史
> 記‧鄭莊傳》：其餽遺人不過算器食。《集解》云：算，先管反，竹器。

案：以上爲一般引書證論說《說文》本篆之「讀若」例。桂氏對字音之重視大概可知一二。以下面再舉《義證》書中一個博引群書，詳細考證許篆「讀若」例子：

（4）喌：呼雞重言之。從吅，州聲。讀若祝。（《說文·吅部》）
《義證》釋曰：

> 讀若祝者，喌、祝，聲相近。《春秋》：衛州吁。《穀梁》作祝吁。《易林·謙之艮》：張弓祝雞，雄父飛去。《列仙傳》：祝雞公者，雒陽人，居尸鄉北山下。養雞百餘年，雞皆有名字，千餘頭，暮栖於樹，晝日放散。呼名，即種別而至。《博物志》：祝雞公有養雞法，今世人呼雞云祝祝，起此也。《初學記·三十》引《風俗通》：呼雞朱朱，俗說雞本朱公，化而爲之。今呼雞者呼朱朱也。謹案：《說文解字》「喌」，二口爲讙，州其聲也，讀若祝祝者，誘致禽畜和順之意。喌與朱，音相似耳。《南山經》：柜山有鳥焉，其名曰鴸，其鳴自號。馥案：陶潛《讀山海經詩》，鴸作鵃。《玉篇》：鵃鳥似雞。《洛陽伽藍記》：沙門寶公，發言似讖。胡太后問以世事。寶公把栗與雞，喚朱朱。建義元年，后爲爾朱榮所害。馥謂：喌、朱，聲近。

（五）比勘互證

桂氏說解許篆字義內容，並不孤立於單一篆字之形義考據，往往於必要處援引他篆字形、或他篆之說解，互相比較論證，其研究層面具備交互而深入細緻之特點。例如：

（1）扃：外閉之關也。從戶，同聲。（《說文·戶部》）《義證》釋曰：

外閉之關也者，李善引作外閉門之關也。本書：閩，外閉也。《廣韻》：
扃，戶外閉關。《曲禮》：入戶奉扃。注云：扃，門關木也。《莊子·胠
篋篇》：固扃鐍。《釋文》：崔、李云：扃，關也。《呂氏春秋·君守篇》：
中欲不出謂之扃，外欲不入謂之閉。《後漢書·東夷傳》：門不夜扃。注
云：扃，關也。

（2）婦：服也。從女持帚。灑埽也。（《說文·女部》）《義證》
　　　釋曰：

服也者，婦、服，聲相近。本書：嬪，服也。《釋訓》：嬪，婦也。顏注
《急就篇》：婦者服事舅姑之稱。《廣雅》：婦，服也。《白虎通》：嫁娶，
婦者服也，服於家事，事人者也。《曲禮》：士曰婦人。《正義》：婦之言
服也，服事於夫也。

（3）戍：守邊也。從人持戈。（《說文·戈部》）《義證》釋曰：

守邊也者，本書「幾」下云：戍，兵守也。《廣雅》：戍，守也。《詩序·
采薇》：遣戍役也，遣戍役以守衛中國。箋云：戍，守也。《揚之水》：
不與我戍申。傳云：戍，守也。《桓六年·左傳》：於是諸侯之大夫戍齊。
《莊八年·傳》：戍葵邱。《十三年·傳》：齊人滅遂而戍之。《僖十三年·
傳》：爲戎難，故諸侯戍周。杜注並云：戍，守也。《莊十七年·公羊解
詁》：以兵守之曰戍。《西周策》：今王許戍三萬人與溫囿。《齊策》：以
戍梁絳安邑。高注並云：戍，守也。《司馬法》：古者戍兵，三年不典，
覩民之勞也。《尉繚子》：軍無功者戍三歲。

（4）勖：勉也。《周書》曰：「勖哉夫子」。從力，冒聲。（《說
　　　文·力部》）《義證》釋曰：

勉也者，本書：啟，冒也。冒當爲勖。《釋詁》：啟，強也。《一切經音義·五》：勖，勉勵也。《方言》：齊魯曰勖茲。注云：勖亦訓勉也。《詩·燕燕》：以勖寡人。傳云：勖，勉也。《士昏禮記》：勖帥以敬先妣之嗣。注云：勖，勉也。或通作冒。《書·君奭》：迪見冒聞于上帝。馬本，冒作勖，勉也。《顧命》：爾無以釗冒貢于非幾。《釋文》「冒」，馬、鄭、王作勖。又通作懋。《盤庚》：懋建大命，懋簡相爾。《漢石經》並作勖。

綜上諸條所論，桂氏論證字義必引述典籍所見及其有關注文作比勘互證。如「扁」、「戍」兩篆之本義分析，引述各類經傳作證。討論「婦」篆之抽象字義，則以聲訓及書證立說，申述層次清楚。「勖」篆之分析，則列出其見於其他文獻之別義、借義，逐一比勘分析說明。

（六）說明句讀

桂氏疏解許語，除了顧及原句與詞義的訓解，也注意到文句義理的斷句問題，其中特別注重個別單音詞的含義，以及一些字與字的組合連讀意思。值得注意的是，詞句中所下句逗位置不同，會使讀者對該詞義之理解有所偏差，甚至有所誤解，直接影響對《說文》所記詞義的正確認知。誠然，桂氏於《義證》中的句讀研究正是針對讀者之理解問題。以下諸條爲桂馥在書中借助句讀去分析許語之說解內容：

（1）悉：詳盡也。從心從采。（《說文·采部》）《義證》釋曰：

詳盡也者，當是詳也、盡也。《通鑑·臧質復魏主書》：省示具悉姦懷。
注云：悉，詳也，盡也。本書「勞」，古文從悉。馥謂：詳盡則勞勮。《釋
詁》：悉，盡也。《尚書·大傳》：悉，盡也。《莊十九年·穀梁傳》：以
其用民力為己悉矣。注云：悉，盡。《韓策》：料大王之卒，悉之不過三
十萬。馥謂：悉之者，言盡其所有。

（2）律：均布也，從彳，聿聲。（《說文·彳部》）《義證》釋曰：

均布也者，案義當是均也、布也。《樂記》：樂所以立均。《尹文子·大
道篇》：以律均清濁。《鶡冠子》：五聲不同均。《周語》：律所以立均出
度也，紀之以三，平之以六，成於十二，天之道也。《周禮·大司樂》：
掌成均之法。先鄭云：均，調也。樂師主調其音。……《釋器》：律謂
之分。郭云：律管可以分氣。《禮運》：五聲六律，十二管還相為宮也。
注云：五聲：宮、商、角、徵、羽。其管陽曰律，陰曰呂，布在十二辰。
《堯典》：律和聲。傳云：律謂六律六呂述十二月之音氣。《正義》：既
以出音，又以候氣，布十二律於十二月之位，氣至則律應，是六律六
呂述十二月之音氣也。

（3）嘏：大遠也，從古，叚聲。（《說文·古部》）《義證》釋曰：

大遠也者，當是大也、遠也。《釋詁》：嘏、大、迂，遠也。迂即嘏之俗
體，嘏為遠大，祝辭取之，故《禮運》有「祝嘏」。《詩·閟宮》：天錫
公純嘏。箋云：受福曰嘏。《載見》：俾緝熙于純嘏。箋云：天子受福曰
大嘏。《方言》：嘏，大也。宋魯陳衛之間謂之嘏；秦晉之間，凡物壯大
謂之嘏。《特牲·饋食禮》：進聽嘏。注云：嘏，長也，大也。《易·泰
卦》：不遐遺書。《太甲》：若陟遐必自邇。《楚辭·九章》：氾容與而遐

舉分。《魏都賦》：室邇心遐。《太元》：將次七，觙舡跋車，其害不遐。
《詩·汝墳》：不我遐棄。《棫樸》：遐不作人。傳並云：遐，遠也。

案：以上為辨明《說文》之訓詞應分作兩個義項說解之例，類此者
還有「博」篆之說解，詳見後之第七章。此外，另有詳引書證以辨
析許語之句讀，例如：

（4）昕：旦明日將出也，從日，斤聲。讀若希。（《說文·日部》）
《義證》釋曰：

旦明日將出也者，《一切經音義·三》引作：旦，明也。日將出也。《韻
會》引同。《廣雅》：昕，明也。《小爾雅》：昕，明也。《纂要》：日昕曰
晞。注云：大明曰昕。《詩·匏有苦葉》：旭日始旦。傳云：旭日始出謂
大昕之時。《士昏禮》：凡行事必用昏昕。《正義》：昕即明之始，君子舉
事尚早，故用朝旦也。《文王世子》：天子視學，大昕鼓徵，所以警眾也。
注云：早昧爽，擊鼓以召眾也。《哀十三年·公羊傳》：見于旦也。何云：
旦者，日方出時。《史記·彭越傳》：與期旦日日出會。《索隱》：旦日謂
明日之朝日出時也。《漢書·敘傳》：昒昕寤而仰思兮。[7]孟康曰：昒昕，
早旦也。曹植《藉田論》：晨未昕而即野。《會稽典錄》：周昕，字大明。

除上述例子，《義證》另有指示出許語中某處應斷句，並詳引
書傳佐證。例如：

---

[7] 案：桂書原作「漢傳書敘傳」，衍一「傳」字，今訂正。見《說文解字義證》，頁580。

（5）妾：有辠女子給事之得接於君者。從辛，從女。《春秋》
云：女爲人妾。妾，不娉也。（《說文・辛部》）《義證》釋
曰：

妾、接，聲相近。徐鍇本：「有辠女子給事之稱接於君者」，馥案：稱字
句絕。《玉篇》：妾、接也，得接於君者也。本書當云：有辠女子給事之
稱，得接於君子者。《白虎通》：妾者接也，以時接見也。《釋名》：妾，
接也，以賤見接幸也。《周禮・大宰》：臣妾聚斂疏材。注云：臣妾，男
女貧賤之稱。《內則》：奔則爲妾。注云：妾之言接也，聞彼有禮，走而
往焉，以得接見於君子也。《喪服》：妾爲君雷次宗。注：言妾以見其接，
所以稱君。《書・費誓》：臣妾逋逃。傳云：役人賤者，男曰臣，女曰妾。
《趙策》：是使三晉之大臣，不如鄒魯之僕妾也。《漢書・刑法志》：鬼
薪白粲一歲，爲隸臣妾。顏注：男子爲隸臣，女子爲隸妾。

此外，《義證》又有申明許語所引的古籍文獻中一些應要注意
的句逗問題：

（6）敷：攰也。從攴，專聲。《周書》曰：用敷遺後人。（《說
文・攴部》）《義證》釋曰：

《周書》曰「用敷遺後人」者，《顧命》文。彼有休字，絕句。傳云：
用布遺後人之美。

案：桂氏謂《說文》所引《周書》爲《顧命》文，有誤。本句出自
《尚書・周書・康王之誥》，桂氏所引孔氏傳文，亦見於此經文下。[8]

8 詳見《十三經注疏》，《十三經注疏》整理委員會整理，北京市：北京大學出版社，2000 年，

然而，桂氏謂「彼有『休』字，句絕」，則訂正合理。《義證》也有申說對古書注文中之斷句觀點：

（7）雀：依人小鳥也。從小隹。讀與爵同。（《說文・隹部》）《義證》釋曰：

> 依人小鳥也者，《古今注》：雀一名嘉賓，言栖宿人家，如賓客也。《月令》：鴻雁來賓，爵入大水爲蛤。鄭注：賓字絕句。《呂氏春秋》注：賓爵者，老爵也，棲宿於人堂宇之間，有似賓客，故謂之賓爵。

除此以外，桂氏有從古書所釋之詞義，對照《說文》之訓釋之不同。此亦反映出桂氏對古人句逗之觀點，例如：

（8）蓲：蓲芺也。從艸，稊聲。（《說文・艸部》）《義證》釋曰：

> 蓲芺也者，《釋草》：蓲，芺。郭云：蓲似稗，布地生，穢草。馥案：郭意蓲一名芺，與本書蓲芺連文異。

案：以上諸條爲《義證》辨析《說文》語句之句逗例子，桂氏論說必以文獻材料爲據，其講求書證之嚴謹學風由此可知。

第3冊，頁610。案：段氏《説文注》亦云「《顧命》文」，並無訂正闕漏「休」字。段、桂二氏所謂「《顧命》文」，有待詳考。紐樹玉《說文校錄》則訂正出自《康王之誥》。詳見《説文解字詁林》，第3冊，頁1200-1201。

.

第五章
《說文解字義證》的説解理據與方式

綜合前文所述，桂馥的《說文解字義證》是一本以書證論字的文字學專著。它遵從《說文》全書脈絡，以傳統語言學角度，按字形、字義、字音三個主要重心，及《說文》原書之體例，去疏解書中文字與許慎的說解。桂氏治學態度審慎，嚴守小學之研究法門，其精神要旨在於疏證《說文》之篆字及其所收錄之古文。桂氏沒有像王筠的《說文釋例》、朱駿聲的《說文通訓定聲》那樣，建立了一套屬於自己的演繹體系，也沒有像段玉裁的《說文解字注》那樣，爲《說文》發凡起例立說，駁論古今之失。桂氏所採用的是傳統樸學的注經手法，從實事求是的路向，爲《說文》進行逐字逐句式的疏解。只要細心研讀《義證》全書內容，就會發現它並不是一本鈔錄書籍文義及引述前人注解字義論說的工具書。事實上，桂馥在《義證》的說解、分析與引證，都表現出他在《說文》研究上的造詣，書中處處流露出一派專精堅實，以追尋確鑿論證爲宗旨的質樸學術風範。

以下通過對《義證》的查考，按字形、字義、字音三方面，歸納出桂氏對《說文》研究的說解理據及其研究方式，並以分項逐一舉例闡釋說明。

一　字形說解理據

桂馥將書題作《說文解字義證》，其論說基本上就是以「義證」爲依歸。然而，對於篆文、古籀、金石、碑帖、印章、簡牘，或秦

漢隸體、漢魏分書、楷書等各類字形的分析，桂氏的研究態度都是
審慎而認真。他依從文字的構形與構意，按字形之筆劃組合，以部
首、偏旁，乃至構件等理據去加以探討研究。綜觀而論，桂氏之說
不但細緻、深入，而且證據具體、充實，亦合乎客觀、科學原則。

（一）說明釋形條例

　　桂氏《義證》以書證論述字義爲主，是以對《說文》「從某某」、
「從某從某」、「凡某之屬皆從某」等訓解條例，一般都較少詳細分
析。然而，這並不表示桂馥沒有重視文字形體的分析。其實，《義
證》在不少地方，尤其是在關鍵之處，都會援引「象形」、「會意」
等條例，去補充及說明文字的結構特點。例如：

（1）天：顛也。至高無上。從一大。（《說文・一部》）《義證》
　　　釋曰：

　　　從一大者，六書「會意」也。《易乾坤鑿度》：一大之物目天。《春秋說
　　　題辭》：天之言鎮也，居高理下，爲人經緯，故其立字，一大爲天，以
　　　鎮之也。《書品》：一畫加大，天尊可知。又按《玉篇》：兂、兏，並古
　　　文。毛晃曰：兂象積氣之形。

案：以上先說明會意，再引書證說之，又兼述古文之構意。

（2）困：故廬也。從木在口中。（《說文・口部》）《義證》釋曰：

　　　從木在口中者，《六書本義》：木在口中，不得申也。馥案：此與「宋」
　　　字同意。本書：宋，居也。從宀，從木。

案：以上除據文獻說解，又引它篆相同之構形組合以說明會意之例。

（3）看：睎也。從手下目。（《說文·目部》）《義證》釋曰：

從手下目者，《九經字樣》：凡物見不審，則手遮目看之，故看從手下目。

案：以上引它書之說以申明本篆以「手」、「目」兩形會意之例。

（4）帶：紳也。……象繫佩之形。佩必有巾。從巾。（《說文·
巾部》）《義證》釋曰：

象繫佩之形者，謂卌象形。佩必有巾者，本書「佩」下云：佩必有巾，
巾謂之飾。從巾者，徐鍇本作從重巾。《字鑑》引同。

案：以上說明許語說解象形之例。

（5）不：鳥飛上翔不下來也。從一，一猶天也。象形。……（《說
文·不部》）《義證》釋曰：

象形者，徐鍇本作冘，象形。

案：此引小徐之說以申明許語所謂「象形」之意。

（6）豐：豆之豐滿者也。從豆，象形。……（《說文·豐部》）
《義證》釋曰：

馥案：賈氏謂曲為承爵，豐為豐年，豐從曲聲，其說本自明了。

案：「豐」下有古文「豐」，云：「古文豐。」（《說文‧豐部》）《義證》補充說：「從豆，舜聲。」桂氏先引述前人對本篆字形之形音結構分析，再從本篆下所收古文，申說其爲形聲之例。

（7）囗：回也。象回帀之形。凡囗之屬皆從囗。（《說文‧囗部》）《義證》釋曰：

> 象回帀之形者，回當作囗。《廣韻》引《文字音義》：囗，回也。象圍帀之形也。《史記‧高帝紀》：遲明圍宛城三帀。

案：以上引他說以訂明本篆之構形訓解。

（8）儿：仁人也。⋯⋯象形。孔子曰：「在人下故詰屈。」凡儿之屬皆從儿。（《說文‧儿部》）《義證》釋曰：

> 在人下故詰屈者，《玉篇》作人在下，《五音集韻》同。凡從儿之字，皆以儿爲下體，故曰：人在下。

案：以上說明許語訓解與本篆構形相關之例。

（二）訂正字形訓解

桂氏《義證》會以比較互證或文獻考據之方式，針對許語訓解字形有訛誤或缺漏之處，逐一加以訂正。例如：

（1）尋：繹理也。從工，從口，從又，從寸。工口，亂也。又寸，分理之。彡聲。此與癹同意。⋯⋯（《說文‧寸部》）

　　《義證》先將本篆構件逐一說解，再訂正本篆之聲符爲形
　　符，桂氏說：

從工從口從又從寸，工口亂也，又寸分理之者，本書「左」從工，「右」
從口，而兩字皆從手。手所以助理也，又、寸，皆手也。乡聲者，當爲
從爻，既誤爲乡，又加聲字。此會意，非諧聲。故云與叜同意。叜從爻，
縛亦從爻。本書「蕁」、「潯」、「鱏」，並從尋，當有尋字。

案：以上訂正形聲爲會意之例。

（2）「正」下有古文「 」，云：古文正。從一足。足者亦止也。
　　　（《說文・正部》）《義證》訂正曰：

足者亦止也者，足當爲疋。本書「疋」下引《弟子職》：問疋何止。《廣
雅》：疋，止也。

案：《說文》「足」下曰：「從止口」。又「疋」下曰：「上象腓腸，
下從止」。兩者同是人腳形，「正」下另有古文「正」，許慎云：「從
二。二，古文上字。」據此可知此字上兩筆爲古文上字，其下從「止」。
桂馥引述書證之說，形義兼備，訂改審慎有理。

（3）衣：依也。上曰衣，下曰裳。象覆二人之形。……（《說
　　　文・衣部》）《義證》訂正曰：

象覆二人之形者，孫觀察星衍曰：二人當爲二厶。厷，古文作厶。馥案：
《喪服記》：衣二尺有二寸。注云：此謂袂中也。言衣者，明與身參齊，

二尺二寸，其袖足以容中人之肱也。本書「裔」，古文作｡；「表」，古文作｡，皆誤。

案：此為引他家之說及援引書傳注解，以訂明許語不當之例。

（4）象：長鼻牙。南越大獸，三季一乳。象耳牙四足之形。⋯⋯（《說文・象部》）《義證》訂正曰：

象耳牙四足之形者，當云：象耳牙足尾之形。

案：《說文》「馬」下云：「象馬頭髦尾四足之形。」「豕」下云：「象毛足而後有尾。」兩篆字皆有尾形之筆劃，亦與「象」篆之尾筆相同。桂馥認為《說文》對「象」篆之說解含混，於是據其篆字筆形組合，補訂許氏辨釋篆字形體之不足。

（5）寒：凍也。從人在宀下，以茻薦覆之，下有仌。（《說文・宀部》）《義證》訂正曰：

以茻薦覆之者，茻當為艸，上艸為覆，下艸為薦。本書：宛，屈艸自覆也。

案：《說文》「茻」下云：「眾艸也，從四屮。」此即「莽」本字，有亂草叢生之意。桂氏所謂「上艸為覆，下艸為薦」，辨析字形有上下層次之別，此正與「寒」字之本義相合。

（6）央：中央也。從大在冂內。大，人也。⋯⋯（《說文・冂部》）《義證》訂正曰：

大人也者，大當爲介。本書「介」、籀文「大」，亦象人形。

案：央篆作「岕」，當中並無篆文「人」之形。桂氏訂改爲「介」，乃切合許篆之構形用意，不可與篆文「大」字形混亂，其說合理可取。

（三）徵引金石佐說

桂氏治學著重比對研究，對鐘鼎文、石刻、碑帖等文字材料，尤其多加運用，而且援引適宜，辨析清楚，合理可信。例如：

（1）麋：鹿屬。從鹿，米聲。麋冬至解其角。（《說文・鹿部》）《義證》釋曰：

馥案：鐘鼎款識「眉壽」多作「麋壽」。

（2）「造」下有古文「艁」，《說文》云：古文造從舟。（《說文・辵部》）《義證》釋曰：

古銅戈，文曰：𥫣子之艁戈。

（3）「嗌」下有籀文「𦒠」，《說文》云：籀文嗌。上象口，下象頸脈理也。（《說文・口部》）《義證》釋曰：

上象口者，鐘鼎文作𦒠。本書「關」下云：𦒠，籀文臨字。臨乃嗌之訛。《漢書・百官公卿表》「𦒠」作朕虞。應劭曰：𦒠，伯益也。顏注：𦒠，

古益字也。馥案：闕下五字，徐鉉所加，徐鍇本無。馥疑𦬊有闕筆，單作𦬊，則是益，非嗌矣。闕本從益，非從嗌。

（4）「禾」，《說文》本篆作「𥝌」，《義證》釋曰：

𥝌當爲𥝌，鐘鼎文「穆」、「季」等字作𥝌。漢印「私」字作𥝌。

案：以上諸條爲引金文、漢印論說之例。

（5）受：相付也。從受，舟省聲。（《說文·受部》）《義證》釋曰：

漢銅印作𦥛，有橫畫，從舟省也。

（6）「遲」下有或體「𨒈」，《說文》云：遲或從尸。（《說文·辵部》）《義證》釋曰：

尸，古文仁字。漢銅印有尸字，乃古文夷也。

（7）笵：法也。從竹。竹，簡書也。氾聲。……（《說文·竹部》）《義證》釋曰：

馥案：古銅印笵姓皆從竹，今從艸。

案：以上諸條爲引銅印說字之例。

（8）迻：遷徙也。從辵，多聲。（《說文·辵部》）《義證》釋曰：

> 《尹宙碑》：支判流遷。變辵從彳。本書「跢」下引《論語》：跢子之足。
> 變辵從足。

案：以上引碑刻論說字形之遞變。

（9）吮：欶也。從口，允聲。（《說文·口部》）《義證》釋曰：

> 馥案：《曹全碑》：興師征討，有吮膿之仁。借兗字。

案：以上借碑刻說明本篆之借字。

（10）「典」下有古文「鶭」，云：「古文典。從竹。」（《說文·
丌部》）《義證》釋曰：

> 漢《譙敏碑》：深明簨隩。從竹者，後人所加。古文冊作笧。此從笧也。

案：以上引碑刻說解《說文》本篆古文之形，並訂正其構形分析。

此外，桂氏又有援引石鼓文、汗簡、白帖等材料，以論說文字
之形音義關係，例如：

（11）饎：設飪也。從丮，從食，才聲。讀若載。（《說文·丮
部》）《義證》釋曰：

讀若載者，《古文尚書》「載」字作此㘁。《石鼓文》：酉車㘁道。借作載。漢・鄭季宣《殘碑》亦借㘁為載。

（12）盌：小盂也。從皿，夗聲。（《說文・皿部》）《義證》釋曰：

小盂也者，本書：䀠，小盂也。《汗簡》「盌」作㿻，云：出《說文》。《方言》：盌謂之盂。顏注《急就篇》：盌，似盂而深長。

（13）「瑟」下有古文「㻎」，《說文》云：古文瑟。（《說文・琴部》）《義證》釋曰：

《汗簡》作㻎，又作㻎。云：並見《說文》。

（14）「舊」下有或體「鵂」，云：「舊，或從鳥，休聲。」（《說文・雈部》）《義證》釋曰：

《白帖》引《文選・鵩賦》，其字作鵂。《漢舊儀》：賈誼在湘南，六月上庚日，有鵩鳥來。馥疑鵩鳥為鵂鳥。舊、伏，聲相近，故從伏聲。伏、服，聲相近，故或作鵩。伏、休，形近，譌作鵂也。

案：桂氏上述諸條，尤其是「舊」篆之或體，考訂之深入，論析之精要，充份反映出深邃之學問功底。

（四）辨明古文、籀文、篆、隸各體變化

桂馥研治《說文》字形，分析角度寬廣，不局限於個別字體的結構。對於許篆本字各項字體之傳承與衍變關係，亦甚爲注意。例如：

（1）「爽」下有「𡙕」字，《說文》釋曰：篆文爽。（《說文・爻部》）《義證》釋曰：

篆文者，本書「大」，古文介也。「介」，籀文大，改古文。馥謂：大爲古文，介爲籀文。爽從古文大。𡙕從籀文介。

（2）淋：水行也。從林灬。灬，突忽也。（《說文・㣺部》）《義證》釋曰：

本書「次」，籀文作㳄，此與㴲皆本籀文。

案：又本篆下有另收古文「㳠」，《說文》云：「篆文從水。」《義證》釋曰：「從水者，變籀文。」《說文》「次」下有籀文，作「㳄」。

（3）「陳」下有古文「敶」，《說文》云：「古文陳。」（《說文・阜部》）《義證》釋曰：

本書「虹」，籀文從申，作蚒。

案：以上引他篆所見籀文，以說明本篆古文有相同之構件。

（4）「闢」下有「䦙」字，《說文》云：籀文闢。從𦣞益。（《說
文・𦣞部》）《義證》釋曰：

籀文闢從𦣞益者，徐鍇本無益字。「籀文」當作「篆文」，從𩰊者，本籀
文。小篆仍而不改也。從𦣞者，乃小篆變𩰊從𦣞。二文並從益。

（5）韋：相背也。從舛，口聲。……（《說文・韋部》）《義證》
釋曰：

口聲者，《五經文字》：口音圍。馥案：古文作⊙，篆文變從口。口，回
帀也。

案：以上諸例辨析篆文與籀文之變化關係。

（6）袞：……從衣，公聲。（《說文・衣部》）《義證》釋曰：

公聲者，《釋言》：袞。黼也。《釋文》：袞，古本反。《說》云：從衣，
從屮也。屮，羊奐反。或云：從公衣。《干祿字書》：袞、裒，上通下正。
《佩觿》：袞，從屮。《增韻》「袞」、「兖」皆從屮。俗書作「公」，與公
厶之公不同。魏《受禪碑》：襲袞龍。漢《韓勑碑》：袞州從事。《王純
碑》：君請詔袞豫督趣軍糧。借袞爲兖。隸書口、厶不分，故多變體。

（7）澺：……從水，意聲。（《說文・水部》）《義證》先說本篆
曰：「文當作濜」，再於下文釋曰：

意聲者，《集韻》引作濜，當爲啻聲。因篆誤也，隸體乃作澺。

（8）男：丈夫也。從田，從力。……（《說文・男部》）《義證》
釋曰：

> 《九經字樣》：𭅫、男，上《說文》，下隸變。馥案：今篆作男，後人因
> 甥、舅二字改之。

（9）瑵：車蓋玉瑵。從玉，蚤聲。（《說文・玉部》）《義證》釋曰：

> 蚤聲者，當爲叉。叉，手足甲也。隸體喜茂密，改從蚤，後復改篆以從
> 隸也。

（10）苾：馨香也。從艸，必聲。（《說文・艸部》）《義證》釋曰：

> 馥案：《詩》：苾芬孝祀。《韓詩》作「馥芬」。又「苾苾芬芬」，《景福殿
> 賦》作「馥馥芬芬」。然則苾字隸體變爲馥。

案：以上諸例辨析隸體與篆字之種種變化發展。

（五）闡釋「重文」、「俗、或、省」諸體

如前所述，桂馥是當世一位書法名家，對字體之書寫筆法及其
結構組合甚有心得，而對《說文》部首中所收各類字體及其字形構
造，亦有細緻之分析探研。關於重文、俗體、或體、省體等各類字
形之結構，及其文字形體之間的相互關係，《義證》都有不少精闢
而具體之辨析。茲舉例如下：

（1）轈：載高皃。從車，巢省聲。（《說文・車部》）《義證》釋曰：

> 轙下重文鑾字，即此轈之或體。

案：《說文》「轙」下有「鑾」字，云：「轙，或從金，從獻。」桂馥釋曰：

> 徐鍇曰：《爾雅》：「鑣謂之鑾，載轡謂之轙。」然則鑾與轙異。疑此《說文》本脫誤。馥案：鑾當爲獻之或體，後人亂之。

（2）䕼：艸也。從艸，難聲。（《說文・艸部》）《義證》釋曰：

> 艸也者，未聞其狀。下文「鸂，艸也」，鸂、難一字，重出。

案：《說文・艸部》「鸂」篆亦云：「艸也。從艸，鸂聲。」《義證》於本篆下曰：

> 案：本書：䕼，艸也。難、鸂，一字。當有重出。

以上爲說明同部重文之例。

（3）敖：出游也。從出，從放。（《說文・放部》）《義證》釋曰：

> 本書出部有敖字，云：游也。

案：《說文》出部有「敖」篆，云：「游也。從出，從放。」《義證》在出部「敖」下曰：本書放部有「敖」字。

（4）「䢉」下有或體「䢉」，云：「䢉，或加手。」（《說文・丮部》）《義證》釋曰：

　　本書手部：揱，攤也。

案：《說文》手部有「揱」，云：「攤也。從手，䢉聲。」《義證》曰：

　　本書「䢉」下，重文作揱。

以上為說明異部重文之例。

（5）「齰」下有或體「䶗」，云：「齰，或從乍。」（《說文・齒部》）《義證》釋曰：

　　馥案：俗作咋。《漢書・東方朔傳》：孤豚之咋虎。顏注：咋，齧也。《英雄記》：曹操自咋其舌流血，以失言誡後世。

（6）礇：磬石也。從石，堯聲。（《說文・石部》）《義證》釋曰：

　　俗作墝。《呂氏春秋・辨土篇》：樹肥無使扶疏，樹墝不欲專生而族居，肥而扶疏則多粃，墝而專居則多死。

（7）貈：北方豸種。從豸，各聲。……（《說文・豸部》）《義證》釋曰：

　　字俗作狢。《史記・天官書》：胡狢月氏。

以上為說明俗體字之例。

（8）禓：道上祭。從示，易聲。（《說文‧示部》）《義證》釋曰：

字或作禓，《周禮‧司巫》：凡喪事，掌巫降之禮。注云：降，下也。巫下神之禮，今世或死既斂，就巫下禓其遺禮。

（9）豯：生三月豚，腹豯豯皃也。從豕，奚聲。（《說文‧豕部》）《義證》釋曰：

字或作貕，《周禮‧職方氏》：幽州，其澤藪曰貕養。

（10）槾：杇也。從木，曼聲。（《說文‧木部》）《義證》釋曰：

或作墁。《廣韻》：墁所以涂飾牆。《孟子》：毀瓦畫墁。或作僈。《荀子》：污僈突盜。

以上為說明見於他書之或體字例。

（11）誡：敕也。從言，戒聲。（《說文‧言部》）《義證》釋曰：

或省作戒。《宣十二年‧左傳》：軍政不戒而備。杜云：戒，勅令。

（12）「簋」下有古文「匭」，云：「古文簋，或從軌。」（《說文‧竹部》）《義證》釋曰：

經典或省作軌。《公食大夫禮》：宰夫設黍稷六簋于俎西。注云：古文簋皆作軌。《易》：二簋。蜀才本作軌。

（13）昃：日在西方時側也。從日，仄聲。……（《說文・日部》）《義證》釋曰：

又省作仄。《管子・白心篇》：日極則仄，月滿則虧。《周書・周祝解》：故日之中也仄。注云：仄，昳也。

以上為說明見於經典中之省體字例。

（六）辨析古今字

桂馥說字範疇廣泛，而能顧及文字應用的時代性。《義證》經常注意到文字於「不同時代記錄同一個詞時所用字的不同」[1]，而以「古字」或「古今字」等術語加以註明，並在必要處附以書證辨析。茲舉例如下：

（1）「邠」下收有重文「豳」，《說文》云：美陽亭即豳也。……從山，從豩。闕。（《說文・邑部》）《義證》釋曰：

《史記索隱》：豳即邠也。古今字異耳。《唐書・地理志》：邠州，故豳。開元十三年，以字類幽，改。《元和志》：開元十三年，以豳與幽字相涉，詔曰：魚魯變文，荊并誤聽，欲求辨惑，必也正名，改為邠字。

（2）柅：山梸也。從木，尻聲。（《說文‧木部》）《義證》釋曰：

> 山梸也者，《釋木》文。彼云：栲，山樗。郭云：栲，似樗。色小白，
> 生山中，因名云。馥案：栲、尻，古今字。

（3）乑：引也。從反廾。凡乑之屬皆從乑。（《說文‧乑部》）《義
證》釋曰：

> 《漢書‧司馬相如傳》：仰乑橑而捫天。顏注：乑，古攀字也。

（4）「艱」下有籀文「艱」，《說文》云：籀文艱。從喜。（《說
文‧堇部》）《義證》釋曰：

> 《史記‧楚世家》：熊囏立。《索隱》：囏，古艱字。

（5）桼：木汁，可以鬃物。象形。桼，如水滴而下。……（《說
文‧桼部》）《義證》釋曰：

> 《隸續》云：《說文》：桼，象形。如水滴而下。賈山云：桼涂其外是也。
> 而漆枲絺紵，椅桐梓漆之類，經傳已多借用，至今反以桼爲古字。漆沮
> 之漆，卻有省其水者。

　　以上諸條，桂氏所釋皆具文獻證據，清楚交待古字與今字之不
同，其中亦有涉及字形之構件，或其不同之寫法。

（七）訂正訛字

桂馥《義證》一書，凡見於古人書傳中所用訛字，即古書在抄寫刊刻中因字形相近似而產生的錯字[2]，會加以標示說明，並援引《說文》或其他字書等資料，逐一辨解訂正。例如：

（1）彖：豕也。從彑從豕。讀若弛。（《說文・彑部》）《義證》釋曰：

> 本書「蠡」、「傺」並從此，寫者誤從彖。豕也者，《居易錄》：彖似犀而角小，知吉凶，耳大如掌，目常含笑。生於兩粵，東曰茅犀，西曰豬神，遇之則吉。馥案：當作此彖，世俗誤為彖。

（2）瓅：玲瓅也。從玉，勒聲。（《說文・玉部》）《義證》釋曰：

> 玲瓅也者，瓅俗作玏，或省作勒。《山海經・中山經》：葛山，其下多珹石。郭注：珹石，勒石似玉也。馥案：俗本，勒譌作劼。

（3）癋：靜也。從心，疢聲。（《說文・心部》）《義證》釋曰：

> 《文選》五臣本，《神女賦》：澹清靜其愔嫕兮。注云：嫕，一計切。李善本作嬒字。毛晉刻李善本作嬒。注云：淑善也。《說文》曰：嬒，靜也。《蒼頡篇》：嬒，密也。馥案：嬒，傳寫之誤，而此癋字亦誤。本書：嫛，婗也。從女，殹聲。癋當為嫛，從心，嫛省聲。《廣韻》：嫛，於計切。婉嫛，柔順皃。張華《女史箴》：婉嫛淑慎。李善云：《漢書》曰：

---

[2] 參考《傳統語言學辭典》，頁81，「訛字」條。

孝平王皇后爲人婉嫕有節操。服虔曰：嫕音翳桑之翳。曹大家《列女傳
注》：婉柔和嫕，深邃也。《通鑒・漢和帝紀》：南陽樊調妻婉嫕。又案
《文選・洞簫賦》：其妙聲則清靜厭瘱。李善引曹大家《列女傳注》：瘱，
深邃也。五臣本作應。注云：李善本作應字。據此，則嫕、瘱混淆久矣。

　　除以上見於書傳之文字訛誤例子，桂氏《義證》另有具體討論
文字因「形近而誤」之情況，如：

（4）豭：牡豕也。從豕，叚聲。（《說文・豕部》）《義證》釋曰：

　　《韓非・內儲說》：釁之以雞豭。馥案：亥、豕形近，誤從亥。

（5）㱦：事有不善言㱦也。《爾雅》：「㱦，薄也。」從歺，京
　　聲。（《說文・歺部》）《義證》釋曰：

　　事有不善言㱦也者，《廣韻》引《字統》：事有不善曰就薄。《集韻》：誰，
　　就也。《韓詩》：室人交徧誰我。馥案：就當爲㱦，俗書作就，與就形近
　　致誤。

（6）「袗」下有或體「裖」，《說文》云：袗，或從辰。（《說文・
　　衣部》）《義證》釋曰：

　　或從辰者，裖當爲襂，㐱、辰形近誤爲裖。今、辰聲近，遂誤爲袗之或
　　體。經典袗、紾並見，形聲相近，未聞作裖也。

　　以上諸條分析「形近而誤」，足見桂氏考據之精細功力，其論
說審慎而證據堅實，具有說服力。

（八）分析文字構形、構意

　　桂馥說解許篆，絕不憑空臆測，他採用合乎科學理念之歸納與
比勘方法，以字與字之間的對照分析爲研究基礎。《義證》對字形
的一筆一畫，乃至文字之整體構形，辨析尤其審愼細緻，兼且能溯
本討源，理解古人造字之構意所在。例如：

（1）冓：交積材也。象對交之形。……（《說文・冓部》）《義
　　　證》釋曰：

　　象對交之形者，本書：开，象二干，對構上平也。《五經文字》：冓，象
　　上下相對形。

（2）形：丹飾也。從丹，從彡。彡，其畫也。（《說文・丹部》）
　　　《義證》釋曰：

　　彡其畫也者，本書：彡，毛飾畫文也。彣，從彡。彔，彔飾也。彭，青
　　飾也。鬱，彡其飾也。

（3）八：別也。象分別相背之形。凡八之屬皆從八。（《說文・
　　　八部》）《義證》釋曰：

　　別也者，本書「柬」，從八，分別也。「兆」，從重八，八、別也。象分
　　別相背之形者，本書「平」下云：八，分也。「糞」下云：八，分之也。
　　「公」下云：八，猶背也。

案：以上諸例，桂氏皆援引其他字形之相同構件立論，藉此說明文字構件中的形義特質，及其與許語說解字義之關係。

（4）芈：羊鳴也。從羊。象聲气上出，與牟同意。（《說文・羊部》）《義證》釋曰：

中畫當曲曲而出，牟字上亦曲。

（5）麤：豕也。後蹏廢謂之麤。從互，矢聲。從二匕。麤足與鹿足同。（《說文・互部》）《義證》釋曰：

從二匕、麤足與鹿足同者，本書「鹿」：象頭角四足之形。鹿篆作比，麤亦從比，故云從二匕。左從反匕者，即後蹏廢也。

（6）靁：陰陽薄動，靁雨生物者也。從雨。晶象回轉形。（《說文・雨部》）《義證》於本篆下古文「䨻」，曰：

本書「楢」，籀文作䨻，云：刻木作雲靁象。雲從云，象雲回轉形，古文作𠃌。又圜從云，回也。是云亦回意。䨻間二囘，當為回，即古文𠃌字，因下籀文誤為囘。

《義證》再於本篆下籀文「䨻」，曰：

籀文靁間有回者，當云：籀文靁，䨻間有回。然則古文「䨻」間非回矣。

案：以上為桂氏說明字形中之筆形與字義關係例子。

（7）馬：馬一歲也。從馬一，絆其足。……（《說文・馬部》）
　　《義證》釋曰：

　　　從馬一絆其足者，與豕同意。趙宧光曰：馬一歲，稍稽絆其足，未就銜
　　　勒也。

（8）豕：豕絆足行豕豕。從豕，繫二足。（《說文・豕部》）《義
　　證》釋曰：

　　　豕絆足行豕豕者，《廣韻》引作豕絆足行豕豕然也。《玉篇》「彩」字云：
　　　豕絆行皃。馥案：豕與縶同意。

案：以上兩例之筆意說解可互為註腳。

（9）朵：樹木朶朵朵也。從木。象形。此與采同意。（《說文・
　　木部》）《義證》釋曰：

　　　此與采同意者，采小字本作采。徐鍇本作與采同意而下垂。馥案：朵亦
　　　從乞，故曰：與采同意。

（10）倉：穀藏也。……從食省，口象倉形。……（《說文・倉
　　　部》）《義證》釋曰：

　　　從食省者，篆文當作倉，亼下有直畫。口象倉形者，本書「舍」下云：
　　　口象築也。「高」下云：從口，與倉、舍同意。

案：以上諸例以「造字意圖相同」[3]為說，桂氏均採用《說文》說
解術語「同意」立論，辨明諸篆有相同之構形、構意理據。

二　字義說解理據

　　清代小學專家說解字義，通常都會應用「形訓」、「聲訓」和「義
訓」這類訓詁理論。所謂「形訓」，是通過字形的分析來闡釋字
（詞）義的方法。[4]「聲訓」，就是從文字的聲音線索推求語源的方
法。[5]「義訓」，就是直接訓釋字、詞義[6]，是一種以「直陳語義而
不借助音和形的釋義方式」[7]。近代文字學專家朱宗萊（1881-1919）
對義訓有較深入的理解，他說：

> 義訓者，訓詁之常法。通異言，辨名物，前人所以詔後，後人所以識古，
> 胥賴乎此。其法或直言其義，或陳說其事，或以狹義釋廣義，或以虛義
> 釋實義，或遞相為訓，或增字以釋。類例雖眾，要其為析疑解紛，一也。[8]

　　一般而言，義訓是根據文獻中具體語言材料，根據具體的語言
環境來說解詞義，應用手段有「直訓」、「互訓」、「遞訓」、「下義界」、
「同訓」等幾種。[9]

3　參考《「說文」學名詞簡釋》李國英、章瓊著，鄭州市：河南人民出版社，1994 年，頁 54，
　　「同意」條。

4　參考《中國語言學大辭典》，頁 175，「形訓」條。

5　見《訓詁簡論》陸宗達著，北京市：北京出版社，1980 年，頁 111。

6　見《訓詁學教程》黃建中著，武漢市：荊楚書社，1988 年，頁 245。

7　見《中國語言學大辭典》，頁 176，「義訓」條。

8　見《文字學音篇・文字學形義篇》錢玄同、朱宗萊著，臺北市：臺灣學生書局，1965 年，
　　頁 145。

9　參考《傳統語言學辭典》，頁 515，「義訓」條。

　　桂馥的《義證》曾廣泛徵引各類文獻，以訓解字義的理據，去分析及說解古代文獻的語言特徵。然而，桂書並沒有說明所引用的訓詁方式，也沒有使用較一致性的術語，其論說文字範圍十分廣闊，本義、通假義、引申義、同義、詞義發展，以及聲義的相互關係等等，各方各面皆有。以下按其書中所論分為幾項逐一舉例說明：

（一）說明本義

　　王寧先生（1936-）說：「本義是『許學』（《說文》之學）關於文字字義的術語。本義就是體現文字字形上的字義。它反映了表意文字初期的造字意圖。」[10]從詞義的角度來說，本義就是「在一個字記錄的諸多義項中，作為該字的構形依據，與字形相貼切的義項」[11]。由於《說文解字義證》是一本以分析字義為本的文字學專著，當中說解文字形、音之例則相對較少，但對於許篆本義就有不少闡發，有時亦會結合形體立論，辨析相當具體。例如：

　　（1）勿：州里所建旗。象其柄，有三游。……（《說文・勿部》）
　　　　　《義證》先引書證說明「勿」之本義，曰：

　　　　《鶡冠子・王鈇篇》：伍人有勿，故不奉上令，有餘不足居處之狀，而
　　　　不輒以告里有司，謂之亂家，其罪伍長以同。《隋書》：其旛勿在軍，亦
　　　　畫其事號，加之以雲氣。

　　桂氏再於許語之下，另引他篆互證本篆的構意。桂氏曰：

[10] 見《訓詁與訓詁學》陸宗達、王寧著，太原市：山西教育出版社，1994年，頁109。
[11] 見《「說文」學名詞簡釋》，頁1，「本義」條。

象其柄有三游者，本書「⿱」字，古文从勿，蓋象旌旗之垂也。

案：以上桂氏採用了徵引文獻及比較論證的手段，說明「勿」篆的本義。

（2）驫：衆馬也。從三馬。(《說文・馬部》)《義證》釋曰：

眾馬也者，《御覽》引《字林》：驫，眾馬行也。《玉篇》：驫，走皃。《廣韻》：驫，眾馬走皃。《吳都賦》：驫駥飍矞。李善注：眾馬走皃。

案：以上桂氏引字書、韻書等說，以闡明「驫」篆的本義是衆馬奔走的情狀。

（3）𪋻：鹿行揚土也。從麤，從土。(《說文・鹿部》)《義證》釋曰：

鹿行揚土也者，鹿旅行，故揚土。《玉篇》：𪋻，埃塵也。《昭三年・左傳》：湫隘囂塵。杜注：塵土。

案：以上桂氏先說明許篆之本義，謂鹿以成旅而行，所以行走之處，塵土飛揚。然後，再以書證說明「塵埃」之義項。

（4）過：度也。從辵，咼聲。(《說文・辵部》)《義證》先詳引本篆於典籍之用例：

《易・繫辭》：範圍天地之化而不過。《書・禹貢》：東過洛汭，北過洚水。《檀弓》：過之者俯而就之。《論語》：楚狂接輿歌而過孔子。又云：

孔子過之。又云：有荷蕢而過孔氏之門者。《孟子》：三過其門而不入。
又云：過我門而不入我室。

桂氏再於許語「度也」下云：

度也者，《廣雅》：過，渡也。《玉篇》：過，度也、越也。本書：越，度
也。

案：以上桂氏所引皆是關涉「過」之本義，並爲許語作進一步疏解。

（二）闡釋字義假借

假借，六書之一。許慎《說文解字・敍》給假借下的定義是「假
借者，本無其字，依聲託事」。概括而言，假借是借用同音字來記
錄語言中有音有義而無字的詞。[12]桂馥在《義證》裏亦經常引用許
慎「假借」此項專門術語去說解字義。例如：

（1）僅：材能也。從人，堇聲。（《說文・人部》）《義證》釋曰：

材能也者，《字林》作才，徐鍇本同。鍇曰：僅能如此，是才能如此。
才，始詞也。本書：考，老人行才相逮。況，財溫水。撽，刺之財至也。
《後漢書・馬援傳》：但取衣食裁足。《廣韻》：僅，纔也。纔，僅也。《華
嚴經音義》：僅，纔，能也。《漢書・杜欽傳》：迺爲小冠，高廣材二寸。
顏注：材與纔同。《漢書・鼂錯傳》：遠縣纔至。注云：纔，淺也。猶云

---

12 參考《「說文」學名詞簡釋》，頁23，「假借」條。

僅至也。李陵《荅蘇武書》：僅乃得免。李善云：何休《公羊傳注》：僅，纔也。馥謂：材、財、裁、纔，皆同聲假借，當以才爲正。

案：以上爲同聲假借例。

（2）訐：諍語訐訐也。從言，幵聲。（《說文·言部》）《義證》釋曰：

諍語訐訐者，《玉篇》：訐，訟也。《廣韻》：訐訐，訶貌。《文十二年·公羊傳》：惟諓諓善諍言。《左傳》：靖譖庸回。《堯典》：靜言庸違。馥謂：諍、靖、靜，皆假借。當作諍，謂其善爲諍語也。

案：諍、靖、靜三字，古音皆從紐、耕部，故桂馥以假借爲說。

（3）梅：枏也。可食。從木，每聲。（《說文·木部》）此下另收有「楳」字，《說文》曰：「或從某。」《義證》引書解說此字爲或體，桂氏曰：

《詩·摽有梅》：其實七兮。《釋文》云：梅，木名也。《韓詩》作楳。《說文》「楳」亦梅字。馥案：梅、楳，皆假借，當作某。

案：桂氏所謂假借，乃指梅、楳不是本字，《說文》所收之或體字「楳」，不應說「從某」。某字是梅之本字，已借作代詞，不作梅字解。

（三）分析字義引申

　　引申義，指詞的本義直接或間接地繁衍出來的意義。王寧先生對「引申」下的定義是：「詞義從一點（本義）出發，沿著本義的特點所決定的方向，按照各民族的習慣，不斷產生相關的新義或派生同源的新詞，從而構成有系統的義列，這是詞義引申的基本表現」。[13]桂氏《義證》裏有注意到詞義的引申現象，但書中並沒有用「引申」術語說明，而是援引他書所見例子，加以比並立說。其間也會用「借」、「或借」等術語，列出該篆的同源詞，或指出其同源關係。例如：

　　（1）曼：引也。從又，冒聲。（《說文‧又部》）《義證》釋曰：

> 引也者，《詩‧閟宮》：孔曼且碩。毛傳：曼，長也。《楚詞‧九章》：終長夜之曼曼兮。王注：曼，長兒。《漢書‧禮樂志》：世曼壽顏。注：曼，延也。馥案：昏屬公，名壽延。《地理志》：眞定國縣蔓縣，莽曰縣延。五原郡曼柏，莽曰延柏。《霓裳羽衣曲》曲終長引一聲，即曼聲。郭茂倩《樂府》有歌，有行，有引，是也。或借漫字。《甘泉賦》：指東西之漫漫。顏注：漫漫，長也。馥案：《詞譜》有〈木蘭花漫〉。又借蔓字。《漢書‧郊祀歌》：蔓蔓日茂。顏注：言其長久。《魏策》引《周書》：緜緜不絕，蔓蔓若何。《詩》：野有蔓草。傳云：蔓，延也。《隱元年‧左傳》：無使滋蔓，蔓難圖也。服虔曰：滋，益也。蔓，延也。《正義》：草之滋長引蔓，則難可芟除。《一切經音義‧六》：〈西京賦〉云：其形

13　見〈訓詁原理概說〉王寧著，輯於《訓詁學的研究與應用》王問漁主編、陸宗達審訂，呼和浩特市：內蒙古人民出版社，1986 年，頁 72。

蔓莚。《廣雅》：蔓，長也。莚，遍也。王延壽云：軒檻蔓莚，謂長不絕也。

案：桂氏詳引書傳以闡明「曼」之本義「引」有「長」、「延」之引申義。其所謂「漫」、「蔓」等借字，則是同一語根之同源字。[14]

（2）蔭：艸陰地。從艸，陰聲。（《說文‧艸部》）《義證》釋曰：

艸陰地者，《文七年‧左傳》：公族、公室之枝葉也。若去之，則本根無所庇廕矣。葛藟猶能庇其本根。馥案：木亦曰蔭。郭注《爾雅》：樹木葉缺落，陰疏。《宣二年‧左傳》：舍於翳桑。杜云：桑之多陰翳者。《趙策》：席隴畝而廕庇桑。《子華子》：松柏茂而陰成於林，塗之人則蔭矣。是也。又案：覆陰亦曰蔭。《文十七年‧左傳》：鹿死不擇音。杜注：音，所休陰之處。《詩》：有杕之杜。箋云：特生寡陰。《釋文》：陰，本亦作蔭。《漢書‧郊祀志》：靈之至慶陰陰。顏云：言垂陰覆徧於下。

案：桂氏由許語「艸陰」出發，通過各種書傳、注文等不同例證，深入分辨「蔭」字的引申義範圍。「蔭」、「陰」兩字亦是同源字關係。[15]

（四）說解一字兩義

按常理而推斷，文字於造字之時，初始只有一個義項。然而，隨着時間與社會的使用發展，字義也會自然地發生變化。一些經過

---

[14] 參考《同源字典》王力著，北京市：商務印書館，1987 年，頁 585。
[15] 參考《同源字典》，頁 603。

長年使用的文字，很多時已不容易溯本追源，難以讓人尋回昔日造字時的本義。事實上，由於不少文字於典籍文獻中留下來的已不是原本的文字，其原本之義項也就不容易理解。許慎《說文解字》對字義的訓解，有時也不盡是本義，有些篆字的分析還保留着兩個義項的記錄，如艸部「芋」、「蘆」、「菫」、「蔗」等篆之訓解。桂氏《義證》對許篆字義之疏解，經常注意到字義的發展，尤是在古籍中的不同用法，書中對一字具有兩義之情況也多有清晰之考證和說明。例如：

（1）瞂：目瞂瞂也。從目，戀聲。（《說文・目部》）《義證》釋曰：

> 目瞂瞂也者，《廣韻》：瞂，視貌。《長笛賦》：長瞂遠引。《後漢書・馬融傳》：右瞂三塗。注引《廣雅》：瞂，視也。馥案：目生翳亦曰瞂。《答賓戲》：瞂龍虎之文舊矣。孟康曰：瞂，被也。馥謂：如目被翳也。《集韻》：瞂，目暗也。

案：以上桂氏引他書例子，說明《說文》「瞂」篆除一般之目視解釋外，另有視線被遮蔽之義項。

（2）及：逮也。從又，從人。（《說文・又部》）《義證》釋曰：

> 逮也者，《六書故》引作隶也。本書：逮，〈唐逮〉，及也。隶，及也。《論語》：摛輔象時不再及。宋均曰：及，亦至也。

案：以上桂氏引他書例子，說明「及」篆另有「至」之解釋。

（3）軿：輣車也。從車，并聲。（《說文・車部》）《義證》先引
　　書證解釋許語曰：

> 輣車也者，徐鍇本作輜車也。《集韻》引作輕車也。《類篇》《韻會》同。
> 《洪武正韻》：軿，輕車。重曰輜，輕曰軿。《後漢書・袁紹傳・注》引
> 作衣車也。〈梁冀傳・注〉引《蒼頡篇》：軿，衣車也。〈楚王英傳〉：得
> 乘輜軿。注云：軿猶屏也，自隱蔽之車。

　　桂氏於引述各類書證後，提出個人觀點：

> 馥案：軿，有二義。訓爲衣車者，婦人所乘。後漢《輿服志》：太皇太
> 后、皇太后，非法駕則乘紫罽輜車。《列女傳・齊孝孟姬傳》：妾聞妃后
> 踰國，必乘安車輜軿，今立車無軿，非所敢受命也。《西京雜記》：以軿
> 車載輕薄少年，爲女子服入後宮者，日以十數。是也。訓爲兵車者，軍
> 旅所用，亦取其屏蔽。《周禮》：車僕，掌苹車之萃。注云：苹猶屏也。
> 所用對敵自蔽隱之車也。杜子春云：苹車當爲軿車。是也。

案：桂氏按書傳注文所載，論證「軿」篆有兩個義項，其一爲婦人
所乘之車，另一爲軍事所用之兵車。

（五）闡明多重義項

　　語言於人類使用過程當中不斷發展，字詞也同樣隨着長年累月
的應用而有所轉變。事實上，不少古漢語文字的義項在文獻典籍的
記錄中都發生了變化，有些已由本來的單一義項衍生至多重義項。
桂氏《義證》對文字之多重義項亦有所注意，而且會廣徵博引深入
考究。例如：

（1）敵：仇也。從攴，商聲。（《說文・攴部》）《義證》釋曰：

仇也者，本書：仇，讎也。《書・微子》：相爲敵讎。《史記・留侯世家》：爲韓仇。《釋名》：仇矛，仇讎也。所伐則平，如討仇 也。又「仇矛，頭有三叉，言可以討仇敵之矛也」。《釋詁》：敵，當也；仇，匹也。《方言》：臺敵，匹也。自關而西，秦晉之間，物力同者謂之臺敵。又云：敵，耦也。《廣雅》：敵，輩也。《曲禮》：雖貴賤不敵。《桓二年・左傳》：怨耦曰仇。《文六年・傳》：前志有之曰：敵惠敵怨，不在後嗣。杜云：敵，猶對也。《成二年・傳》：若以匹敵。《成十六年・傳》：今三彊服矣，敵楚而已。《管子・兵法篇》：明理而勝敵。

案：以上爲桂氏博引書傳以說明「敵」篆有「仇」、「讎」、「當」、「匹」、「耦」、「輩」、「對」等多重義項。

（2）蠢：蟲動也。從蚰，萅聲。（《說文・蚰部》）《義證》釋曰：

蟲動也者，《釋詁》：蠢，動也。又蠢，作也。注云：蠢，動、作也。《方言》：蠢，作也。注云：謂動、作也。《書・大禹謨》：蠢茲有苗。傳云：蠢，動。《詩・采芑》：蠢爾蠻荊。傳云：蠢，動也。《釋名》：春，蠢也。萬物蠢然而生也。《鄉飲酒義》：春之爲言蠢也。鄭注：蠢，動。生之貌也。《考工記・梓人》：張皮侯而棲鵠則春以功。注云：春讀爲蠢。蠢，作也，出也。《八十一難經》：萬物之始生，諸蚑行喘息，蜎飛蠕動，當生之物，莫不以春而生。《吳都賦》：萬物蠢生。五臣云：蠢，動也。《昭二十四年・左傳》：今王室實蠢蠢焉。杜注：蠢蠢，動擾貌。

案：以上爲桂氏博引群書以闡明「蠢」篆有「動」、「作」、「出」，以及「動擾」等多重義項。

（六）辨析詞義範圍

　　詞義發展演變之分類範疇，其中有將其所表示的概念內涵增加，外延擴展或向內縮小的情況，即舊意義相當於屬概念而新意義相當於種概念的語言現象。以下是桂馥《義證》中的有關研究：

　　（1）任：保也。從人，任聲。（《說文‧人部》）《義證》釋曰：

> 保也者，《廣雅》同。《周禮‧大司徒》：令五家爲比，使之相保。注云：保，猶任也。《魏策》：大王已知魏之急而救不至者，是大王籌策之，臣無任矣。《淮南子‧說山訓》：不孝弟者，必詈父母。生子者，所不能任其必孝也，然猶養而長之。高注：任，保也。《漢書‧欒布傳》：窮困賣傭於齊，爲酒家保。顏注：爲保，言可任使。馥案：《廣雅》「保」、「任」，並云使也。《後漢書‧杜根傳》：因得逃竄，爲宜城山中酒家保。注云：言爲人傭力保任而使之也。

案：以上桂氏從詞義的範圍申說「任」與「保」於古書同義，「使」是兩詞的縮小義項，只在於爲人所役使。

　　（2）陵：大𨸏也。從𨸏，夌聲。（《說文‧𨸏部》）《義證》釋曰：

> 大𨸏也者，《釋名》：大阜曰陵。陵，隆也。體高隆也。《詩‧吉日》：升彼大阜。《天保》：如岡如陵。鄭注：《周禮‧大司徒》云：大阜曰陵。《僖三十二年‧左傳》：殽有二陵焉。《襄二十五年‧傳》：辨京陵。杜注並云：大阜曰陵。《昭十二年‧傳》：有肉如陵。杜注：陵，大阜也。《漢

書・司馬相如傳》：阜陵別隝。顏注：大阜曰陵。韓壽云：積土高大曰
阜，大阜曰陵。《樓觀本紀》：尹喜宅在南山阜上，昔老君於此登山，時
人號曰老子陵，非墳墓也。《爾雅》曰：大陸曰阜，大阜曰陵。此之謂
也。

案：以上桂氏從詞義的範圍申說「陵」、「阜」於古書之義項範疇，
並引書證辨析「陵」有用作墳墓，此則為縮小義項。

　　至於與詞義擴大相關之字例，有「江」、「河」、「音」、「日」等，
本專指某類事物，後來擴展至其他相關事物之名稱，《義證》有詳
盡例證辨析。篇幅所限，不贅引論。

（七）論證詞義分工

　　詞義在使用過程中不斷發展演變，當中所表示的詞義內涵，也
會因應語言的實際使用情況而分化成另一義項，並按其傳意功能及
目的再分工發展。以下是桂馥《義證》中的有關研究：

（1）優：饒也。從人，憂聲。一曰倡也。（《說文・人部》）《義
　　　證》釋曰：

一曰優也者，徐鍇本有「又俳優者」四字。本書：倡，樂也。《三蒼》：
優，樂也。《管子・小匡篇》：倡優侏儒在前，而賢大夫在後。《齊策》：
和樂，倡優、侏儒之笑不乏。《史記・滑稽列傳》：優孟者，故楚之樂人
也；優旃者，秦倡侏儒也。《索隱》：優者，倡優也。《漢書》：徙關東倡
優人五千，以為陵戶。《賈誼傳》：倡優下賤。《司馬遷傳》：倡優畜之。
《魏志》注引〈曹瞞傳〉：太祖為人佻易，無威重，好音樂，倡優在側。

馥案：此所言倡優，謂樂歌也。本書：俳，戲也。《急就篇》：倡優俳笑
觀倚庭。顏注：優，戲人也。《襄六年・左傳》：少相狎，長相優。杜云：
優，調戲也。《襄二十八年・傳》：陳氏、鮑氏之圉人爲優。杜云：優，
俳。《正義》：優者，戲名也，今之散樂戲爲可笑之語，而令人之笑是也。
宋太尉袁淑，取古之文章令人笑者，次而題之，名曰〈俳諧集〉。《定十
年・穀梁傳》：齊人使優施舞於魯君之幕下。范云：優，俳。《哀二十五
年・左傳》：公使優狡盟拳彌。杜云：優狡，俳優也。《晉語》：公之優
曰施。注云：優，俳也。《越語》：信讒喜優。注云：優，謂俳優也。《通
典》：散樂非部伍之聲，俳優歌舞雜奏。馥案：此所言俳優，謂諧戲也。

案：桂氏詳引書證論說《說文》本篆「一曰倡也」之詞義，辨解詞
中的「同中有異」特點，說明本篆詞義於古時已有分工描述的義
項：一是樂歌，另一是諧戲，亦有作人之職稱用。

（2）摘：搔也。從手，適聲。一曰投也。（《說文・手部》）《義
　　　證》先說本義曰：

搔也者，《廣雅》同。本書：髀，骨摘之可會髮者。《史記・張儀列傳》：
因摩笄以自刺。《集解》：駰案：笄，婦人之首飾，如今象牙摘。《後漢・
輿服志》：簪以瑇瑁爲摘，長一尺，端爲華勝，上爲鳳皇爵，以翡翠爲
毛羽，下有白珠，垂黃金鑷。左右一橫簪之，以安蘭結，其摘有等級焉。
通作摘。《釋名》：掃，摘也。所以摘髮也。《詩・君子偕老》：象之掃也。
傳云：掃，所以摘髮也。《釋文》：摘，本又作摘。

桂氏引書證說解可通借作「摘」後，接着於許語「一曰」下訓
解其另一義項：

一曰投也者，《廣雅》同。本書：敲，橫擿也。《字林》：擿，投擿也。《釋名》：手戟，手所持擿之戟也。《魏志》：董卓拔手戟擿呂布。《莊子・胠篋篇》：擿玉毀珠。崔云：猶投弃之也。《史記・刺客列傳》：乃引其匕首以擿秦王。《漢書・史丹傳》：隤銅丸以擿鼓。顏注：擿，投也。《東觀漢紀》：太守遣吏捕逢萌，民相率以石擿吏。《魏略》：閻行嘗刺馬超，矛折，因以矛擿超。范再注《穀梁》云：瓦石打擿，不能虧損。或作擲，《史記索隱》「擿」與「擲」同，古字耳。《詩》：王事敦我。箋：敦，猶投擲也。《韓詩外傳》：果園棃栗，後宮婦人以相提擲。《晉中興書》：王國寶因酒怒右丞祖台之，……以盤盞樂器擲台之。《晉書》：潘安仁至美，每行於道，群嫗以果擲之盈車。《孫綽傳》：鄉試擲地，當作金石聲。通作摘。《趙雲別傳》：先主敗，人有言雲已北去者，先主以戟摘之。王隱《晉書》：賈后酷妬，或以戟摘孕妾。

案：桂氏通過詳引書證，闡述《說文》擿篆本指髮簪，其詞類爲名詞。又可通作「摘」，作動詞用。其中收錄之「一曰投也」義項，則關乎本篆詞義的分工發展：「搔也」是由髮簪而發展爲動詞，「投也」則由髮簪之工具性特徵而變作投擲兵器之義項，後來有或體「擲」字，又通借爲「摘」字。「擿」、「投」兩個義項雖然與手動作相關，但具體意義及應用範疇不同，各自分工表述其傳意之內涵，兩個詞義所描述之範疇是明顯有所不相同。

（八）以聲訓說解字義[16]

　　聲訓，又稱音訓，是漢人一種訓釋詞義的方式。聲訓目的是通過訓釋與被訓釋詞之間的同源關係，來說明詞義的來源，以顯示詞義的特點。簡要點說，聲訓就是用音近義通的同源詞來作訓釋詞。[17]桂馥是一位精於訓詁的《說文》專家，在《義證》中經常以「某、某，聲相近」之規格，來說明許篆與訓釋詞之間的音訓特質，即是文字在其音、義之間的關連。不過，桂氏論說方法一般都比較保守，用語稍見空泛，有時亦不夠科學。以下列舉一些以聲訓說字的例子：

　　（1）帝：諦也。……從上，朿聲。（《說文・上部》）《義證》釋曰：

　　　　諦也者，帝、諦，聲相近。

案：帝，上古端母、錫部；諦，亦端母、錫部。桂書以兩字「聲相近」之特點，指出被訓字與訓釋字的語音關係。其實，兩個字義也相近，有同源關係。

　　（2）鞅：急也。從革，亟聲。（《說文・革部》）《義證》釋曰：

　　　　急也者，鞅、急，聲相近。

16　案：本節將桂書中的音義分析，置於字義理據說解一節討論，乃基於其論析焦點多以字義訓解為主體。下一節的字音理據說解，重點則放在其注音分析及其他與聲韻理論相關之範疇。

17　見《訓詁學原理》，王寧著，北京市：中國國際廣播出版社，1996年，頁61。

案：䡁，上古溪母、職部；急，上古見母、緝部。見、溪，旁紐；
職、緝，主要元音相同，同是入聲，可通轉。桂氏以「聲相近」指
出被訓字與訓釋字有聲韻上的關係。

（3）掾：緣也。從手，彖聲。（《說文・手部》）《義證》釋曰：

　　緣也者，掾、緣，聲相近，義未聞。

案：掾、緣，上古皆爲喻母、元部，切音同是以絹切，二字同音爲
訓。至於桂氏謂「義未聞」，因爲未有書證佐說。

（4）沿：緣水而下也。從水，㕣聲。……（《說文・水部》）《義
　　證》釋曰：

　　緣水而下也者，沿、緣，聲相近。

案：沿，上古喻母、元部；緣，亦喻母，元部。

（5）鼻：引气自畀也。從自畀。……（《說文・鼻部》）《義證》
　　釋曰：

　　引气自畀也者，鼻、畀，聲相近。

案：鼻，上古並母、質部；畀，上古幫母、質部。幫、並旁紐，同
是脣音，鼻、畀則同部。桂氏以「聲相近」將被訓字與訓釋句中某
字之語音關係作扼要之說明。

（6）貧：財分少也。從貝，從分。分亦聲。（《說文・貝部》）《義
　　證》釋曰：

　　　財分少也者，貧、分，聲相近。

案：貧，上古並母、文部；分，上古幫母、文部。幫、並旁紐可通
轉，「貧」、「分」二字同一韻部。桂氏以「聲相近」揭示許篆與篆
字之聲符具有音韻上的關係。

　　以上諸條說明訓釋句中某字與被訓釋字，互有語音相同或相近
的特點。

　　桂馥在《義證》裏，往往利用聲訓中的音同或音近的分析，並
結合文獻考據，進一步探討字義的種種複雜問題。以下分「通假」、
「語源」、「轉語」三項，闡述桂氏在這方面的研究：

1　解釋通假

　　「通假」是指在古代文獻上，書寫時不寫本字而寫其他同音或
音近字。王寧先生將通假分爲兩類，因爲通假是包括了兩種本質不
同的現象，即同音借用現象和同源通用現象。所謂同音借用字，是
指書寫時借用意義無關的同音字；同源通用字，是指因詞義引申而
派生後而孳乳出相應的新字。[18]桂氏在《義證》裏經常會用「通」
這種比較籠統的術語，來引出與許篆相關的通假字，並且援引書證
加以討論研究。不過，由於桂氏所採用的是一種傳統的考證手段，

---

[18]　說見《訓詁學原理》，頁 52-53。

即是只以傳統的聲訓方式標示出兩字的「通」，一般較少從字音或詞族系統作深入分析及論證。事實上，桂氏在書中所徵引的字例，皆具有與音義相關的語源現象，他通過文獻考據來說明字與字之間的關係。有關例子如下：

（1）愷：康也。從心豈，豈亦聲。（《說文·豈部》）《義證》釋曰：

> 康也者，《釋詁》：康，樂也。《文十八年·左傳》：天下之民，謂之八愷。
> 杜云：愷，和也。通作凱，《表記》引《詩》：凱弟君子。注云：凱，樂
> 也。《釋天》：南風謂之凱風。李巡云：南風長養，萬物喜樂，故曰凱風。
> 凱，樂也。《晉書》：杜預，字元凱。又通作豈，《詩》：獻酒樂豈。

案：愷、凱，同是上古溪母、微部。「和」、「樂」是其共通義。桂氏所列舉的「豈」、「愷」、「凱」是由同一個聲符「豈」而衍生的同源字。

　　一般而言，桂氏書中的所謂「通」，主要是講及聲義的關係。其實，此是應用了古人的聲訓方式，來辨析詞義的通假關係。例如：

（2）屬：連也。從尾，蜀聲。（《說文·尾部》）《義證》釋曰：

> 連也者，《釋名》云：屬，續也，恩相連續也。《喪服記》：袪，屬幅。
> 注云：屬，猶連也。《淮南·說林訓》：親莫親於骨肉，節族之屬連也。
> 通作聯，《漢書·張耳陳餘列傳》：築甬道屬河。顏注：屬，聯及也。《西
> 域傳》：其南山東出金城，與漢南山屬焉。顏注：屬，聯也。

案：屬，上古章母、屋部；續，上古邪母、屋部；連、聯，上古來
母、元部。屬、續，旁紐雙聲、疊韻；聯、連，聲韻皆同。桂氏引
書傳中的相關字例，說明「屬、續」；「連、聯」兩組詞義在聲義上
有互通的特點。

2　追溯語源

追溯語源是從字、詞與詞的音義聯繫中，推究事物得名之原因
和由來，也即是訓詁學裏所說的推因。[19]至於「因聲求義」則是追
溯語源中的一種常用方法，所謂「比次聲音，推跡故訓，以求語言
之本」[20]。桂氏說解字義之語源關係，經常會引用「聲近」等術語，
但間中也有不用術語，而直接引書證立說。有關例子如下：

（1）盜：私利物也。從㳄。㳄欲皿者。（《說文・㳄部》）《義證》
　　釋曰：

　　《詩・巧言》：君子信盜。傳云：盜，逃也。《正義》云：《風俗通》亦
　　云：盜，逃也。言其晝伏夜奔，逃避人也。私利物也者，私當為厶。《傳
　　二十四・左傳》：竊人之財，猶謂之盜。《文十八年・傳》：竊賄為盜。《定
　　八年・穀梁傳》：非其所取而取之，盜。《荀子・修身篇》：竊貨曰盜。

案：桂氏先引《詩經》毛傳說解，推求本篆字義的來由，辨明「盜」
與「逃」之字義關係（其實兩字有語音上的關係，上古同是宵部、

---

[19] 參考《訓詁學教程》黃建中著，武漢市：荊楚書社，1988 年，頁 184-185、頁 232。
[20] 見《訓詁簡論》陸宗達著，北京市：北京出版社，1980 年，頁 105。

定紐），再於許語下詳引書傳論證「盜」之本義，以義界方式說明
字義內容。

（2）獄：确也。從犬，從言。二犬所以守也。（《說文‧㹜部》）
　　《義證》釋曰：

> 确也者，獄、确，聲近。《釋名》：獄，确也。實确人之情僞也。《春秋
> 元命苞》：獄者，核确也。或作埆，《集韻》：埆，獄也。顏注《急就篇》：
> 獄之言埆也，取其堅牢也。《詩‧行露》：誰謂女無家，何以速我獄。傳
> 云：獄，埆也。《釋文》：盧植云：相質觳，爭訟者也。崔云：埆者，埆
> 正之義。一云獄名。鄭《駁異義》：獄者，埆也。囚證於角核之處，《周
> 禮》謂之圜土。

案：桂氏先指出「獄」篆與被訓字「确」，有聲近的關係（獄，上
古疑母、屋部；确，上古匣母、屋部），故由聲義入手，追溯語源。
接着引書傳說明本篆義界，推求「獄」篆之命名由來，與堅、牢之
義相關。最後引書辨明「獄」有兩義，讓讀者明白「核确」、「埆正」、
「爭訟」是本義，「圜土」則是引申義。

3　說明轉語

　　轉語，是指因時間、地點不同或其他原因而使讀音有轉變的詞。[21]轉
語有兩類，一為音轉而義不變，另一為由音轉義變而分化為不同的
詞[22]，可以借助因聲求義的方法去辨解。清代的戴震和王念孫都曾

---

[21] 見《中國語言學大辭典》，頁 190，「轉語」條。
[22] 同上。

對「轉語」下過一番研究功夫，以「疑於義者，以聲求之；疑於聲者，以義正之」[23]的原則進行有關研究。桂馥的《義證》也採用這種傳統的訓詁方式，去探討古代的轉語問題。例如：

（1）𩰦：三足鍑也。一曰滌米器也。從鬲，支聲。（《說文·鬲部》）《義證》釋曰：

　　三足鍑也者，本書：江淮之間謂釜曰錡。𩰦、錡，聲相近。《詩》毛傳：有足曰錡。《方言》：鍑，吳揚之間謂之鬲。

案：鬲，上古見母、錫部；錡，上古群母、歌部。見、群旁紐可通。故桂氏以「聲相近」說之。

（2）鷚：鳥少美長醜爲鷚離。從鳥，留聲。（《說文·鳥部》）《義證》釋曰：

　　鳥少美長醜爲鷚離者，《釋鳥》文，彼作鷚鷜，郭云：鷚鷜，猶鷚離。馥案：離、鷜，聲轉。猶黃離留，或謂之黃栗留。《詩·旄邱》：流離之子。傳云：流離，鳥也。少好長醜。《易林》：鷚鶹娶婦，深目窈身，折腰不媚，與伯相背。

案：離，上古來母、歌部；鷜，上古來母、質部。桂氏認爲二字雙聲可通轉，故謂之「聲轉」。

（3）薛：牡贊也。從艸，辥聲。（《說文‧艸部》）《義證》釋曰：

> 牡贊也者，《釋草》文，郭云：未詳。案：《漢書‧司馬相如傳》：薛莎
> 青薠。張揖曰：薛，藾蒿。《釋草》：苹，藾蕭。郭云：今藾蒿也，初生
> 亦可食。《詩》：呦呦鹿鳴，食野之苹。箋云：苹，藾蕭也。陸疏：葉青
> 白色，莖似箸而輕脆，始生時可生食，又可烝食。馥謂：苹、薛，一聲
> 之轉。

案：苹，上古並母、耕部；薛，上古並母、錫部。二字雙聲，耕、
錫同類對轉。所以桂氏謂之「一聲之轉」。

三　字音說解理據

　　桂氏《義證》雖然是論證字義爲主之作，其對字音問題亦有所
注意。在注釋字音及辨析文字音義關係方面，書中也沿用古代常見
之注音方式，反切、讀若、亦聲、省聲之類術語，經常引用並附以
書證佐說。本節討論內容焦點在於字音的各種有關情況，至於「聲
訓」原理及其與之相關之種種運用方式，已於前文之字義訓詁內容
有所論述，於此不再贅說。茲將與字音相關之範疇，分類舉例說明
如下：

（一）以「反切」說字

　　反切，又叫「反」、「翻」、「切」、「反言」、「反語」、「反音」。
是一種以兩個字注另一字的讀音，於漢末時開始流行使用的注音方

式。[24]桂氏在《義證》中曾借助此類傳統注音方法來研究文字,亦重視古代文獻中切語注音及其相關的音義解釋。例如:

（1）𦈠：裂也。從缶,虖聲。缶燒善裂也。（《說文‧缶部》）《義證》釋曰:

> 裂也者,《廣雅》同。本書:𦈠,墢也。墢,裂也。《易解》:百果草木皆甲宅。鄭注:讀如人倦解之解。解,謂墢呼。馥案:呼,火亞切,即𦈠字。《鬼谷子‧抵巇篇》:巇者,𦈠也。𦈠者,㵎也。㵎者,成大隙也。《考工記‧瓬人》:凡陶瓬之事,髺墾薜暴不入市。注云:薜,破裂也。《史記‧田敬仲完世家》:弓膠昔幹,所以爲合也,然而不能傅合疏𦈠。《蜀都賦》:橉栗𦈠發。劉注:𦈠發,栗皮坼𦈠而發也。

案:桂氏先以切音論說本字及其借字之相互關係,再引書證加以申論。

（2）計：會也,筭也。從言,從十。（《說文‧言部》）《義證》釋曰:

> 會也者,讀若儈,古外切。《晉中興書》:王舒拜會稽內史,上疏以父名會,不得作會稽。朝議以字同音異,於禮無嫌。是也。《急就篇》:潁川臨淮集課錄。顏注:集課錄者,諸郡各上其計,總會京師,次其名錄。《周禮》敘官,司會、太宰:歲終則令百官府各正其治,受其會。注並云:會,大計也。

案：以上桂氏亦先以切語說明本字之讀音,再引書證詳加說解字義。

---

[24] 參考《中國語言學大辭典》,頁 146,「反切」條。

（3）瘊：動病也。從疒。蟲省聲。(《說文・疒部》)《義證》釋曰：

> 動病也者，病當爲痛。《一切經音義・十八》：瘊，又作𤶊、疼二形，同徒冬反。《聲類》作癢。《說文》：瘊，動痛也。

案：以上桂氏先引書論證與本篆同源文字之形與義，又附以切語論證其具有同音關係，同時以文獻所見勘證《說文》之許語說解。

（二）說解「讀若」音義

讀若又稱「讀如」，是在反切出現以前的一種比擬讀音方式。[25] 一般經傳注釋之中，「讀若」是用作描述字的讀音（直表其音）。[26] 按訓詁學專家陸宗達先生（1905-1988）、王寧先生所析，《說文》中的「讀若」不但表示直音，有時還具有以下四種情況：有標明通行的後出字、標明通行的異體字、標明通行的假借字、標明互相通用的同源字。[27]桂馥論字有時也會用讀若、讀如之類術語說解字音，《義證》記有他闡發這方面的意見。例如：

（1）祜：宗廟也。《周禮》有郊宗石室。……（《說文・示部》）
　　《義證》釋曰：

25　參考《傳統語言學辭典》，頁73，「讀若」條。

26　清人對「讀若」的性質有三種不同的說法：一說「讀若」是擬音（段玉裁）。一說「讀若」是明假借（錢大昕）。一說「讀若」是擬音又兼明假借（王筠）。詳見《中國語言學大辭典》，頁196，「讀若」條。

27　見《訓詁方法論》陸宗達、王寧著，北京市：中國社會科學出版社，1983年，頁177。

馥案：石室者，藏本主之石匱也。本書：匱，宗廟藏主器也。徐鍇曰：
宔，以石爲藏主之櫝也。《五經文字》：祏，宗廟中藏主石室。馥謂：室，
讀如鞞，刀室之室。

（2）訪：汎謀曰訪。從言，方聲。（《說文・言部》）《義證》釋曰：

汎謀曰訪者，汎讀如汎愛眾之汎。《釋詁》：訪，謀也。《周禮》：保章氏
訪序事。注云：訪，謀也。

案：以上爲「讀如」方式說明字音例。「讀若」術語例如下：

（3）鹵：驚聲也。從丂省，鹵聲。……讀若仍。（《說文・丂部》）
《義證》釋曰：

讀若仍者，本書「仍」、「芿」，並云：乃聲。

案：以上桂氏以與本篆同源之諧聲字爲例，說明其讀若音爲「乃」。

（4）廖：闕相丮不解也。……讀若蘭藋艸之蘭。……（《說文・
豕部》）《義證》釋曰：

讀若蘭藋艸之蘭者，《釋艸》：蘭藋，窬衣。本書無「蘭」、「藋」字。蘭，
非聲，當讀若蘭藋艸之藋。

（5）彑：豕之頭。象其銳而上見也。……讀若罽。（《說文・
部》）《義證》釋曰：

讀若罽者，罽當為㓹字。㓹，即古文銳也。

案：以上諸條，桂氏以文獻考證、《說文》之收字原則，或本篆之音義特點，訂正篆字的讀若字。

（三）闡釋「亦聲」音義關係

亦聲是《說文》訓解中所用術語，指會意字中兼有示音作用的偏旁。後世文字學家有稱這類字為「會意兼形聲」。[28]桂馥對亦聲則有另一種的看法，他於《義證》〈附說〉部分將亦聲分作兩類論說：

> 諧聲字有曰亦聲者，其例有二。從部首得聲，曰亦聲，如：八部兆下云：從重八。八，別也，亦聲。半部胖下云：從半，從肉，半亦聲。句部拘、笱下皆云：句，亦聲。吅部單下云：從吅單，吅亦聲。疋部䟢、㚕下皆云：疋亦聲。丩部𠭯下云：從丩，丩亦聲。皕部奭下云：從皕，皕亦聲。丌部近下云：從丌，丌亦聲。井部刑下云：從井，從刀。井，法也，井亦聲。后部㖃下云：從口后，后亦聲。此一例也。

桂氏以上所說的亦聲，是合體字中有標聲作用的偏旁，與該字的部首有著聲義同源的關係。至於第二類的亦聲，桂氏這樣說明：

> 或解說所從偏旁之義，而曰亦聲。如示部禬下云：會，福祭也，從會，會亦聲。玉部瑁下云：諸侯執圭朝天子，天子執玉以冒之，從玉冒，冒亦聲。業部䔿下云：從八，八分之也，八亦聲。晨下云：從辰；辰，時

[28] 參考《中國語言學大辭典》，頁 31，「亦聲」條。

也，辰亦聲。甹下云：中，財見也，中亦聲。虫部蟥下云：吏乞貣則生
蟥，從貣，貣亦聲。此又一例也。非此二例，而曰亦聲者，或後人加之。

案：以上桂氏所舉亦聲例子，是指所從偏旁是一個聲義兼備的構件，
它與該字訓解內容有關，說解本字的字音時，應注意聲符的含義。
亦聲之說見於《義證》全書實在不少。此外，桂氏之觀點有認為亦
聲與從部首得聲有關，而又聲與義兼具。若不屬如此條例，則不能
說是亦聲，須訂改為形聲。例如：

（1）吏：治人者也。從一，從史，史亦聲。（《說文・一部》）《義
　　　證》釋曰：

　　　從史，史亦聲者，當言史聲，後人加亦字。凡言亦聲，皆從部首之字得
　　　聲，既為偏旁，又為聲音，故加亦字。吏不從部首得聲，何言亦聲？

（2）孝：善事父母者。從老省，從子。子承老也。（《說文・老
　　　部》）《義證》釋曰：

　　　子承老也者，徐鍇本下有「老省亦聲」四字。案：本書之例，凡從部首
　　　諧聲者，則曰亦聲。徐鉉不解，而反刪之。有非從部首得聲而加亦字者，
　　　鉉皆存之，並非。

（3）吝：相與語唾而不受也。從ㄏ，從否。否，亦聲。（《說文・
　　　ㄏ部》）《義證》釋曰：

從丶從否，否亦聲者，徐鍇本：從否，從丶，丶亦聲。凡言亦聲者，皆
謂從本部得聲也。否、丶，聲相近。徐鍇所謂棓、部、倍、陪、菩、箁
從此。是也。

（四）辨釋「省聲」

省聲是指形聲字聲旁的筆劃有所省略，是一種傳統的簡化文字
的方法。[29]文字中的省聲，其本來形體就是形聲字中的聲符標記，
也是一個記錄文字讀音的示音符號，但在使用過程中給省減。桂馥
《義證》對《說文》中的省聲字有所注意，也有清晰的考證及精要
的分析說明。例如：

（1）笁：萹笁也。從艸，筑省聲。（《說文・艸部》）《義證》釋曰：

筑省聲者，後人改之，當云：巩聲。巩從工得聲，笁、筑，皆其入聲，
猶元從兀聲也。

案：桂氏以本篆之形符、聲符結構及其字音的對應關係，而訂改本
篆為形聲字。

（2）訴：告也。從言，斥省聲。……（《說文・言部》）《義證》
釋曰：

斥省聲者，《韻會》引徐鍇本作㡿聲。《廣韻》《六書故》引，篆文並作
譗。《宋書・謝靈運傳》：譗愁衿兮鑑戚顏。案：斥即㡿之俗體，非省㡿

---

[29] 參考《傳統語言學辭典》，頁359，「省聲」條。

作斥。《復古編》：庌，從广茾。別作斥，非。《釋地》：有斥山之文皮焉。
《曹全碑》：廓土庌竟。《魯峻碑》：陰魏郡斥邱。張納《功德敘》：泲流
轉漕。《五經文字》：泲、泲，上《字林》，下經典相承，隸省。

案：桂氏詳引書傳及碑帖以辨明本篆之聲符應是「庌」，訂正許語
省聲之說。

（3）突：深也。一曰竈突。從穴，從火，從求省。（《說文·穴
部》）《義證》釋曰：

從求省者，徐鍇本作「求省聲，讀若《禮》：三年導服之導」。鍇曰：古
無禫字，借導字爲之。《集韻》：突，徒感切，音禫。馥謂：尤以下三部，
與侵以下九部，聲相近。故曰求省聲。徐鉉昧於音學，刪去聲字。非是。

案：桂氏詳引小徐之說，及以古韻部之語音分析理據，論證本篆之
聲符爲省聲。

（4）穮：以火乾肉。從火，稫聲。（《說文·火部》）《義證》釋曰：

稫聲者，當爲蘒省聲。故籀文下云：不省。

案：《說文》本篆下有籀文穮，云：籀文，不省。

《義證》又云：

徐鍇本無此文。《一切經音義·七》：穮，古文僬、轇，二形。

案：以上桂氏參考《說文》古籀及它書所引，訂正許語所謂省聲之例。

（五）分析「聲符」與文字之音義關係

　　聲符，又稱「聲旁」。指形聲字結構中的表音部分，一般相對於意符而言。不少聲符本身原是獨立字形，也有些是通過減省而成，如「融」之聲符「虫」為「蟲」字減省，「炊」之「欠」為「吹」字減省。聲符與字之讀音，在最初造字時，應是相同或相近。然而，在長期使用期間，由於語音發生了變化，某些字音及其聲符便有所不同。[30]桂馥在《義證》裏經常闡發文字中的聲符與字義之關係，論說詳略有法，而且輒能一語中的，清楚辨析聲義之特點。例如：

（1）諸：辯也。從言，者聲。（《說文・言部》）《義證》釋曰：

　　　者聲者，本書：者，別事辭也。

案：桂氏引錄《說文》它篆之說解，以論說本篆之聲符兼有字義。

（2）誠：信也。從言，成聲。（《說文・言部》）《義證》釋曰：

　　　成聲者，《離騷》：初既與余成言兮，後悔遁而有他。

案：桂氏只引《離騷》而不下案語，其意即是「誠」之聲符「成」，於《楚辭》中解作「信」，與本篆之音義皆同，即是形聲字中之聲符實乃聲中有義。

30　參考《傳統語言學辭典》，頁 353，「聲符」條。

（3）諝：知也。從言，胥聲。（《說文・言部》）《義證》釋曰：

> 知也者，本書：憰，知也。《廣雅》：憰，智也。張揖《上廣雅表》云：
> 今得用諝。《周禮・冢宰》：胥十有二人。注云：胥讀如諝，謂其有才知
> 爲什長。又〈閭胥〉〈大胥〉，注並云：胥，有才知之稱。〈大行人〉：七
> 歲屬象胥，諭言語，協辭命。注云：胥讀爲諝，諝謂象之有才知者也。
> 《詩・桑扈》：君子樂胥。箋云：胥，有才知之名也。《淮南・本經訓》：
> 設詐諝。高注：諝，謀也。陸機《辨亡論》：謀無遺諝。《金石錄》：金
> 鄉長薛君頌。君，諱諝，字公謀。……《世說》：或謹譁少智諝。裴松
> 之曰：荀諝，荀爽之別名。馥案：爽，明；諝，知。義同。

案：桂氏徵引書傳詳細論證本篆之聲符「胥」是有義可解，並藉文
獻資料進一步說明各類相關文字與本篆有相關相同之字義內容。

（六）以「雙聲」、「疊韻」，同韻部說字

　　所謂「雙聲」是指兩字的聲母相同。所謂「疊韻」是指兩字的
韻相同。訓詁學之聲訓方法，有雙聲爲訓及疊韻爲訓兩類。簡言之，
此爲以兩字讀音有聲韻上之關係的一種訓解方式，借此方式分析兩
字的音義關係。[31]桂氏《義證》論說文字，經常注意到篆字與許語
中訓釋詞，兩者之間具有雙聲或疊韻的音義相通關係。然而，桂書
通常以「聲相近」、「聲近」來說明兩字的聲紐關係，至於疊韻關係
則以兩字之音韻立說。此外，也有引同韻部之說，以闡明文字聲符
及其讀音之關係。以下各舉幾例說明：

---

[31] 參考《傳統語言學辭典》，頁389，「雙聲爲訓」條；頁69，「疊韻爲訓」條。

（1）鹹：銜也。北方味也。從鹵，咸聲。（《說文·鹵部》）《義
　　證》釋曰：

　　　　銜也者，《廣雅》同。鹹、銜，聲相近。

案：鹹，上古匣母、侵部；銜，上古匣母、談部。桂氏所謂「聲相
近」，是指兩字有雙聲關係。其實，侵、談二部同收鼻韻尾，亦有
疊韻關係。

（2）戕：槍也。他國臣來弒君曰戕。從戈，爿聲。（《說文·戈
　　部》）《義證》釋曰：

　　　　槍也者，疑作牄。戕、牄，聲相近。牄，言自外來也。

案：戕，上古從母、陽部；牄，上古清母、陽部。精、從，同是齒
頭音，屬旁紐雙聲。桂氏所謂「聲相近」，即是指兩字有雙聲及同
韻部關係。

　　以上桂氏通過字音的特點，說明許篆與許語訓解中某字的音義
關係。

（3）橞：梠橞木也。從木，㒸聲。（《說文·木部》）《義證》釋曰：

　　　　梠橞木也者，梠、橞，疊韻。

案：橞，徒合切，上古屬定母、緝部；梠，都合切，上古屬端母、
緝部。

（4）樕：樸樕木。從木，欶聲。（《說文・木部》）《義證》釋曰：

> 樸樕木者、李燾本作樸樕小木。馥謂：樸、樕，疊韻。

案：樸，蒲木切，上古屬並母、屋部；樕，桑谷切，上古屬心母，屋部。

以上桂氏通過字音的疊韻關係，說明許篆與許訓中某字之音義相關。

（5）鞀：鞀遼也。從革，召聲。（《說文・革部》）《義證》釋曰：

> 鞀遼也者，鞀、遼疊韻。《釋樂》：大鼗謂之麻，小者謂之料。《一切經音義・二十》：鞉，山東謂之鞀牢。馥謂：遼、料、牢，聲並相近。

案：遼、料、牢三字皆屬來紐，牢為幽部，遼、料為宵部，故桂氏以「聲並近」立說。

（6）曾：詞之舒也。從八，從曰，四聲。（《說文・八部》）《義證》釋曰：

> 四聲也者，四在江韻，與東、冬、鍾同部。《周易》「志應也」與「以剛中也」為韻，班固《靈臺詩》崇與徵韻，《漢書・敘傳》終與登韻，馬融《長笛賦》重與興韻，劉楨《魯都賦》宗與朋韻，陳琳《武軍賦》宮與繩韻，皆此例也。

案：桂氏以同屬某類韻部立論，分析被訓字與本字聲符之音理關係，再廣引書傳之同部叶韻例子佐證。

（七）以「古音」論說音義

　　「古音」，與「今音」相對之音系觀念。古音的範圍非常廣泛，可以泛指周秦、兩漢的語音。廣義的古音包括上古音的聲紐與韻部，狹義的可以是以《詩經》、《楚辭》押韻爲中心的周秦、兩漢音韻。[32]桂馥雖然不是一位研究音韻聞名的專家，然而在他的《義證》裏，也經常借助古音的概念及理據，利用有關術語，去疏解字義、詞義，於此亦可反映出桂氏之音韻學修養。例子如下：

（1）珋：石之有光璧珋也。⋯⋯從玉，卯聲。（《說文・玉部》）
　　　《義證》釋曰：

　　　案：即瑠璃，亦作琉璃。⋯⋯留亦從卯，古讀卯。（案：原書似衍卯字）
　　　留，聲相近。《詩》：「朔日辛卯」，與醜爲韻。本書「飽」，或從孚，或
　　　從卯（案：飽篆下有兩個古文），皆取其聲。古音包、孚、卯，皆屬尤、
　　　幽、侯部也。

案：尤、幽，上古同屬一部，都是陰聲韻。侯，上古亦是陰聲韻，與幽部只是後元音高低差異不同，由於其音韻有如此關連，所以桂氏以同屬古音範疇立說。

32　參考《中國語言學大辭典》，頁 75，「古音」條；《古漢語知識辭典》羅邦柱主編，武漢市：
　　武漢大學出版社，1988 年，頁 53，「古音學」條。

（2）莽：……從犬，從茻。茻亦聲。（《說文・茻部》）《義證》
　　釋曰：

　　　　茻亦聲者，茻、莽，古皆讀如媽。鈷鉧，即鈷鏺。

案：茻、莽，上古音同是明母、陽部；媽，亦明母、魚部。兩者同
屬後元音韻，韻尾陰陽則不同。

（3）楈：木也。從木，胥聲。讀若芟刈之芟。（《說文・木部》）
　　《義證》釋曰：

　　　　讀若芟刈之芟者，《集韻》音師銜切。案：胥，古音如羞，與殳聲
　　　　近。徐鍇本，芟下云：從艸，殳聲。

案：據古音系統分析，胥，心母、魚部；殳，禪母、侯部。魚、侯
都是後元音、陰聲韻，兩者之音韻關係接近，只是音位不同。

（4）葩：華也。從艸，皅聲。（《說文・艸部》）《義證》釋曰：

　　　　華也者，《廣雅》同。《後漢書・張衡傳》：轙琱輿而樹葩兮。注云：葩，
　　　　華也。《夏小正》：三月拂桐芭。馥案：《月令》：三月桐始華。《夏小正》
　　　　云：楊則花而後記之花。金履祥《通鑑》引作苑。馥謂：花、苑，皆葩
　　　　之譌。戴君震曰：《文選・琴賦》：若眾葩敷榮曜春風。注：古本葩字爲
　　　　花貌。……張衡《思元賦》曰：又地絪縕，百草含葩。今考葩字，當爲
　　　　虉字之訛。《後漢書・張衡傳》所載《思元賦》作「百草含虉」，注引張
　　　　揖《字詁》曰：虉，古花字也。……馥案：《琴賦》注云：《思元賦》曰：

「天地烟熅，百草含葩，鳴鶴交頸，雎鳩相和。」以韻推之，所以不惑。

馥謂：虉，古音與和韻，若作葩，則失韻矣。

案：據古音系統分析，虉，疑母、歌部；和，匣母、歌部；葩、幫紐、魚部。桂氏指出「虉」、「和」為韻，所屬歌、魚兩部的主要元音相近，又是陰聲韻，故可相通。

（八）闡釋文字「音隨形變」

中國文字具有一字數音的特點，此與其發展歷程及衍變情況有關，文字之音隨義轉乃常見語言現象。事實上，字義的發展引申，促使單義詞變為多義詞，而為了鮮明的傳意表達，語音的不同有助於表示具有區別的語義。[33]然而，這種衍變也影響著字形的發展，不少字形也因為隨著字音的變改，而衍變成不同的組合形體。桂氏在《義證》裏對文字的形、音轉變皆有所注意。他以札實之考據學問立論，分析層面聲義兼及，而且合理可信。例如：

（1）蔜：毒艸也。從艸，娑聲。（《說文・艸部》）《義證》釋曰：

毒艸也者，《集韻》：蔜，毒艸名。葶藶也。《中山經》：熊耳之山有草焉，其狀如蘇而赤花，名曰葶藶，可以毒魚。《後漢書・劉玄傳》：遣李松會朱鮪，與赤眉戰於菱鄉。注云：菱，音莫老反。《字林》云：毒草也，因以為地名。《楊震傳》：追前功，封菱亭侯。《郡國志》：宏農故桃林有務鄉。注云：赤眉破李松處。馥案：誤寫從力之菱，故音隨形變。

33　參考《中國語言學大辭典》，頁 964，「音隨義轉」條。

案：《說文》艸部有「莪」篆，云：「卷耳也」，桂氏引《玉篇》云：「莪，毒艸也。」與本篆之字義說解相同。莪，亡遇切，上古明母，侯部；婺，莫侯切，亦上古明母，侯部。二字音義同源，是一對形近異體字。

（2）虝：白虎也。從虎，昔省聲。讀若鼏。（《說文·虎部》）《義證》釋曰：

> 昔省聲，讀若鼏者，《玉篇》：虝，音覓，俗虝字。徐鍇曰：今人多音酣，惟隋曹憲作《爾雅》音，云：音覓。又云：梁有顧虝、費虝，不知其名音爲酣。馥案：《釋獸》：魋，白虎。《釋文》云：魋，《字林》下甘反，又亡狄反。《蕪城賦》：伏虝藏虎。李善云：虝，或爲魋。《爾雅》曰：魋，白虎。魋，戶甘切。馥謂：日旁誤爲甘，音隨文變也。李善師事曹憲，亦誤讀《爾雅》。

案：桂氏詳引書證說明本篆之偏旁，因後人誤以「甘」爲「日」，將字形誤寫而使字音亦誤。桂馥考據功力深邃，於此可見一斑。

（九）引用其他注音方式說解

除上述諸項字音理據外，桂書另有引用同音、直音、聲調、反音等原理，以說解文獻中之字音問題。茲分項舉例說明如下：

1 同音

同音是指字與字有讀音上的相同特點，其在聲、韻、調三方面都是相一致。桂氏《義證》按其同類互求方式，去辨明文字之間的共通特性。例如：

（1）蘠：蘠靡，虋冬也。從艸，牆聲。（《說文·艸部》）《義證》釋曰：

> 蘠靡虋冬也者，《釋草》文，彼作蘠。案：靡、虋，聲近。《詩》：維糜維芑。《正義》云：糜作虋，音同耳。徐鍇曰：《爾雅》注：虋冬，一名滿冬。今《本草》有天門冬，並無滿冬之名。馥案：滿與璊、虋，音同。

案：桂氏以「滿」、「璊」、「虋」同音（《義證》於「璊」篆下云：璊、虋，聲相近），說明三者字義亦可互通。

（2）虦：虎竊毛謂之淺苗。從虎，戔聲。竊，淺也。（《說文·虎部》）《義證》曰：

> 虎竊毛謂之淺苗者，《釋獸》文，彼作虦貓。郭云：竊，淺也。本書「狻」下云：狻麑如虦貓。《詩·韓奕》：有貓有虎。傳云：貓似虎淺毛者也。《釋文》云：貓如字，又武交反。本又作苗，音同。

案：此為桂氏引文獻所見注文，以說明古代「貓」、「苗」同音之例。

2　直音

　　直音是一種傳統的注音方式，直接用同音或音近的字注音。[34]
通常用「某音某」的格式，去說明被注字的讀音。桂馥《義證》曾
運用這種傳統方式去說解文字的音義。例如：

（1）踊：跳也。從足，甬聲。（《說文・足部》）《義證》釋曰：

> 跳也者，《廣雅》同。《詩・擊鼓》：踊躍用兵。《僖二十八年・左傳》：
> 距躍三百，曲踊三百。邵寶曰：踊躍者，皆絕地而起，所謂跳也。馥案：
> 百音陌。三陌，踊躍之度。《哀八年・傳》：私屬徒七百人，三踊於幕庭。
> 杜云：於帳前設格，令士試躍之。

案：以上桂氏以直音說明「百」字的破讀，又引書證加以說明，辨
析《左傳》中之「三百」即是「三陌」，「百」為「陌」之借音字。

（2）韋：相背也。從舛，口聲。……（《說文・韋部》）《義證》
　　　釋曰：

> 口聲者，《五經文字》：口，音圍。

（3）窆：葬下棺也。從穴，乏聲。……（《說文・穴部》）《義
　　　證》釋曰：

---

[34]　參考《古漢語知識辭典》，頁58，「直音」條。

《後漢書・周磐傳》：斂形懸封。注云：懸封，謂直下棺，不爲埏道。
封音窆。

案：以上兩條爲桂氏引用字書及史書注文之直音字例。

3 聲調

聲調也稱字調。指音節中能區別意義的語音的高低升降，由發
音時聲帶顫動的頻率來決定。[35]以《廣韻》的中古音系統來說，字
音有平、上、去、入四種聲調。以下是桂氏在《義證》中利用聲調
說字音之例：

（1）黱：青黑繒發白色也。從黑，攸聲。（《說文・黑部》）《義
證》曰：

攸聲者，式竹切。音爲攸之入聲。

案：桂氏依許語以本篆之聲符說解字音，除補充切音外，又指明應
讀入聲調。

（2）孚：卵孚也。從爪，從子。一曰：信也。（《說文・爪部》）
《義證》曰：

《一切經音義・二》：《通俗文》：卵化曰孚。《廣雅》：孚，生也；謂子出
於卵也。《說文》「卵」即「孚」也。或云：孚，伏也。謂養育也。又《卷

---

[35] 參考《古漢語知識辭典》，頁90，「聲調」條。

五》：烏伏謂傴伏其卵，伏雞等亦作此字。今江北謂伏卵為菢，江南曰
傴。馥案：伏音孚之去聲。《古今注》：燕伏戊己。《漢書‧五行志》：丞
相府史家雄雞伏子。〈百里奚妻歌〉曾記臨行殺伏雞。皆此音也。

案：《廣韻》「孚」只有一音，見〈上平聲‧十虞韻〉，芳無切。「伏」
有二音，一見〈去聲‧四十九宥韻〉，扶富切，另一見〈入聲‧一
屋韻〉，房六切。[36]桂氏以「孚」之去聲說明「伏」字之讀音，並
引書傳實例證明其音義相通。

4 反音

反音，指用兩個字拼切出一個字音，又稱「反語」、「切語」。[37]
即是語言中由兩字組成的雙音節詞，經過長期使用發展而成為合音
的單音節詞。例如：《爾雅‧釋器》：「不聿謂之筆。」《說文》「聿」
下云：「所以書也。……吳謂之不聿。」桂氏在《義證》中也有引
用反音理論說字音，例如：

癃：罷病也。從疒，隆聲。（《說文‧疒部》）《義證》曰：

或謂龍鍾即癃字反音。案：如鯽溜為就，突欒為團，鯽令為精，窟籠為
孔。

第六章
《說文解字義證》的成就與缺失

　　承前所論，《說文解字義證》是桂馥窮盡一生精力的傑作。可惜，書稿未臻完善，桂氏在生時並未將全書修訂妥善。此書在作者離世後只以抄本流傳，未有廣泛通行。二十多年後，有熱心人出資刊刻，可惜校勘者水平差劣，任意將原作歪曲竄改。後來由《說文》專家許瀚重新整理，最終又歷時二十多載才以刊印本正式面世。[1]《義證》刊行經歷過重重波折，其書原貌與精神，或多或少，已受到一定的影響。就以今天所見之通行版本而言，雖然已經過專家重新校勘與修訂，但是仍然有不少瑕疵和訛誤，其中有些標點及斷句仍有商榷餘地，細緻的訂正工作有待跟進。[2]

---

[1] 詳見本書第二章，第三節：成書過程。

[2] 以 1987 年由齊魯書社出版的《說文解字義證》為例，書中之校訂及所加標點等有不少可商榷之處。例如：卷四十四，六十二頁末云：「文一重五」，有誤。案：劦部一共收「劦、恊、勰、協」四篆，「協」下收兩個古文（見原書頁 1218），應是「文四重二」。又如書中「普」篆下云：「癈一偏下也。」「癈」乃「廢」之訛，《說文》「癈」篆云：「固病也。」與此不合。桂氏注文中則用「廢」，不誤（原書頁886。另可參考《說文解字詁林》，第 8 冊，頁 1080-1082）。茲以下表列舉數條關於標點句逗之例：

篆字　書中誤例	本文訂改	頁碼
丨：又乙與丨同，意乙象草木冤曲而出，	又乙與丨同意。乙象草木冤曲而出，	44
启：服注：是爲天開其福禧。二十年傳……	服注：是爲天開其福。《禧二十年・傳》……	127
合：本書同。下云	合：本書：「同」下云：	261
販：其夫攻子明殺之	販：其夫攻子明，殺之。	273
㒸：飛之疾也者晉書音義引字林同	飛之疾也者，《晉書音義》引《字林》同。	287
某：酸果也。從木。甘闕。	酸果也。從木甘。闕。	481
扃：廣韻，扃戶，外閉關。	《廣韻》：「扃：戶，外閉關。」	1028
戉：殷執白戚者六書精蘊，	殷執白戚者，《六書精蘊》：	1102
勖：周書曰勖哉夫子者牧誓文。	《周書》曰：「勖哉夫子」者，《牧誓》文。	1215
降：下也者釋言文。	下也者，《釋言》文。	1272

　　以下從桂書對《說文》研究的成就及其缺失兩方面，歸納其有關重點評論：

一　成就

　　桂馥研治《說文》成績卓犖，聞名清代。《義證》除蒐集大量書證資料，逐一詳細考究字義說解，亦有闡發學術理論與研究心得。綜合而言，桂書之成就有以下數端：

（一）疏解許語、翔實有據

　　桂馥《義證》採用了逐句疏解方式以說明許篆之形義，於凡可引證及說解之處，必定援引文獻證明，務求言必有據，確鑿可信。例如：

（1）哭：高聲也。一曰：大呼也。從吅，丩聲。《春秋公羊傳》曰：「魯昭公哭然而哭。」（《說文・吅部》）桂氏《義證》釋曰：

> 高聲也者，《釋樂》：大塤謂之嘂。孫炎云：聲大如呼叫也。（案：以上桂氏引書證說明許語所謂「高聲」之義。）一曰大呼也者，本書：訆：大呼也，叫嘑也。《詩・北山》：或不知叫號。傳云：叫，呼。《釋文》：叫，本又作嘂。《周禮・銜枚氏》：禁嘂呼歎鳴於國中者，軍人夜嘑旦以嘂百官。（案：以上桂氏引書證說明本篆別義，並以經義證明許語所謂「一曰大呼」之說。）《春秋公羊傳》曰「魯昭公哭然而哭」者，《昭二十五年・傳》文。彼云：昭公於是嘂然而哭。注云：嘂然，哭聲貌。

案：以上桂氏查考文獻出處並援引注文交待經典異文之字義解釋。

（2）牒：薄切肉也。從肉，葉聲。（《說文‧肉部》）桂氏《義
　　　證》釋曰：

　　薄切肉也者，《廣韻》：牒，細切肉也。《周禮‧籩人》注云：膴葉生魚
　　為大臠。《內則》：肉腥細者為膾，大者為軒。注云：膾者必先軒之，所
　　謂轟而切之也。《釋文》：轟又作牒。馥案：軒與胖同。胖之言片也。《少
　　儀》注：轟之言牒也。先雚葉切之。《東觀漢記》：光武至河北，胡子進
　　狗牒。盧諶《祭法》：春祀用大牒。

案：上述桂氏引書傳及有關注文以說明許語之訓釋內容。

（3）敘：次弟也。從攴，余聲。（《說文‧攴部》）桂氏《義證》
　　　釋曰：

　　次弟也者，本書：弟，韋束之次弟也。《書‧臯陶謨》：惇　九族。鄭注：
　　敘，次序也。《周禮‧小宰》：以官府之六敘正群吏。注云：敘，秩次也。
　　又《馮相氏》：辨其敘事，以會天位。（案：桂氏先從許語訓解詞根入手，
　　再引經義注解說明本篆字義。）經典借序字。《廣雅》：序，次也。《詩‧
　　行葦》：序賓以賢。箋謂：以射中多少為次弟。《周禮‧小宗伯》：掌四
　　時祭祀之序事。《宣十二年‧左傳》：內官序當其夜。杜云：序，次也。
　　《離騷》：春與秋其代序兮。王注：序，次也。

案：桂氏引經傳及有關注文，以說明許語對本篆字義之解釋，並辨
析經典文獻中「敘」與「序」之互相通借關係。

除上述諸條，其他相關例子還有「薄」、「述」、「衰」、「反」、「紵」、「蝯」等。

（二）辨析構形、融會貫通

桂馥說解字形，對文字之構形、筆勢等細節，皆有所注意，而且能夠觸類旁通，融會研究，又善於將相關字形互相比勘，其分析細入合理，論說頗多啟發。例如：

（1）｜：上下通也。引而上行，讀若囟。引而下行，讀若退。凡｜之屬皆從｜。（《說文・｜部》）《義證》釋曰：

> 上下通也者，中字即上下通。本書「中」從｜，云：讀若徹。徐鉉說云：｜，上下通也。象草木萌芽，通徹地上也。引而上行讀若囟、引而下行讀若退者，本書「中」、「才」、「引」並從｜。又乙與｜同意。乙象草木冤曲而出，｜則通徹而出矣。馥謂：引而上行，若草木之出土，上通也。引而下行，若草木之生根，下通也。

（2）屮：艸木初生也。象｜出形，有枝莖也。……（《說文・屮部》）《義證》釋曰：

> 艸木初生也者，本書「曹」從屮，云：屮財見也。財即才字。才，艸木之初也。又齎從屮。屮，上進之義。象｜出形有枝莖也者，當云：｜，象出形。ㄩ，有枝莖也。《韻會》引徐鍇本：象屮出形。馥案：本書：业，出也。象艸過屮，枝莖益大有所业。鍇《繫傳》云：屮從｜，引而上行（音進），艸始脫孚甲，未有岐根。

（3）屯：難也。象艸木之初生，屯然而難。從屮貫一。一，地
　　也。尾曲。……（《說文・屮部》）《義證》釋曰：

　　　尾曲者，象其根。本書「ㄣ」，上貫一，下有根，象形。

　　以上諸例，桂氏融會同部及他部篆文之構形特點，詳細辨析字
形之相關構意。除上述三條，其他相關例子還有「小」、「止」、「正」、
「曰」、「飛」、「丂」等。

（三）闡釋字體、一絲不苟

　　桂馥是一位文字學家，又是一位書法名家，其書法成就早已聞
名當世。桂氏論講文字結構形體，也會應用書法與文字學之知識，
作綜合分析研究。就以對隸書之研究來論，桂氏經常有別具心得之
觀點（關於隸變問題，第五章之第一節已有論及）。以下列舉兩例，
看看桂氏在這方面的研究：

（1）畁：相付與之，約在閣上也。從廾，由聲。（《說文・廾部》）
　　　《義證》釋曰：

　　　從廾由聲者，《韻會》引作從由，廾聲。馥謂：當云：「從囟廾，廾、亦
　　　聲。」徐鍇曰：囟，毗之左字音信。馥案：本書「異」從畁，當作臭，
　　　隸變爲異。

案：畁，許篆作「畁」，田上有一直筆。桂氏於本篆訓解「相付與
之」句下，博引書證，當中所引「畁」字，皆作「畁」，保留了篆
字上之一筆。又引《韻會》、徐鍇之說訂正本篆之形符與聲符關係。

（2）耡：商人七十而耡。耡，耤稅也。從耒，助聲。……（《說
　　　文・耒部》）《義證》曰：

商人七十而耡。耡，耤稅也者，《廣雅》：耡，借也。顏注《急就篇》：
耡之言助也，助法去藏也。《孟子》：夏后氏五十而貢，殷人七十而助，
周人百畝而徹，其實皆什一也。徹者，徹也。助者，藉也。注云：藉者，
借也。猶人相借力助之也。《考工記・匠人》注引《孟子》：殷人七十而
莇。莇者，藉也。治地莫善於莇，請野九一而莇。惟莇爲有公田，雖周
亦莇也。馥謂：耡，隸變從艸。《周禮・大宰》：友以任得民。注云：友
謂同井相合耦耡作者。《里宰》：以歲時合耦于耡，以治稼穡。鄭司農云：
耡，讀爲藉。杜子春云：耡，讀爲助。謂相佐助也。《旅師》：掌聚野之
耡粟。注云：耡粟，民相助作，一井之中，所出九夫之稅粟也。

案：桂氏博引經傳注文，目的在於說明本篆之詞義於古籍文獻中之
變化發展，其中特別指出本篆因隸變而從艸，因而派生「莇」字。

　　除上述兩條，桂氏也有利用古文、籀文、隸書、金石碑刻等相
關例子之研究，詳見《義證》「吒」、「鳳」、「廩」、「非」、「繭」、「广」、
「子」諸條。

（四）引證深入、層次井然

　　桂氏論證字義，理路清晰，引用材料，井然有序，排列具有層
次，脈絡一清二楚。此類例子於《義證》中屢見不鮮，茲略舉幾條
闡述如下：

（1）躓：跲也。從足，質聲。《詩》曰：「載躓其尾。」（《說文·
　　　足部》）桂氏《義證》先引錄古籍之說解，說明「躓」字本
　　　義：

> 《通俗文》：事不利曰躓。《廣韻》：躓，碍也，頓也。

然後引錄本篆見於文獻之用法，及有關注疏對本篆之解釋：

> 《列子·說符篇》：意之所屬著，其行足躓株埳，頭抵植木，而不自知
> 也。注云：躓，礙也。《宣十五年·左傳》：杜回躓而顛。《燕策》：令妾
> 酌藥酒而進之，妾佯躓而覆之。

再引本篆在古籍中的通假用法，並加案語說明：

> 《易·訟卦》：有孚窒。馬讀爲躓，猶止也。馥案：本書：寴，引而止
> 之也。

說明本篆字義之後，桂氏接著疏解許語，先說被訓詞「跲」及
其相關詞義：

> 跲也者，李善注謝靈運詩引作跌也。《通鑑》：蘇峻趨白木陂，馬躓。注
> 云：躓，跲也。《士相見禮》：執玉者，則唯舒武，舉前曳踵。注云：備
> 蹎跲也。《詩》：願言則嚏。傳云：嚏，跲也。嚏，《釋文》作寴。《易林》：
> 擔載差躓，踠跌右足。

最後，說解許語引例：

《詩》曰「載躓其尾」者,《豳風・狼跋》文,彼作疐。傳云:疐,跲也。馥案:《釋言》:疐,跲也。郭引《詩》:載疐其尾。又云:疐,仆也。郭云:頓躓倒仆。

（2）爨：齊謂之炊爨。臼象持甑,冂爲竈口,廾推林內火。凡爨之屬皆從爨（《說文・爨部》）。

桂氏《義證》先引錄古籍之說解,以「竈」、「爨」兩字有同義之關係,說明其本義及其詞類活用例子：

《釋名》:爨,銓也。銓度甘辛,調和之處也。《士虞禮》:魚腊爨亞之。注云:爨,竈。《特牲饋食禮》:主婦視饎,爨於西堂下。注云:爨,竈也。《周禮・外饔》:職外內饔之爨亨煮。注云:爨,今之竈。《通典》:獠俗鑄銅爲器,大口寬腹,名曰銅爨。既薄且輕,易於熟食。《物理論》:忿爨之未熟,覆甑而棄之,所害亦多矣。

說明本篆字義之後,桂氏接著疏解許語,引書證申說本篆的義界：

齊謂之炊爨者,《廣雅》:爨,炊也。《詩・楚茨》:執爨踖踖。傳云:爨,饔爨,廩爨也。馥案:《禮》:饔爨煮肉,廩爨炊米。炊、爨,謂廩爨也。《宣十五年・左傳》:析骸以爨。杜云:爨,炊也。《孟子》:許子以釜甑爨。注云:爨,炊也。《楚詞・九歎》:爨土鬵於中宇。注云:爨,炊竈也。

接著引它書資料疏解許語對本篆構形的分析：

𠙵象特甑，冂爲竈口，廾推林内火者，《一切經音義・十七》:《三蒼》:
爨，炊也。字從拱持𦉢。𦉢，甑也。冂爲竈口，廾以推柴内火，字意也。
馥據此知爨從𦉢，與𩰪同。

最後引述「或說」，並下案語辨析其非：

或曰：𠙿即𩰬之下體，象交文三足也。寫誤變𩰬爲鬲。馥案：𩰪下從𩰬
省，上又從𠙿，成何字義？或説非是。

從以上例子，我們可以深入瞭解到桂馥說解字義的深邃功夫，
不但論說層次嚴謹，討論條理清晰，而且運用材料有法，出入從容
而靈活。除上述兩條，其他相關例子還有「秉」、「夯」、「籀」、「工」、
「豈」、「鬮」等。

（五）校勘審慎、補訂認眞

桂馥博覽群書，涉獵範圍豐富，研治《說文》，尤其重視各項
材料之原貌。《義證》除借助大、小二徐本勘證許篆、許語，也兼
及他書所見之引錄《說文》，以及其他經史子集文獻之有關資料。
桂氏識力過人，訓詁功力精深，補訂確實可信，成就邁越前修。有
關桂氏對《說文》校勘、補訂的特點，已於第四章第三節「訂正訛
誤」中有所討論，以下另舉例子說明。

（1）器：皿也。象器之口，犬所以守之。（《說文・品部》）《義
　　　證》釋曰：

象器之口，犬所以守之者，《類篇》引作「犬近以守之」。

案：桂氏引錄另一說法而不下評論，目的是要留待讀者自己判斷。

　　桂氏接著論說：

　　　　《爾雅・釋文》引作「飲食之器，從犬從皿聲也」。馥謂：聲字衍。

案：桂氏指明引文之「聲」字是衍文，正因為《說文》只有「從某，某聲」、「從某，從某」之例，而沒有「從某，從某聲」此說解語例。

　　以上為訂正《經典釋文》所引《說文》。

（2）劓：刑鼻也。從刀，臬聲。……（《說文・刀部》）《義證》
　　　釋曰：

　　　　刑鼻也者，刑當為刵。徐鍇本、《集韻》、《類篇》、《通志》並引作刵，《字
　　　　林》亦作刵。（案：以上桂氏羅列所見例子，說明訂改之證據。）《一切
　　　　經音義・十六》引：劓，決鼻也。（案：桂氏所引劓之說解，此為臬篆
　　　　之或體字，見本篆下。）馥案：賀述《禮統》：劓刑法，木勝土，決其
　　　　皮革也。《書・舜典》：五刑有服。傳云：五刑：墨、劓、剕、宮、大辟。
　　　　《釋文》云：劓，截鼻也。《康誥》：劓刵人。傳云：劓，截鼻。《呂刑》：
　　　　爰始淫為劓、刵、椓、黥。鄭注：劓，截鼻。《多方》：爾罔不克臬。馬
　　　　本，臬作劓。《周禮・司刑》：掌五刑之法，劓罪五百。注云：劓，截其
　　　　鼻也。《書・大傳》曰：觸易君命，革輿服制度，姦宄盜攘傷人者，其
　　　　刑劓。《昭十三年・左傳》：後者劓。注云：劓，截鼻。《秦策》：黥劓其
　　　　傅。高云：斷其鼻曰劓。《韓非・內儲說》：王謂夫人曰：「新人見寡人，
　　　　常掩鼻，何也？」對曰：「頃嘗言惡聞王臭。」王怒曰：「劓之。」御者
　　　　因揄刀而劓美人。《漢書・賈誼傳》：所習者，非斬劓人，則夷人之三族

也。《刑法志》：劓罪五百。顏注：劓，截鼻也。崔寔《政論》：秦劓殺其民，於是赭衣塞路，有鼻者醜。《唐書》：羅士信每殺一人，輒劓其鼻而懷之。《嘯堂集古錄·周齊侯鎛鐘銘》：造而朋劓。

案：以上桂氏博引歷代書籍文獻及金刻等料資，論證《說文》本篆說解應是「劓鼻」，並藉此詳細而具體的例證，辨明古書沒有作「刑鼻」之說，進一步證實其所訂改是正確可信。

（3）憝：問也。謹敬也。從心，款聲。一曰說也。一曰甘也。《春秋傳》曰：「昊天不憝。」又曰：「兩君之士皆未憝。」（《說文·心部》）《義證》釋曰：

> 《詩·十月之交》：不憝遺一老。箋云：憝者，心不欲自彊之辭也。《正義》曰：《說文》云：憝，肯從心也。言初時心所不欲，後始勉彊而肯從。故云：心不欲自彊之辭。馥案：本書今闕此訓。《小爾雅》：憝，願也。《楚語》：吾憝寘之於耳；以憝御人；憝庀州犂。韋注並訓願。

案：以上桂氏據書傳注疏文義，論證今所見之《說文》本篆說解有所欠缺，而詳引其他典籍所用之詞義解釋補訂之。

除上述例子，其他相關例子有「莫」、「犧」、「嗷」、「哉」、「瀶」、「畱」等。

（六）蒐羅他說、方便後學

桂馥治學嚴正，態度謹慎，學術胸襟廣闊，四通八達，表裏包容。《義證》所引材料，例必列明出處，呈示來源。假若是未刊行

之文章，也必引述著者姓名，交待一清二楚。對於諸家異說，亦細心斟酌擷探，於不能取捨定奪，就一律將原文臚列於後，以待讀者參考、裁決。以下略舉幾條相關例子：

（1）䜌：和也。從言，從又炎。籀文䜌從羊。羊音飪。讀若淫。（《說文‧又部》）《義證》於許語「籀文䜌從羊」下云：

> 畢君以珣曰：籀文䜌從羊，此上當脫籀文。注云：「羊音飪」，此三字後人所加。徐鉉以炎部有燮字，此處又脫籀文，遂以從干之營，與從言之䜌相混，疏謬之甚。馥案：《玉篇》籀文作燮。

案：以上引畢以珣[3]之說解而不下評說。桂氏只於末處引《玉篇》所錄之籀文作結，交待所引字例之依據。

（2）棪：遫其也。從木，炎聲。讀若三年導服之導。（《說文‧木部》）《義證》於許語「讀若三年導服之導」一語之下，引書證說解：

> 本書「函」下同。《士虞禮》：中月而禫。鄭注：古文禫，或為導。《史記‧禮書》：社至於諸侯，函及士大夫。《大戴禮》作導及。

接着引錄清代名學者錢大昕之說：

> 錢君大昕曰：函及者，覃及也。《說文》：「马，嘾也。讀若含。」函從马得聲，亦與嘾同義。

---

[3] 案：畢以珣，清代學者，撰有《孫子敍錄》，收於《四部備要》。生卒年不詳，待考。

案：以上桂氏引錄錢說，而不再下案語論說，目的是留給讀者參考。

（３）屑：動作切切也。從尸，肖聲。（《說文・尸部》）《義證》
　　　於許語「肖聲」不提己見，引惠棟說解：

　　　惠棟曰：《書・多士》言：桀大淫泆有辭。《釋文》：泆又作佾。馬本作
　　　屑，云：過也。棟謂：屑當作屑，與佾相近，故誤作佾。《說文》云：
　　　屑，動作切切也。

案：以上為桂氏引錄惠棟之說，而不再作補充之例。

　　　除上述三條，其他引用他家之說的相關例子，還有「敕」、「施」、
「有」、「豐」、「椪」、「續」等。

（七）互證仔細、通達清楚

　　　博引群書，深入考證，是桂氏研治《說文》的重要法門。基本
上，《義證》所排列的材料，雖然繁多茂密，但一般皆恰到好處，
不會過於累贅擁擠。桂氏駕馭所引材料尤其得法，且輒能發揮交互
論證，收觸類旁通、舉一反三之效，能讓讀者閱後豁然明白，開闊
對許篆字義範疇之認知理解。例如：

（１）楷：木參交，以枝炊篲者也。從木，省聲。讀若驪駕。（《說
　　　文・木部》）《義證》釋曰：

木參交以枝炊篹者也者，本書：籔，炊篹也。篹，漉米籔也。馥謂：以
木棠歫，使水下也。《桓五年·左傳》：蔡衛不枝。《戰國策》：魏不能支。
高注：支猶拒也。

案：以上桂氏以籔、楷、薁三字之解釋互證。

　　以下試從「僵」、「偃」兩篆字例（案：此兩篆於《說文》之訓
解互有關連），再看桂氏的互證功夫：

（2）僵：償也。從人，畺聲。（《說文·人部》）《義證》釋曰：

　　償也者，徐鍇本作偃也。《韻會》同。《爾雅·釋文》引同。《一切經音
　　義·十三》引亦同。又云：謂却偃也。馥案：本書：偃，僵也。《呂氏
　　春秋·貴卒篇》：鮑叔御，公子小白僵。注云：僵猶偃也。《漢書·昭帝
　　紀》：上林有柳樹枯僵，自起生。顏注：僵，偃也。《梁孝王傳》：即詐
　　僵仆陽病。顏注：僵、仆，倒地也。《後漢書·馬援傳》：僵死軍事。注
　　云：僵，仆也。

案：桂氏先以他書所引《說文》說明本篆的訓詞是「偃也」。然後，
引許篆「偃」之說解反復互證，再以書傳之注文解釋佐論，說明其
訓解詞「僵」另有「仆也」之解釋。

（3）偃：僵也。從人，匽聲。（《說文·人部》）《義證》釋曰：

　　僵也者，《廣雅》同。《一切經音義·二十二》引《說文》：僵，却偃也。
　　《書·金縢》：禾盡偃。《論語》：草上之風必偃。孔注：偃，仆也。《鄉
　　射禮》：東面偃旌。注云：偃猶仆也。《博物志》：徐君生而偃，故以爲名。

案：桂氏以他書所引之《說文》互證本篆字義，再以經傳注文說明許慎之解釋。「偃」、「僵」兩字，雖有互通之義項，然而，桂氏論講材料之中，並無一條重複，有與植物、器物相關之動詞例子，亦有與人名相關之例，其引用材料之精妙、細緻，選材之適切、精要，於此亦可知一二。

　　除上述諸條，桂書中其他類近例子有「晏」、「樧」、「欑」、「郵」、「毌」、「臽」等。

（八）說明體例、淺近簡要

　　桂書雖然以「義證」命名，但是全書的精髓並不局限於引書證字。讀者若能認眞而仔細的閱讀《義證》全書，就會發現桂氏對《說文》不少條例，均有所闡釋，而其論講亦扼要淺近，理路清晰，輒能一語中的，對讀者有所啓發。茲將桂氏在書中對《說文》條例有所闡發之具體例子，分類闡述於下：

1　許篆排列先後之例

　　祘：明視以筭之。從二示。……（《說文・示部》）《義證》釋曰：

　　　　馥案：本書之例，凡並偏旁及合三四字爲一字者，皆在部末，如：瓻、
　　　　晶、蟲，是也。今祘字不居示部之末，後人亂之。

案：桂氏指出「祘」不置於示部之後，與《說文》之編次體例有別，是因爲後人所亂。

2 「讀若」字不以本篆聲符為說

褽：華葉布。從艸，傅聲。讀若傅。(《說文‧艸部》)《義證》
釋曰：

馥案：讀若與諧聲同，本書無此例。當是讀若專，本書：專，布也。

3 《說文》排列篆字原由及本部各字所從理據

《說文‧艸部》「蒜」篆之說解後有云：「左文五十三。重二。
大篆從茻。」《義證》釋曰：

徐鍇本無此文。案：左文五十三，謂下文自芥以下至菿五十三字也。重
二，謂藻、葦兩字也。大篆從茻，謂此五十三字在大篆皆從茻也。今茻
部：莫、莽、葬三字，小篆之從茻者也。五十三字則小篆從艸，大篆從
茻也。

4 許慎所謂「籀文省」應是「古文」

《說文‧艸部》「薅」篆下有「茠」字，云：籀文薅省。《義證》
釋曰：

籀文薅省者，當為古文。前言左文五十三，大篆從茻。薅從艸，故知非
籀文。

案：以上桂氏據《說文》本部編字數目及大篆、小篆之所屬部首為說。

5 《說文》六書條例之說解

（1）丄：高也。此古文上。指事也。凡丄之屬皆從丄。（《說文·上部》）《義證》說解許書條例曰：

> 指事也者，本書《敘》所云：視而可識，察而見意。是也。許公於六書，但標指事、象形、會意，餘不言及，猶《毛詩·傳》但言興，餘易曉也。

案：以上桂氏說明《說文》以「六書」之有關名目，說解文字之義例。

（2）丁：底也。指事。（《說文·下部》）《義證》說解曰：

> 指事者，後人加之。丄字言明，無煩複綴。徐鍇本無之，而有「從反丄為丁」五字。鍇《繫傳》引《易》：窮上反下也。

案：以上桂氏說明許語之說解六書有不複綴說之例。

6 許語所謂「闕」之條例

旁：溥也。從二。闕。方聲。（《說文·上部》）《義證》釋曰：

> 闕者，許公〈自敘〉云：其於所不知，蓋闕如也。此言闕，不知丬意也。徐鍇本，「闕」在方聲下。

案：以上桂氏申明許語中的「闕」例，指出本篆之丬形因不知何解，而以「闕」示之。

7　許語中「一曰」之用意

祐：宗廟主也。……一曰：大夫以石爲主。……（《說文・示部》）《義證》釋曰：

一曰大夫以石爲主者，並存舊說也。

案：以上桂氏解釋許語加入「一曰」之用意乃在於保存舊說，《義證》於下文再引書證疏解。

8　訓釋詞與被訓字的聲義關係

（1）葬：藏也。從死在茻中。……（《說文・茻部》）《義證》釋曰：

藏也者，本書無藏字。葬、藏，聲近。

案：桂氏所謂「聲近」乃指二字之語音相近：葬，上古精母、陽部；藏，上古從母、陽部。精、從，旁紐雙聲，同屬陽部韻。於此可知「葬」、「藏」二字既雙聲又疊韻。桂氏於「聲近」下詳引《釋名》《白虎通》《檀弓》等書證，詳論兩字之相近意義。

（2）莪：蘿莪，蒿屬。從艸，我聲。（《說文・艸部》）《義證》釋曰：

蘿莪，蒿屬者，蘿、莪，疊韻。

案：蘿，上古來母、歌部；莪、上古疑母、歌部。兩字同部疊韻。

《義證》指明許篆與許訓字互有雙聲或疊韻關係之例甚多，其他相關例子可參考本書第五章之「字音」部分。

二 缺失

桂馥研治《說文》成績出眾，並且早於乾嘉之世享有盛名。然而，基於其書作意及體例之局限，乃至成書及校勘、刊行上之種種問題，《義證》迄今所見之幾種版本亦已非桂氏昔日之撰作原貌，其書中所存有之糟粕及可商可榷之處亦委實不少。無可否認，桂馥將全書重點放於文獻上之考證，其編撰手法側重於資料蒐集及對字義之疏證，而欠缺清晰及具體系之個人研究理論闡發。也就這樣，桂氏《義證》一書所給予讀者的，每每是臚列出來的一條一條文獻材料，作者並沒有具體地將自己個人研究心得作發凡式及系統式的傳遞。正因如此，桂書給人的印象就是一部資料充實的參考書，而不是一部具有啟發性的文字學專著，結果影響了後人給予作者在「《說文》四大家」中的排名與學術地位。《義證》的缺失，歸納而言，可有以下數端：

（一）立論保守、拘牽許說

如前所述，桂氏撰作《義證》，過於注重蒐羅文獻資料，而甚少發凡創見，論說保守，理據亦較單薄，又多拘牽於許慎的見解。例如：

中：和也。從口｜，上下通。（《說文‧｜部》）《義證》釋曰：

> 龕說之曰：林罕謂从口象四方上下通中也。《說文》徐本皆作口，殆誤
> 也。馥案：用从卜从中，則中當爲中。

桂馥拘泥於許語而附會其言，主觀相信《說文》中的篆字形體
及其古文、籀文字體，多數是正確不訛。桂氏在《說文》中篆下之
古文♥，說：「與屯同意，言通之難。」又於其籀文♥，說：「上下
通而又旁達。」此皆附會之辭，理據薄弱，主觀失實。案：「中」
字，甲文作中 一期 乙 四五〇七、中 一期 京 四九二、𠁥 四期 粹 五九七，[4] 金
文作中 令鼎、𠁥 中鉦、𠁥 盂鼎二，[5] 近代古文字專家唐蘭（1901-1979）
從上古歷史及文化解釋「中」之字形與字義說：

> 余謂中者最初爲氏族社會中之徽幟，《周禮・司常》：「皆畫其象焉，官
> 府各象事，州里各象其名，家各象其號。」顯爲皇古圖騰制度之孑遺。
> 此其徽幟，古時用以集眾，周禮大司馬教大閱，建旗以致民，民至，僕
> 之，誅後至者，亦古之遺制也。蓋古者有大事，聚眾于曠地，先建中焉。
> 群眾望見中而趨附，群眾來自四方，則建中之地爲中央矣。列眾爲陳，
> 建中之酋長或貴族恒居中央，而群眾左之右之，望見中之所在，即知爲
> 中央矣。然則中央徽幟，而其所立之地，恒爲中央，遂引申爲中央之義，
> 因更引申爲一切之中。（《殷虛文字記・釋𠁥》）[6]

高鴻縉（1892-1963）《中國文字》辨析「中」之篆文不从口，
他說：

---

[4] 見《甲骨文字典》，頁 39。
[5] 見《金文常用字典》陳初生編纂、曾憲通審校，高雄市：復文圖書出版社，1992 年，頁 49-50，
轉引。
[6] 見《常用古文字字典》王延林編著，上海市：上海書局出版社，1987 年，頁 33，轉引。

按中之本意爲中心中點，从▯。象旗竿及其斿偃之形。而以▭或▢爲符號以指明其部位。指中點，爲中。故爲指事字。亦用爲狀詞。小篆作中，从口。乃形變之訛。其實非从口舌之口也。[7]

周法高（1915-1994）《金文詁林》則指出《說文》之「中」字寫法是傳寫之訛，周氏釋曰：

中，凡中正字皆从▭从▯，伯仲字皆作中，無斿形。史字所从之中作中，許書中正之中作中，殆傳寫之謬也。[8]

綜合諸家之論，可證「中」的直筆非「上下通」之意，古文「中」字之曲筆亦非與「屯」篆同意，古籀「中」字之橫筆不能以「旁達」來解釋。桂氏拘牽於《說文》所收錄之字形，他以「用」篆之所謂「从卜从中」構形來論說「中」篆，皆不正確。桂氏書中類此例子之失誤說法還有「牢」[9]、「長」、「章」、「爲」等。

（二）引述過多、批評較少

博引書傳說解文字本來就是《義證》的特色，也是該書的研究強項，此於第三、四章已有討論。然而，桂書中有不少徵引材料卻是過濫冗贅，某些討論範圍更超出文字學的界限，應該刪減處理。此外，基於桂書之逐條排列引錄體例，每一篆字下所收資料多少各有不同，有些材料根本沒有應用於字義訓解之中，有些引述內容更

---

[7] 見《中國字例》高鴻縉編，臺北市：三民書局，1984年，頁406-407。
[8] 見《金文詁林》周法高主編，香港：中文大學出版社，1975年，第一冊，頁328-329。
[9] 「牢」篆例，拙作《說文解字句讀述釋》有所討論，頁155-156。

是完全沒有發揮和分析評論。結果，讀者或會發覺翻閱後無所得益，
這就影響了對全書的學術評價。

　　舉例說，桂氏說解許篆「一」（《說文・一部》），就援引了《周
易》《繫辭傳》《春秋元命包》《老子》《鬼谷子》《莊子》《鶡冠子》
《太平經》《子華子》《淮南子》《漢書》《周禮》等十多項資料。說
解許篆「嶽」（《說文・山部》），就詳細引用了《詩經》《周禮》《風
俗通義》《左傳》《詩經正義》等書裏其他篇章及注文，接著又廣泛
引錄王觀國、胡渭（1633-1714）、閻若璩、邵晉涵、丁杰等學者之
言論，材料的確是相當豐富。不過，所論都是史地考據，與文字、
聲韻、訓詁，並無直接相關。據本文簡略統計，桂書只是說「嶽」
字一條，就用了三千多字（疏解許語則用了二千多字）。但是，所
說內容只是涉及歷史、地理等問題，而沒有直接論及該篆之字義或
字形之結構組合，文中之桂氏案語，也沒有與本篆之字義直接關聯。
就文字考證方面來說，讀者閱讀本條不見得有甚麼得着，反而會令
人看得枯燥乏味，也看不到桂氏對文字研究的心得。書中類似這樣
的例子還有不少，例如「閨」、「芝」、「藪」、「歲」、「梁」、「姓」、「嶽」、
「漾」等篆字條下所記述的，都是錄取一些令人費時閱讀的繁冗、
瑣碎資料。

（三）體系單一、用語籠統

　　如前所述，桂書說字是依據《說文》排檢體系而依次逐一疏解，
其有關論說亦集中於許篆文字之形、義及許語之訓釋內容。書中只
對許篆作個別疏解，而較少具有交互的首尾呼應論說。在釋字說義
方面，字與字之相互連繫闡釋亦見不足。全書重點在於排比書證，
逐句疏解，論說系統比較單一，很多時只說出語言之使用現象，而
沒有闡釋箇中道理，兼且所用術語不夠嚴謹，不少討論前後並不一

致，難以讓讀者建構一個清晰的學理體系。茲試以《義證》所謂兩字互有聲訓關係之說解爲例，附以表解，列舉十例如下：

《說文》篆字	許語語訓釋字或其他相關字	《義證》說解	備註：音韻分析（上古音系統）[10]	頁碼
禮	履	聲相近	禮，來母、脂部；履，來母、脂部。 桂氏所說聲相近，應是兩字聲韻完全一致。	6
祪	鬼	聲近	祪，見母、微部；鬼，見母、微部。 桂氏所說聲近，應是兩字聲韻完全一致。	10
士	事	聲相近	士，從母、之部；事，從母、之部。 桂氏所說聲相近，應是兩字聲韻完全一致。	44
短	豆	聲不近	短，端母、元部；豆，定母、侯部。 桂氏說聲不近是不妥當，案：端、定同是舌頭音，兩者旁紐可通。	443
樛	朻	同聲相通	樛，見母、幽部；朻，見母、幽部。 桂氏謂同聲相通，其實此兩字聲紐、韻母相同。	484
月	闕	聲並相近	月，疑母、月部；闕，溪母、月部。 桂氏謂聲並相近，因爲兩字旁紐。至於二字同韻，則未有說明。	588
仇	讎	聲相	仇，群母、幽部；讎，禪母、幽部。	703

10　上古音系統參考《古韻通曉》，陳復華、何九盈著，北京市：中國社會科學出版社，1987年。表中頁碼依此書。

《說文》篆字	或其他相關字許語訓釋字	《義證》說解	備註：音韻分析（上古音系統）[10]	頁碼
		近	桂氏謂聲相近，應是疊韻。群是牙音，禪是舌面音，兩者相隔稍遠。	
犯	把	聲相近	犯，幫母、魚部；把，幫母、魚部。桂氏所說聲相近，應是兩字聲韻完全一致。	816
玃	攫	聲相近	玃，見母、鐸部；攫，見母、鐸部。桂氏所說聲相近，應是兩字聲韻完全一致。	850
狄	辟	聲近	狄，定母、錫部；辟，幫母、錫部。桂氏所說聲近，因為幫母是脣音，定母為舌頭音，發音位置稍近。然而，此兩字同韻部。	850

　　很明顯，桂氏在使用「聲相近」、「聲近」、「聲並相近」、「同聲相通」，或否定短語「聲不近」等術語，去說明兩字之音、義關係時，其論說立場並不一致。然而，這是桂氏自己的看法，還是後人編寫之誤，目前難下定論，姑且當是其書之原有觀點。事實上，《義證》所謂「聲」的範圍比較寬鬆，有時所指是聲母，有時是韻母，有時是雙聲，有時又可以是疊韻，這些歸類既不嚴謹，也不科學。對於桂氏這類用語，讀者只能心神領會，其說的確抽象而不具體。這些含混不清的用語，頗令人費解，也難以掌握。其實，桂氏自己有時也有明顯的判斷失當說法。[11]難怪有人認為桂氏的《義證》，

---

[11] 例如「勹」是「包」的初文，《說文》的切音同是「布交切」，但桂氏竟說「勹、包，聲相

特別是在音理分析方面，比不上段、王、朱三家的成就，論者有這
種批評是完全可以理解。

（四）取材繁雜、欠缺剪裁[12]

　　王筠編撰《說文解字句讀》曾明白指出，其作是綜合段玉裁、
嚴可均、桂馥三家著作，將之刪繁舉要而成。[13]書成之後，對學術
界影響很深遠，不少學者都評論它是一本成功的著作。當然，《句
讀》之所以成功，其中一個重要因素是吸納了不少《義證》的解說，
王氏書中的剪裁，就正好反映出桂書內容是過於博大繁雜，有從新
編訂、約取刪減的必要。[14]無可否認，桂書所討論的範疇確是非常
廣泛，它並不是一本單純討論文字學的專書。讀者會發現《義證》
較近似一部學術劄記。事實上，桂氏書中關乎地理、天文、辭章、
文學、文化、文物、制度、考據皆有，各方各面的學問都幾乎有所
涉及。這些正是桂書的缺點，難怪王筠曾評說《義證》「泛及藻繪
之詞」[15]。以下略舉幾例述說：

　　近」。詳見《說文解字義證》，頁 774、776。

[12] 案：拙作《說文解字義證》研究》於二〇〇〇年十二月於北師大完成，並經答辯評審後
通過，此後至二〇一一年十一月爲止，從未公開發表有關桂氏之研究。二〇〇九年三月十
七日，香港《文匯報》刊有某君《桂馥〈說文解字義證〉》短文，內文與拙作討論「桂作
之微引過於廣泛」內容相近，其中引述之「芡」篆一條及該條下所附之蘇轍詩，與拙所
引恰巧相同。拙作「芡」篆之說，詳見原作（2000 年版）頁 120-121。本書於此則不用此
條，謹此聲明。

[13] 王筠曰：「道光辛丑，余又以《說文》傳寫多非其人，群書所引有可補苴。遂取茂堂及嚴
鐵橋、桂未谷三君子所輯，加之手集者，或增、或刪、或改，以便初學誦習。」見《說文
解字句讀》王筠著，北京市：中華書局，1988 年，頁 1，〈自序〉。

[14] 有關王筠《說文解字句讀》之成書及其成就，詳見拙作《〈說文解字句讀〉述釋》，香港：
新亞研究所．煜華文化機構有限公司，2011 年。

[15] 王氏之說見於〈《說文解字義證》後敘〉丁艮善著，輯錄於《說文解字詁林》，臺北市：鼎
文書局，1986 年，第 1 冊，頁 226。

（1）蜋：堂蜋也。從虫，良聲。一名蚚父。（《說文・虫部》）《義證》先引《楚詞・九思》《易通卦驗》《月令章句》《周書・時訓解》《呂氏春秋・仲夏紀》《淮南子・人間訓》，以及戴震之說等料資，說明本篆出處、用法，及其見於古典文獻中之雙音節異寫詞（如蟷蠰、螳螂、蟷蠰、食肬、馬穀、馬谷等），此等引用資料本是無可厚非。然而，接着所引兩條資料就似乎沒有必要，桂氏云：

> 郭璞〈贊〉：螳螂氣蟲，揮斧奮臂，當轍不迴。句踐是避，勇士致死，勵之以義。

又於此加上案語：

> 馥案：句踐式怒蛙，未聞避螳螂。郭氏或別有據。

書中另一條引文是這樣：

> 成公綏〈螳蜋賦〉：冠角峩峩，足翅岐岐。尋喬木而上綴，從蔓草而下垂。戢翼鷹峙，延頸鵠望。推翳徐翹，舉斧高抗。鳥伏虵騰，鶻擊隼放。俯飛蟬而奮猛，臨蟪蛄而逞壯。距車輪而軒翥，固齊侯之所尚。

案：以上資料只是引述「蜋」篆有組合成「螳螂」、「螳蜋」之雙音節詞，及其見於古代文學作品之例子，此對分析本篆之字義其實並無必要。讀者接收了上述兩條文學資料，對於理解本條詞義根本沒有甚麼具體助益。誠然，以經史證《說文》，以《說文》證經史，

正統的「《說文》專家」都嚴守此科條。[16]桂氏上述的處理，與一般類書分別不大，也正因如此，王筠才會有所批評。王筠《句讀》對「蜋」篆之說解只作了簡要的表述，而沒有引錄桂氏這些繁瑣資料。[17]

（2）腎：水藏也。從肉，臤聲（《說文・肉部》）。《義證》於本篆說解下引《廣雅》《禮記》《文子》《一切經音義》《史記》《隋書》《論衡》《管子》《史記正義》《六書故》諸書資料，去說明本篆古義及其用例，材料相當可觀，本是無可非議。不過，其中引用的《白虎通・性情篇》一條，是關乎五臟與陰陽五行之理，桂書將此項資料原文詳細引錄，一共三八〇多字，而且所引述之內容已遠離文字學的範疇，應該斟酌取捨，刪繁舉要，甚至可以將全文刪去，不必引述。本條之處理委實過於蕪雜，不能顯示作者研究《說文》的心得。

（3）寤：寐覺而有信曰寤。從寢省，吾聲。一曰：晝見而夜寢也（《說文・寢部》）。《義證》說解許語「寐覺而有信曰寤」，先後轉引了《蒼頡篇》《周禮注》《詩經》、陸機《承明亭詩》、王羲之《蘭亭序》等材料加以說解，之後又謂「今據古事疏證於左」。接著所引一大堆資料，除《史記》《三國典略》《晉書》《周書》《梁書》《隋書》等正史外，又羅列一些記載怪異故事的書籍，如《前趙錄》《夢書》《搜神記》《異苑》之類一律引錄於下。然而，所談乃的皆是古人寤夢之事，

16　見《「說文學」源流考略》張其昀著，貴陽市：貴州人民出版社，1998年，頁162。

17　案：王氏《句讀》「蜋」條下，沒有收錄桂氏所引的郭璞（西元276-324年）〈贊〉及成公綏（西元231-273年）〈螳蜋賦〉資料。詳見《說文解字詁林》第10冊，頁866。

兼且若干內容神怪荒誕而不可相信。此條疏解大費周章，
既浪費篇幅，又偏離實際需要，根本沒此必要。

（4）繀：箸絲於筟車也。從糸，崔聲（《說文・糸部》）。《義證》
引述《方言注》資料於注文「鹿車」下，轉引戴震之疏解，
這本來是相當充實有用。然而，桂氏於引述末處又附上一
段節錄之孫得施《繀車賦》原文：「微風興於輪端，霧雨散
於鞅輻，制以靈木，絡以奇竹，口朝日以投圓兮，準量月
以造象，若洪輪之在口兮，似蜘蛛之結網」。這段賦文之描
述與「繀」篆之說解頗有關連，但沒有加以說明，難免令
人覺得是「泛及藻繪之詞」。此處最好能酌情刪節及作扼要
補充，讓讀者能夠明白所引用材料之具體作用。

（五）辨解亦聲、理論不穩

　　「亦聲」是許慎說解字形結構的一種專門術語，一般句式是「從
某，從某，某亦聲」。例如《說文・一部》：「吏，治人者也。從一，
從史，史亦聲。」按許慎說解，此為一個偏旁兼有表示聲音的會意
字，後人有稱這類字為「會意兼形聲」，段玉裁、王筠都是這樣分
析。[18] 亦聲，其實是指中國文字中有些合體字的意符而兼有聲符的
作用。[19]

---

[18] 案：《段注》「吏」下云：「亦聲者，會意兼形聲也。」（見《說文解字注》段玉裁著，臺北
市：漢京文化事業有限公司，1983 年，頁 1。）王筠《句讀》「祐」下云：「（亦聲）常用
聲義相備之例。」（見《說文解字句讀》，頁 4。）王筠在《文字蒙求》的「會意兼聲而聲
即在意中者」一類中，曾統計過一共有 250 個字例。（見《文字蒙求》王筠著，臺北市：
藝文印書館，1974 年，頁 128-145。）

[19] 參考：1.《傳統語言學辭典》，頁 515-516，「亦聲」條。2.《「說文學」名詞簡釋》，頁 68，
「亦聲」條。

　　桂馥在《義證》及書後「附錄」裏指出有兩種「亦聲」的現象：
1.從部首得聲；2.說解所從偏旁之義，認爲非此二例之亦聲，其「亦」
字是後人所加。[20]桂氏這種說法是基於個別字例來分析的結果，他
沒有顧及文字整體的發展情況，忽略了會意字中有既表意而又有標
音之偏旁的實際現象。桂書裏有不少改訂亦聲爲形聲的說法，此說
很明顯受了徐鍇《繫傳》的影響。以下用表解，按《義證》卷一、
卷二所見的亦聲字例，看看桂氏的分析：

許篆	《說文》對本篆構形分析	《義證》分析	備註	頁碼
吏	從一，從史，史亦聲。	當言史聲，後人加亦字。	許語云：「治人者也。」史下云：「記事者也。」吏、史、事，三字疊韻，義近。史，兼具聲義。	3
禮	從示，豊聲，豊亦聲。	當云豊聲，後人加亦字。	豊下云：「行禮之器也」，豊，兼具聲義。	6
祐	從示，從石，石亦聲。	（未有討論）	許語云：「宗廟主也。《周禮》有郊宗石室，一曰：大夫以石爲主。」石字於許語云非解作石頭，本篆從石與許訓相關。	11
禬	從示，從會，會亦聲。	當依徐鍇本作會聲。	許語云：「會福祭也」，會聲義兼備。	17
琥	從玉，從虎，	徐鍇本作虎聲。	許語云：「發兵瑞玉，爲虎	31

20　見《說文解字義證》之〈附說〉，頁 1342-1343。桂氏對「亦聲」的研究於本書第五章、第三節中已有所介紹。

許篆	《說文》對本篆構形分析	《義證》分析	備註	頁碼
	虎亦聲。		文。」既有虎文，則聲中有義。	
瑁	從玉冒，冒亦聲。	（未有討論）	許語云：「天子執玉以冒之。」可知瑁字本有冒義。	32
珥	從玉耳，耳亦聲。	當爲耳聲。	許語云：「瑱也。」瑱下云：「以玉充耳也。」珥，耳中配帶玉器，聲中有義。	33
琀	從玉，從含，含亦聲。	當云含聲。	許語云：「送死於口中玉也。」含，有送入口中之意，聲中有義。	42

　　表中論及亦聲共八條，一部一條、示部三條、玉部四條。「祏」、「瑁」兩條，桂氏未有討論，大概認爲應如《說文》所說該作「亦聲」，此類也即是《義證》所分之第二類亦聲例「說解所從偏旁之義」。表中其餘六條，桂氏除了參照徐鍇之說作出訂改，又將認爲不合於自己所定之兩類條例者改爲「形聲」。這種處理很明顯是不恰當，因爲沒有理解到文字在發展中出現聲義兼備的原由。[21]以上

---

[21] 臺灣學者龍宇純先生（1928-）對「亦聲」說曾做了非常中肯的分析，他說：「亦聲說非無根據，前人說某字從某亦聲，亦非漫無標準。只是『亦聲』二字意義既不顯豁，又無明確界說，或雖有標準而又不能嚴格遵守，遂使人有『散無友紀』的感覺。殊不知亦聲的背景是語言，任何二字，如聲音與意義果眞有密切關係，即表示所表語言有血統淵源，果眞某字從某既取其義，又取其聲，即表示此語此字由某語某字所孳生。換言之，其字即某字的轉注。除非能否定語言孳乳的事實，則文字有亦聲現象不容置疑。故前云亦聲非無根據，其根據即語言孳生關係，而前人云某字從某亦聲，亦正根據此層關係而言。」見《中國文字學》龍宇純著，香港：崇基書店，1968 年，第三章、第六節「論亦聲」。

八例都應該屬於會意字,這因為文字中的某個意符兼具示音作用,所以稱之為「亦聲」。桂馥的亦聲論調,第二種條例可備一說,但第一種條例所謂從本部得聲,而否定「吏」、「禮」、「繪」、「琥」、「珥」、「琀」六字的亦聲現象,就有待商榷。

第七章
《義證》與段、王、朱三家的《說文》研究比較

　　《說文》研究在清代乾嘉之世大放異彩，其成就之輝煌，以段、桂、王、朱四家最爲顯著。段玉裁的《說文解字注》、桂馥的《說文解字義證》、王筠的《說文釋例》與《說文解字句讀》、朱駿聲的《說文通訓定聲》，爲清代小學頂尖級的《說文》著作，前人有謂「四家之書，體大思精，迭相映蔚，足以雄視千古」[1]。國學大師梁啓超在《清代學術概論》裏也特別標舉出四家的代表作。段、桂、王、朱之所以稱爲「《說文》四大家」，正是因爲他們都分別對《說文》研究作出了重大的貢獻。[2]當代有不少專家學者對四大家作了評述。有專家認爲王筠在六書體例和《說文》說解體例方面創獲較多。對《說文》全書作注釋而質量又較高的，則首推《段注》，其次是《義證》，再其次是《通訓定聲》。《段注》是一部比較全面的語言學研究著作，《義證》則是訓詁資料書，有學者指出此書在形、音、義三方面，不如《段注》能融會貫通。[3]

---

[1] 見《說文解字詁林》，第 1 冊，頁 8。

[2] 此爲丁福保氏之說，詳見本書〈緒論〉，註 4。

[3] 有關說法，參考：

　1 何九盈著《中國古代語言學史》，廣州市：廣東教育出版社，2000 年，頁 386-392。

　2 孫鈞錫著《中國漢字學史》，石家莊市：學苑出版社，1991 年，頁 147-179。

　3 李恕豪著《中國古代語言學簡史》，成都市：巴蜀書社，2003 年，頁 408-426。

　4 趙振鐸著《中國語言學史》，石家莊市：河北教育育出版社，2000 年，頁 428-433。

　　誠然，《義證》確實是一部注釋《說文》的專著，發凡起例、建構辨析語言理論，並不是桂氏撰作此書的精神與目標。假若以文字、音韻、訓詁理論的建立及分析來評論《義證》，桂馥這方面的貢獻當然是有所不足，也難以和其他《說文》研究專家相提並論。持平而論，我們應從桂書的特點，例如以其貫通字義訓詁的角度來看它的優點，這樣《義證》精要之處就可以清晰地顯示出來，也可由此比對它與其他《說文》大家研究之不同。下面試通過與段、王、朱三家的《說文》研究比較，審視及評論桂氏《義證》在學術上的價值與貢獻。

一　引證博大、鋪述客觀：為研讀《段注》的重要對照讀本

　　如前所述，段、桂生於同時，同以研治《說文》而聞名，所謂「南段北桂」，二人能於當世並稱，功力自然不相伯仲。遺憾的是，段、桂二人生平兩不相見，從來沒有作過學術上的研討。[4]加上桂馥的《說文解字義證》刊行較遲，印本較少，流通不廣，他在文字學上的影響力，也就未能及得上段玉裁的《說文解字注》。誠然，從清人的小學成就來論，段玉裁絕對是光輝四溢、卓爾不凡。段氏在文字、音韻、訓詁三方面都有重大的貢獻，以《說文》研究方面來論，他繼承了戴震的學問，在《說文解字注》裏闡發了文字的本義，從而推出了引申義、假借義的理論，又辨析了同義詞，闡明文字形、音、義的關係，這些都是發人所未發的偉大創見。[5]相比之

---

[4] 據有關記載，桂、段二人從未相見；《說文段注鈔案》亦非桂氏所撰，段氏晚年曾爲桂氏的《札樸》作序，詳見本書第二章及有關附註。

[5] 有關段玉裁《說文解字注》的成就，詳參：

　　1.《說文學》宋均芬著，北京市：首都師範大學出版社，1997 年，頁 204-209。

　　2.《「說文學」源流考略》張其昀著，貴陽市：貴州人民大學出版社，1998 年，頁 140-146。

　　3.《說文解字注研究》李傳書著，長沙市：湖南人民出版社，1997 年，頁 20-21；113-156，

下，桂馥的《說文》研究就沒有這樣的分析體系，單就發凡起例這方面來看，桂氏的《說文解字義證》就難以與《段注》爭鋒。

　　然而，《義證》是一本以考證《說文》字義為根本的讀物，論性質和體例，皆與《段注》不同，假若勉強在《段注》的研究路向和分析體系來作比較，對桂氏的批評也就不會恰當及公允，結論也必然不夠中肯。事實上，桂書風格樸實，書證豐富，徵引博大，鋪述客觀，書中處處反映出他在樸學上的研究精髓，特別是在字義考證方面，不但深入、詳盡、條理井然，而且堅實有理，證據豐富。相比之下，《段注》在這方面有時還是未能逮及。以下試舉幾例說明：

（1）專：六寸簿也。从寸，叀聲。一曰：專、紡專。（《說文·
　　　寸部》）

段玉裁在《說文解字注》中指出《說文》有「薄」無「簿」，這是因為後人將「艸」易為「竹」去加以分別。《段注》引書證說明「薄」即是「笏」，段氏云：

　　《釋名》曰：笏，忽也。君有命則書其上，備忽忘也。或曰薄，可以簿
　　疏物也。徐廣《車服儀制》曰：古者貴賤皆執笏，即今手版也。杜注《左
　　傳》：珽，玉笏也，若今吏之持簿。《蜀志》：秦宓見廣漢太守，以簿擊
　　頰。裴松之曰：簿，手版也。

段氏又懷疑許語「六寸」之上脫去「二尺」兩字，注中引《玉藻》「笏度二尺有六寸」以證。就單從《段注》來看，先有「薄」後有「簿」是對的。不過，桂馥在《義證》裏，對「專」篆的說解有另一種看法，他說：

> 簿當爲篿，《方言》：篿，吳楚之間或謂之兜專。《廣雅》：兜專，篿也。本書：筭，長六寸。馥謂篿長亦如之，《西京集記》：許博昌，安陵人也，善陸博法，用六箸，或謂之究，以竹爲之，長六分。馥謂究當爲兜，即《方言》所云：兜專也。六分當爲六寸。

　　段、桂說解不同，同是在文獻上作考證，然而桂說是比較可信，因爲他用《方言》和《廣雅》中的「篿」字立論，而所引用的資料能充份與論證直接相關，訂改許說也比《段注》合理而順達。
　　至於本篆許語云：「一曰：專、紡專。」段、桂兩家的說解，深度也有不同。《段注》云：

> 《小雅》：乃生女子，載弄之瓦。毛曰：瓦，紡專也。〈糸部〉：紡，網絲也。網絲者，以專爲錘。《廣韻》曰：䮫，紡錘。是也。今專之俗字作甎、塼，以專爲嫥壹之嫥。《廣韻》曰：擅也，單也，政也，誠也，獨也，自是也。

桂馥《義證》曰：

> 一曰：專、紡專者，《集韻》：塼，紡塼。又云：䮫，紡塼。《廣韻》：荨，紡錘。案：本書：塼，瓦器。即紡專。《詩·斯干》：載弄之瓦。傳云：瓦，紡塼也。《釋文》：塼，本又作專。徐鍇曰：今絡絲之塼也。《說苑》：和氏之璧，價重千金，然以之閒紡，曾不如瓦塼。

　　《段注》雖然說出「專」字的俗字與引申義，但說解證據並不周詳，徐灝（1810-1879）在他的《說文段注箋》就爲段說作了進一步的疏證，以茸補其不足。[6]相對來看，桂氏的考證與說解就比較有深度，並且能通過書證讓讀者瞭解「專」字的本義與同源義。案：專，甲骨文作 藏、八九、三； 藏一、三三、四； 甲、一、七、十五； 甲、一、二八、八； 甲、一、二八、九。[7]臺灣文字學專家李孝定先生（1918-1997）《甲骨文字集釋》分析說：「即象紡錘之形，從又，所以運之鈎，聲義並近，其物古已有之。」[8]李氏說解正好爲桂氏所考作了進一步的肯定。

（2）启：開也。從戶，從口。（《說文·口部》）

段玉裁《說文解字注》曰：

> 按後人用啓字訓開，乃廢启不行矣。啟，教也。《玉篇》引《堯典》：胤子朱启明。《釋天》：明星謂之启明。

　　段氏辨明「启」、「啓」兩字關係，分析清楚明白，但沒有交待「啓，教也」的訓解。假如我們將《段注》和桂書比較，就會發現段氏這條在說解及證據方面都不及桂馥說得充實、詳盡。桂氏《義證》以頂格式首先說明「启」字之本義及借義：

---

[6] 徐灝補訂段氏之說，詳見《説文解字詁林》，第 3 冊，頁 1163。
[7] 見《甲骨文字集釋》，李孝定編述，臺北市：中央研究院歷史語言研究所，1974 年，第 3 冊，頁 1039。
[8] 同上，頁 1041。

《釋天》：明星謂之启明。启或借啟字。孔叢《論勢篇》：寡人昧於政事，不顯明是非，以啟罪於先生。《僖五年・左傳》：分至啓閉。杜預曰：立春、立夏爲啟，立秋、立冬爲閉。

　　桂氏接著疏解許語「開也」之說，一開首就先說明「開也」與《一切經音義・三》所引《說文》相同，然後博引書證辨明「開」與「啟」的訓解關係。以下我們將《義證》所引資料依次排列，看看他的分析：

1. 《小爾雅・廣詁》：啟，開也。
2. 《廣雅》：啟，開也。
3. 《文心雕龍・啓奏篇》：啟者，開也。
4. 《華嚴經音義》：啟，開也。
5. 《潛夫論》：志氏姓啟，開之字也。
6. 《堯典》：允子朱啟明。[9]《史記》作開明。
7. 《說命》：啟乃心。傳云：開汝心。
8. 《金縢》：啟籥見書。鄭氏《周禮注》引作開。又「以啟金縢之書」亦作「開」。
9. 《御覽》引《周書》：微子開者，紂之兄也。
10. 《竹書》、《山海經》：夏后開，即夏后啟。
11. 《周書・武順解》：一卒居前曰開。　晉・孔晁注云：開謂启。
12. 《既夕禮》：請啟期。注云：今文啟爲開。
13. 《士昏禮》：贊啟會。注云：今文啟作開。

9　案：桂書將「胤」易作「允」，避清諱。

14. 《周禮・喪祝》：及辟，令啟。鄭司農云：令啟，謂喪祝主命役人開之也。

15. 《論語》：啟予足，啟予手。鄭注：啟，開也。使弟子開衾而視之也。

16. 《論衡・四諱篇》引作「開予足，開予手」。

17. 《哀三年・公羊經》：城開陽。《釋文》云：開陽，左氏作啟陽。開者爲漢景帝諱也。

18. 《隱元年・左傳》：將襲鄭，夫人將啟之。杜云：啟，開也。

19. 《閔元年・傳》：天啟之矣。服注：是爲天開其福。

20. 《禧二十年・傳》：凡啟塞從時。杜云：門戶道橋謂之啟，城郭牆塹謂之塞，皆官民之開閉，不可一日而闕。

21. 《僖二十三年・傳》：天之所啟。杜云：啟，開也。

22. 《文十六年・傳》：於是申息之北門不啟。《正義》云：二邑北門，不敢開。

23. 《襄四年・傳》：經啟九道。杜云：啟開九州之道。

24. 《襄二十五年・傳》：若啟之。杜云：啟，開門也。

25. 又（案：即上之《襄二十五年・傳》）云：天誘其衷，啟敝邑心。杜云：啟，開也。開道其心。

26. 《昭十三年・傳》：以先啟行。杜云：啟，開也。

27. 《定元年・傳》：啟寵納侮。注云：開寵過分。

28. 《定四年・傳》：皆啟以商政。注云：啟，開也。

29. 《晉語》：疆場無主則啟戎心。韋云：啟，開也。

30. 《史記・仲尼弟子列傳》：漆彫開，字子啟。《漢書・古今人表》作漆彫啟。

31. 《魯世家》：閔公名開。杜預《族譜》云：名啟。《世本》亦作「啟」。

32. 《文選・東京賦》：啟南端之特闈。薛綜注：啟，開也。

33.《東都賦》：啟靈篇兮披瑞圖。《魏都賦》：東啟長春。《文賦》：啓夕秀於未振。五臣並云：啟，開也。[10]

以引述資料的每一項說解計算，單就論證「啟，開也」這一條，以訓解項目計算，共引資料三十三條。若以翻檢書本的次數來說，桂馥翻閱了四十多條不同的資料，數量相當驚人。當然，是否必要援引這麼多訓解相同的材料來說解一個字義，並不是本節要討論的範疇。然而，我們不得不佩服桂氏涉獵群書的能力，取材相當豐富，而且精細恰當，他的論證完全建基於所引資料之中。此外，桂氏在「啟」篆的說解「教也」之下，還另有補充，《義證》說：

> 教也者，《玉篇》：啟，開、發也。《檀弓》：爾心或開予。注云：開謂諫爭，有所發起。《學記》：故君子之教諭也，開而勿達。注云：開謂發頭角。《莊子》：款啟寡聞之夫。注：《家訓》啟為開。馥謂：啟，開教也。

桂氏又於本篆之許語所引「《論語》：不憤不啟」下，補上疏云：「啟，開也」。綜觀而論，桂氏的論述前後呼應，不但深入說解了「启」篆有「啓」與「開」的種種關係，也通過書證說明其同源字「啟」有「開」、「發」、「開教」等抽象引申義，比起《段注》的說解，桂書的說解是具體、全面，而且精細、深入。

（3）躛：躛足也。从足，執聲。（《說文‧足部》）段玉裁《說文解字注》曰：

案：此三字一句。躄即蹀字，假借作跇，作喋。《文帝紀》：新喋血京師。
服虔曰：喋音蹀，屟履之蹀。如淳曰：殺人流血滂沱爲喋血。司馬貞引
《廣雅》：喋，履也。然則喋血者，躄血也，謂流血滿地，污足下也。

案：段氏之論說有理，但稍見迂迴，只按文字聲音上的相關情況去
說解其假借義，最重要的是沒有注意到《說文·糸部》的「縶」篆，
其字義與本篆原來有密切之關連。桂馥《義證》就指出許語中的「躄」
是應是「縶」，識力比段氏高明。於此亦見桂氏讀書仔細之處，能
博通經傳中用字的情況，《義證》這樣分析：

躄足也者，躄當爲縶。《昭二十年·穀梁傳》：輒者何？兩足不能相過。
齊謂之綦，楚謂之踂，衛謂之輒。《釋文》云：輒音近縶，左氏作縶。
劉兆云：綦，連併也。踂，聚合不解也。縶，如見縶絆也。

案：《說文》所謂「躄足」，大蓋是漢時恒言，許愼以此說解字義，
最關鍵的是本篆從「足」。然而，當中的「躄」是一個聲義兼備的
形符。「執」字甲骨文作 [甲骨字] 一期、乙四〇三〇；[甲骨字] 一期、續三、三六、五；
[甲骨字] 一期、合集五七八；[甲骨字] 一期、庫七二〇。[甲骨字]，當代甲骨學者徐中舒先生
（1898-1991）謂：「象人兩手加梏之形」。[11]執字從足，從執，執亦
聲，是兩足施桎之意。《說文》中的「執」篆，許愼則釋作：「捕罪
人也，從丮，從㚔，㚔亦聲。」桂氏所論固然勝於《段注》，因爲
「躄」是「躄其足也」，甲骨文作 [甲骨字] 一期、合一三五；[甲骨字] 一期、前五、三二、
六。[12]從止，正是人足；從 [符號]，象桎梏形，是刑具，亦即 [甲骨字] 字所從的
同一構件，都是一個表示刑具的意符。徐氏據卜辭辭例考察，認爲

---

11 見《甲骨文字典》，徐中舒主編，成都市：四川辭書出版社，1988 年，頁 1169。
12 見《甲骨文字典》，頁 194。

它與執字意義相近，械手爲執，械足爲羍。[13]桂說雖然只在書證立論，但是勝在穩重、審慎，而且結論堅實可信。他的說法竟可以與在後世出土的甲骨文形義相合，實在高瞻遠矚。

除了字義考證方面，《義證》也另有一些討論較《段注》優勝，以下分幾點說明：

（一）關於補訂許語方面

亯：用也。从亯，从自。自知臭香所食也。讀若庸。（《說文‧亯部》）

段玉裁《說文解字注》於臭字下斷句，以香字屬下句讀，並謂「香」應當作「亯」，認爲是轉寫之誤。[14]桂馥《義證》就有另一番看法：

> 自知臭香所食也者，《集韻》引所下闕一字。馥謂：當是以字，本書：口所以言食也。舌所以言也。

桂氏所說甚是。按許語所謂「臭香」本是對舉連言之詞，而桂氏亦云：「自，鼻也」。此正因爲所說的「自」是「鼻」，所以可以辨別香臭，全句應是：「自，知臭香，所以食也」。桂氏的分析是結合《說文》他篆說解之相同句型，並以《集韻》引文去補訂本句訓語所闕文字，論說不但客觀實際，而且具備語法邏輯，比起段氏的

---

[13] 同上。

[14] 段氏於「自知臭」下曰：句。自，鼻也。知臭味之芳臭。又於「香所食也」下云：香當作亯，轉寫之誤也。見《說文解字詁林》，第 5 冊，頁 261。

主觀刪改說法，更見合理可取。其他相近例子有「簋」、「眺」、「拜」
等，桂說都是較《段注》穩重有理。

（二）關於許語句讀方面

> 蠠：醲蠠，詹諸也。《詩》曰：「得此醲蠠」，言其行蠠蠠。从
> 黽，爾聲。（《說文·黽部》）

《段注》在許語「醲蠠」下之右旁加一「逗」字，注明句讀，
恐讀者誤以「醲蠠詹諸也」五字為一句。但段氏於下文並沒有再加
以說明，讀者未必明白箇中道理。桂馥《義證》雖然沒有加「逗」
字去說明許語的讀法，但於其文獻考證中就明白交待出來，桂氏說：

> 醲蠠詹諸也者，《廣韻》：醲蠠，蟾蜍別名。《尚書·大傳》：濟中詹諸。
> 注云：詹諸，醲蠠也。《文子·上德篇》：蟾諸辟兵，壽盡五月之望。

桂氏以書證說明「醲蠠」為蟾蜍別名，讀者自然明白醲蠠兩字
不會與下文連讀。《文子》所謂「蟾諸」亦即醲蠠之異寫字。按此
條之訓解而論，《義證》之論證及分析亦較《段注》高明。其他與
此相近的，還有「瓤」、「隹」、「袉」等例，都是比《段注》說得具
體而清晰。

（三）關於字義分析方面

（1）覺：寤也。从見，學省聲。一曰：發也。（《說文・見部》）
段氏改許語「寤」爲「悟」，並指出何注《公羊》、趙注
《孟子》[15]都是以「悟」釋「覺」，又引書證申說「覺」字
的引申義。段氏說解自有道理，所引書例也能自圓其說，
但似乎偏離了訓釋詞「寤」字的解釋。況且，改訂許語去
說解字義，是否眞有此必要？桂氏《義證》的有關分析就
比較札實，他說：

寤也者，有二義，一曰知覺。本書：斅，覺悟也。《釋名》：覺，告也。
《昭三十一年・公羊傳》：叔術覺焉。何云：覺，悟也。《孟子》：使先
覺覺後覺。是也。一曰睡覺。本書：寤，寐覺而有言曰寤。《一切經音
義・三》：覺，寤也。謂眠後覺也。《詩・王風》：尚寐無覺。《周禮》：
六夢：……三曰思夢，四曰寤夢。注云：覺時所思念之而夢，覺時道之
而夢。《成十年・左傳》：晉矦夢大厲。又云：公覺。《列子・周穆王篇》：
古之眞人，其覺自忘，其寢不夢。又云：西極之南隅，有國名古莽，其
民多眠，五旬一覺，以夢中所爲者實，覺之所見者妄。《莊子・齊物論》：
且有大覺，而後知此大夢也。《史記・高祖本記》：後人至，高祖覺。注
云：覺謂寢寐而寤也。《東觀漢記》：上曰：我昨夜夢乘赤龍上天，覺悟，
心中動悸。《三國典略》：高歡夢履眾星而行，覺而內喜。《晉書》：張華
夢見屋壞，覺而惡之。《前燕錄》：慕容儁夢石虎齧其臂，覺遂痛惡之。
《博物志》：文王夢覺，召太公傅子，夢攀日月，覺而不上天庭，夢入
九泉，寤而不及地下。是也。

---

[15] 案：何氏乃東漢何休（129-182），趙氏則是趙岐（108-201），亦東漢人。

　　桂氏先以二分法明辨本篆有兩個義項，並由實證出發說解，其辨釋方式精細審慎，層層深入，條理清晰，易於理解，書證充分適切，且能依照許慎的說法而加以闡析。與段說相比，桂說更見合理具體，令人信服。

　　（2）「苟」、「苟」，以下為段、桂兩家之辨析：

　　　苟：艸也。从艸，句聲。（《說文·艸部》）

《段注》云：

　　　孔注《論語》云：苟，誠也。鄭注《燕禮》云：苟，且也，假也。皆假借也。

桂馥則依許慎之訓解引書疏解，而不論其借義。《義證》云：

　　　艸也者，《急就篇》：苟貞夫。顏注：苟，艸名也。所居饒之，因以命氏。《玉篇》：苟，菜也。

　　苟：自急敕也。从羊省，从勹口。口，猶慎言也。从羊，與義善美同意。凡苟之屬皆从苟。（《說文·苟部》）
《段注》將本篆之許語修訂，於許語「从羊省，从勹口。」下云：

　　　从勹口三字，各本作「从勹省从口」五字，誤也。

　　又於「勹口，猶慎言也。」句中云：「各本無勹字，今補。」段氏於本篆下解說：

急與苟雙聲，救與苟疊韻。急者，褊也。救者，誡也。此字不見經典，
惟《釋詁》：逞、駿、肅、亟、遄，速也。《釋文》云：亟字又作苟，同。
居力反。經典亦作棘，同。是其證。可謂一字千金矣。而通志堂刻乃改
爲急字，蓋誤刉爲从艸之苟也。急不得反居力，與亟、棘音大殊。幸抱
經堂刻正之。或欲易《禮》經之苟敬爲苟，則又繆。

桂氏《義證》之辨析則不同，他先引書證「苟」篆之訓解及其語用
情況，再詳細辨析「苟」、「苟」兩字於古籍中的誤用，他這樣論說：

> 自急救也者，《釋言》：儆，急也。郭云：急狹。《釋文》：儆本或作極，
> 又作亟。同紀力反。《詩·采薇》：豈不日戒，玁狁孔棘。箋云：戒，警
> **剚**軍事也。棘，急也。馥案：經師說此字，多誤爲從艸之苟。《燕禮記》：
> 賓爲苟敬。注云：苟，且也，假也。《聘禮記》：賓爲苟敬。注云：苟敬
> 者，主人所以小敬也。《大射禮》注云：阼階上近君，近君則親寵，苟
> 敬私昵之坐。《詩·抑》：無易由言，無曰苟矣。莫捫朕舌，言不可逝矣。
> 箋云：無曰苟且如是。馥案：苟、逝，聲相近。若「苟且」之「苟」，
> 則音不協矣。《韓詩外傳·論語》曰：君子於其言，無所苟而已矣。《詩》
> 曰：無易由言，無曰苟矣。此亦以爲苟且。《大學》：苟日新。即此苟，
> 今亦誤讀苟且字。通作亟。《廣雅》：亟，敬也。《方言》：自關而西，秦
> 晉之間，凡相敬愛謂之亟。

《義證》對於「苟」篆之字形結構分析，則依小徐本：「從羊省，
從包省從口，口猶慎言也。從羊，羊與義、善、美同意」。桂氏以
《說文》同類之篆字分析說：

> 從羊，羊與義、善、美同意者，本書「美」下云：與義、善同意。「譱」
> 下云：與義、美同意。

　　以本條論析而言，桂氏說解之精細，書證之堅實，乃至於音韻之辨析方面，的確比段說更進一步。然而，段氏訂改許語爲「勹口，猶愼言也」，則合理可取。

　　桂書論字必有根據，否則會注明「未詳」[16]，甚少妄自猜測。原則上，《義證》所論不會單憑個人見解立說，縱然談及生活見聞，亦必會清楚說明出自何處，書中疏解所引書證也會列明篇目及其來源。《段注》的論述則比較直接，很多時會不引書證佐論，也有只憑一己之見而作出結論。

　　此外，段氏所引材料亦經常融入個人論說之中，少有顧及讀者的閱讀水準，所以研讀《段注》會比《義證》困難。例如：

（1）糸：細絲也。象束絲之形。……（《說文·糸部》）

段玉裁《說文解字注》曰：

　　絲者，蠶所吐也。細者，微也。細絲曰糸，糸之言蔑也，蔑之言無也。

段氏又於許語「象束絲之形」下曰：

　　此謂古文也，古文見下。小篆作 ⿰糸糸，則有增益。

案：段氏所說完全由一己見解出發，沒有書證，也沒有引用《說文》它篆互證，而在字形筆劃及寫法上有所辨析。不過，整體而論，這樣的疏解還是未夠客觀、細入。相比之下，桂氏在《義證》裏的論說就較爲穩重，分析具有層次性，桂氏曰：

---

[16] 有關例子，如「愚」篆之古文註解。見《說文解字義證》，頁890。

細絲也者，本書：細，微也。《廣雅》：糸，微也。象束絲之形者，本書：
總，聚束也。《聘禮》：賄用束紡。司馬彪《輿服志》：凡先合單紡爲一
糸，四糸爲一扶，五扶爲一首，五首爲一文。

（2）充：長也，高也。从儿，育省聲。（《說文·儿部》）段氏《說
　　　文解字注》曰：

《廣韻》曰：美也，塞也，行也，滿也。

段說只引一書，證據稍見單薄，而且沒有分析那一個義項才是「充」
篆的本義，對許語中兩種訓釋也沒有辨明，論說難以令人滿意。桂
馥《義證》的說解就完全不同，疏解例證充實又清晰，而且書證交
待清晰，既指出讀音與字義之關係，又顧及許語兩個不同的訓解，
並引述前人對字形筆劃結構的描述，整體討論比較全面周詳。桂氏
的解釋如下：

長也者，長讀知亮切。《玉篇》：充，滿也。韓愈詩：得時方長王。[17]《管
子·內業篇》：凡食之道，大充腸而形不藏。注云：大充謂過飽也。《周
禮·序官》「充人」，注云：充，猶肥也。高也者，徐鍇曰：古在儿上也。

（3）章：孰也。从亯从羊。讀若純。一曰鬻也。（《說文·亯部》）
　　　段玉裁《說文解字注》於「一曰鬻也」下只說：「鬻，健也。」
　　　並沒有加以說明。案：段氏所謂「健」，與「鬻」、「鬻」、「鬻」
　　　篆皆爲訓釋詞，此大抵是同源異體字，但未可由此肯定「一

---

[17] 案：原句爲「得時方張王」，見《韓愈詩集》卷344，〈和侯協律詠筍〉。

曰鬻也」即是「鍵」。桂馥《義證》的闡釋就比較審慎，他說：

> 一曰鬻也者，其義未聞。案：鬲，象孰飪五味氣上出也。疑鬻或「粥」
> 之誤。本書：孰，食飪也。

桂氏對於未能確定的說法，則抱著存疑態度，他注重理性的分析，甚少輕率立下主觀判斷。

總而言之，讀者在研讀《段注》之同時，最好能將桂氏《義證》一并閱讀參考，將兩書之引用材料及其研究觀點作對照分析研究。無可否認，段、桂二氏之《說文》研究成果處處是寶，尤其是桂氏書證之審慎處理及細緻探研，將桂書與《段注》比勘閱讀，參詳印證，可以互補不足，必定有所裨益。

二　研究深邃、觀察細緻：對王筠研究《說文》的深遠啟發

清人曾經將王筠的《說文》研究與段、桂兩家放在一起討論，並謂成鼎足而立之勢。[18]王筠，與桂馥同是山東人氏，他生於乾隆四十九年（1784），是段、桂兩大《說文》名家之後輩。王氏一生中成就卓越的《說文》研究著作是《說文釋例》與《說文句讀》兩書。歷來論者對其《說文釋例》評價最高，此書刊行較早，王氏在書中自訂體例條目，除了闡發《說文》的條例，指示研讀《說文》的門徑，又同時注意到文字同部聯繫，揭示了文字孳乳演變的規律，並且利用不少金石材料研究字形之結構，訂正若干許語說解之訛誤。[19]至

---

[18] 說見《郋園讀書志》葉德輝著，上海市：澹園，1928 年，頁 221。詳見本書「緒論」。
[19] 見《說文學》，頁 215-217。

於其後作《說文句讀》（又名《說文解字句讀》），王筠在〈序〉中
就清楚闡述是輯取段玉裁、嚴可均、桂馥三家之《說文》研究，再
加上自己意見，綜合撰寫而成的《說文》讀本。總而言之，王氏兩
書的編撰，其實都分別受到段、桂兩家影響，以《說文釋例》來說，
受段氏影響較多，至於《說文句讀》就多採納《義證》的說法。[20]
值得注意的是，王筠《說文句讀》內雖然很多時都會標明段、桂之
說，但事實上，書中有不少考證與學術觀點，都是套用或暗引桂馥
的說法。[21]至於字形、字義的論說，王筠更是深受桂氏啓迪。以下
分點舉例，論析桂馥《義證》對王筠《說文》研究的影響。

（一）觀文之說

（1）曲：象器曲受物之形，或說曲蠶薄也。凡曲之屬皆从曲。(《說
　　文・曲部》) 桂馥《義證》釋曰：

　　象器曲受物之形者，仰匸爲𠃊。

王筠《說文句讀》參用桂說而加以發揮，釋曰：

　　《廣韻》《集韻》引皆作𠃊。夢英篆同。是也。匸之籀文匚，仰之則𠃊也。

（2）冓：交積材也。象對交之形。凡冓之屬皆从冓。(《說文・
　　冓部》) 桂氏《義證》釋曰：

20　參考《漢語文字學史》黃德寬、陳秉新著，合肥市：安徽教育出版社，1990年，頁144-148。
21　有關王筠引用《義證》及《段注》的情況，詳見拙作《〈說文解字句讀〉述釋》，頁252之
　　註文193，及頁271。

> 象對交之形者，本書：开，象二干對構，上平也。《五經文字》：菁，象
> 上下相對形。

案：桂氏引「开」篆的構形說解本篆也是「對構」之形[22]，並以唐
人張參《五經文字》所說疏證許語。王筠《說文句讀》在桂說的基
礎上詳細分析說：

> 對，謂廿廾兩相對也。交，謂｜以連其廿廾也。《五經文字》：菁象上下
> 相對形。不但遺｜未說，且屋之構架，在上不在下。張參不知此字當平
> 看。用此彌知許說之精。

王筠在《說文釋例》裏也建立了這種「觀文」之說，書中有「平
看」、「豎起看」、「放倒看」等條例。[23]其觀文見解，或多或少受了
桂氏義證的啓發。[24]

（二）徵引金文

保：養也。從人，從呆省。呆，古文承。（《說文・人部》）
桂馥在《義證》指出本篆之古文在鐘鼎上的寫法及其出處，曰：
「古文作𤇾，見楚邛仲南和鐘。」又於本篆下所收古文「𤘩」之許
語：「古文係不省」下詳細解釋說：

---

[22] 案：許語云：「平也。象二干對構，上平也。凡开之屬皆從开。」桂氏於「开」篆下並無
案語。見《說文解字義證》，頁 1244。

[23] 案：王氏「觀文」之說亦見於《段注》，《段注》「曲」篆下有提及「側視」、「正視」之觀
點。詳見《段注》第十二篇下，頁五十一。

[24] 詳見王筠《說文釋例》卷 14「觀文」篇，北京市：中華書局，1987 年，頁 344-345。拙作
《〈說文解字句讀〉述釋》對王氏「觀文」之說亦有論說，見頁 108-110。

《春秋・莊六年・左氏・經》：齊人來歸衛俘。杜云：《公羊》《穀梁》《經》《傳》皆言衛寶，此《傳》亦言寶。惟此《經》言俘，疑《經》誤。《正義》云：案《說文》係，從人，枲省聲。古文係，不省。然則古字通用寶。或係字與俘相似，故誤作俘耳。

　　王筠《說文句讀》在桂氏所引用的鐘鼎文字及文獻考證線索上，詳考金文之構形構意，論說本篆字義，王氏曰：

案此字似許君之誤。《春秋左氏經》：齊人來歸衛俘。杜注、《公羊》、《穀梁》《經》《傳》皆言衛寶，此《傳》亦寶。惟此《經》言俘，疑《經》誤。案：枲為古文孚，則俘定為古文係。古寶、俘同聲，故《左氏》偶然借俘為寶。許君尊《左氏》為古文。鐘鼎文寶字亦作保，故采《左氏》係字，不系之寶下而系保下，以形相似也。否則俘篆係傳寫之誤。太保彝作 ，從丞從任。《左傳》見上文。齊侯鎛作 ，則從任、子會意，亦可證。

桂氏《義證》徵引金文說字（詳見本書第五章、「徵引金石佐說」一節），雖然所論不及王筠仔細、廣博，但已足見他是乾嘉時期一位較早注意到利用金文研究《說文》的學者。無可否認，《義證》對王筠徵引金文研究《說文》不但有所啓發，而且具有深邃的影響。王筠研究《說文》的篆字，如「造」、「櫱」、「禾」、「嗌」、「受」等說解，都引用金文佐論，當中有些地方很明顯是受到桂氏啓迪。

（三）重文研究

　　《說文》中的所謂「重文」，就是指一些於該書中重出的異體字。[25]清人王鳴盛、胡秉虔、許瀚、俞正燮（1775-1846）、張行孚、葉德輝等，都曾對《說文》的重文做過研究。[26]王筠《說文釋例》有專題討論《說文》的「異部重文」與「同部重文」。[27]他在晚年撰成的《說文句讀》裏也有考究《說文》的「重文」。[28]然而，桂馥在《義證》裏也曾注意到《說文》重文的問題，[29]不過討論並不深入，但對於後學王筠的「重文」研究，卻有不少助益。事實上，王筠的有關研究，有不少地方是由桂書中得到啓發。

　　（1）蘈：艸也，从艸，鶆聲。（《說文・艸部》）桂氏《義證》曰：

　　　　案：本書：薐，艸也。薐、鶆一字，當有重出。

王筠《句讀》依桂說，並釋曰：「與薐當爲一字，重出。」

案：以上王氏只引述桂說，而沒有加以考究，但其重文觀點則是肯定。

---

[25]　參考：《傳統說言學辭典》，頁 29，「重文」條。
[26]　案：《說文解字詁林》收有王鳴盛〈說文重出字〉、胡秉虔〈重文見說解中〉、許瀚〈與莱友論說文異部重文〉、俞正燮〈說文重出攷〉、張行孚〈同部重文異部重文中有古今文〉、葉德輝〈說文各部重見字及有部無屬從字例〉諸篇，見《說文解字詁林》第 1 冊，頁 1236、頁 1237、頁 1099、頁 1238。
[27]　見《說文釋例》卷七，頁 154-171。
[28]　詳見拙作《說文解字句讀述釋》，頁 110-115。
[29]　桂馥《義證》對「重文」的研究，詳見本書第五章之「闡釋『重文』」。

（2）配：酒色也。从酉，己聲。（《說文・酉部》）桂氏《義證》曰：

> 酒色也者，《玉篇》：醑，酒色。

王筠《句讀》由桂氏所引《玉篇》得到啓發，論曰：

> 《玉篇》後收字中有醑字，云：酒色也。案：醑者，土部圮之重文也。

案：《說文・土部》「圮」篆有或體「醑」，《繫傳》釋曰：「醑，圮或從手，配省，非聲。」王筠《句讀》釋曰：

> 謂配省及非皆聲也。《廣韻》：醑，覆也。或作巇。厂部：巇，崩也。

案：王氏以上所引資料正與《義證》相同。[30]當代文獻學專家張舜徽先生（1911-1992），在其著作《說文解字約注》對上述重文作了仔細分析。張氏說：

> 錢坫曰：圮，毀也。《爾雅》文。《吳越春秋》引作負命毀族。舜徽按：圮與毀，實一語也。在喉爲毀，在脣爲圮矣。本書厂部：肥，崩也。巇，崩聲。並與圮義同。圮或體作醑，從配省聲，猶巇從配聲耳。[31]

綜合而言，王氏所謂「圮」、「醑」重文，一爲正體，另一爲或體。他比桂馥觀察得更仔細，論說得更精密。

---

30 見《說文解字義證》，頁 1201。
31 見《說文解字約注》張舜徽著，鄭州市：中州書畫社，1983 年，下冊，卷 26，頁 32。

王筠《句讀》其他由桂書得以啓發而立說的重文例子，尚有「跂」、「企」、「渼」、「澳」等。[32]

（四）分別文、累增字

王筠在《說文釋例》曾提出了「分別文」與「累增字」的說法，他在《說文句讀》也沿用此說論析文字。《說文釋例》給分別文下的定義是這樣：

> 字有不須偏旁而義已足者，則其偏旁爲後人遞加也。其加偏旁而義遂異者，是爲分別文。

至於累增字，王筠所下的定義是：

> 其加偏旁而義仍不異者，是謂累增字。

其實，王氏的所謂分別文，是指一些「爲了分化文字的職能，在兼職字的基礎上增加具有別義作用的形旁構成的用來分擔兼職字某一職能的後出形聲字」。[33]分別文可分爲兩種，其一是記錄的兼職字的假借義，另一是兼職字的引申義。其所謂累增字，是指一些「爲了增強表意的明確性，在不改變意義的條件下的母字的基礎上增加形旁構成的後出形聲字」[34]。上述兩項條例的確是王筠

---

[32] 關於王筠《說文解字句讀》之重文研究，拙作《說文解字句讀述釋》另有論述，詳見頁110-115。

[33] 「分別文」之說參考《「說文」學名詞簡釋》李國英、章瓊著，鄭州市：河南人民出版社，1994年，頁13。

[34] 同上，頁13-14、頁28。

的重要發現，對文字研究有著非常重大的貢獻。然而，王筠這些說
法的源頭，卻與桂馥《義證》的研究有著微妙的關聯，桂氏對字義
的辨解曾給予王氏一些相關的啓發。以下例子可以看到桂說對王氏
研究的影響：

（1）申、電
電：陰陽激耀也。从雨，从申。🀅，古文電。（《說文・雨部》）
桂馥《義證》曰：

> 從申者，《御覽》引作申聲。本書「虹」，籀文从申，云：申，電也。

王筠在《句讀》就進一步闡說：

> 虹之籀文從申，云：申，電也。知申是古電字，電則後起之分別文。

案：甲骨文有申字，作 ⟋ 一期 京四七六、⟋ 一期 佚二五六、⟋ 四期 京四
○二九[35]；金文作 ⟋ 丙申角、⟋ 矢方彝、⟋ 即簋、⟋ 楚子簠諸形。[36]李孝定
《甲骨文字集釋》認爲「申」是「電」的本字，他說：

> 許書虹下出古文坤，解云：「申，電也。」實即此字初誼。契文雷作 ⟋、
> ⟋，金文雷作 ⟋、⟋，其中所從並即此字象電耀屈折激射之形，葉說是
> 也。（案：李氏所指是葉玉森氏，見《甲骨文字集釋》4386頁）小篆電
> 字，從雨从申，乃偏旁累增字，蓋雨申（案：原書「雨、申」字直排，
> 即「電」字；李氏自注：電字古文。）每相將且申又假爲支名之日久，

---

[35] 見《甲骨文字典》，頁1599。
[36] 見《金文詁林》周法高主編，香港：中文大學出版社，1975年，第15冊，頁8345。

遂爲借義所專，不得不另造从雨之電，以爲本字耳。許君以「神也」訓申，乃其引申誼。蓋古人心目中自然界之一切現象均有神主之，且申神音近，故許君援以爲說耳。清儒治《說文》者，不知申爲電之本字，故於許君「神也」之解所說乃無一當。[37]

李氏所論，申、電本是一字，昭然明白。然而，如前所說，桂馥在《義證》裏早已發現籀文「从申」的構件是電字，王筠就由此闡發他的分別文理論。

（2）面、靣
面：顏前也。从頁，象人面形，凡面之屬皆从面。（《說文・面部》）桂馥《義證》釋曰：

顏前也者，顏，額也。面在額前，故曰顏前。《釋名》：面，漫也。

桂氏從單音節字義入手辨解本篆之字義。王筠《句讀》則依桂氏所考，訂立「面是大名」、「顏是小名」之稱[38]，以辨析兩字之詞義範圍。他在《說文釋例》曾指出本篆的「凵」一筆是「界畫其前後之交」[39]，於《文字蒙求》將「面」字歸入指事。[40]「面」的本義是人的面部，屬於名詞。至於「靣」，見於《說文》人部，許慎釋曰：

靣：鄉也。从人，面聲。《少儀》曰：尊壺者，靣其鼻。

---

[37] 見《甲骨文字集釋》，頁 4388-4389。
[38] 見《說文解字詁林》，第 7 冊，頁 979。
[39] 同上。案：如王筠所析，「靣」應爲指事符號，以此指出面部之範疇，與「刃」之「、」同意。
[40] 見《文字蒙求》王筠著，臺北市：藝文印書館，1974 年，頁 52。

桂馥則指出「偭」與「面」通，《義證》曰：

> 鄉也者，偭通作面。《廣韻》：嚮也。鄭注《召誥》：面猶向也。《周禮·
> 擯人》：使萬民和說而正王面。注云：面猶鄉也。《玉藻》：惟君面尊。
> 注云：面猶鄉也。《論語》：人而不爲《周南》《召南》，其猶正牆面而立
> 也與？注云：人而不爲，如向牆而立。馥案：反言之則爲背。《離騷》：
> 偭規矩而改錯。《法言》：假則偭焉。

王筠從桂書得到啟發，在《句讀》裏就指出「偭」是「面」的分別
文，在引用材料方面又作了一些刪節和補充，他說：

> 鄉者，嚮也，今作向。偭者，面之分別文。故《玉藻》：唯君面尊。注：
> 面猶鄉也。鄭注《召誥》《擯人》，皆云然。反言之則爲背。《離騷》：偭
> 規矩而改錯。《法言》：假則偭焉。而此義亦作面。《項羽傳》：馬童面之。

從文獻上考證，「偭」是一個後出的形聲字，《說文》謂：「從人，
面聲」。由於詞義的發展而影響到用字方面的變改，爲了使「面」
字的詞義與詞性固定，分化出一個「偭」字。按桂氏所析，「偭」
又可反訓爲背向之意，王氏參照桂說而再另出書證加以申說。

（3）某、楳

某：酸果也。從木甘，闕。（《說文·木部》）

桂馥《義證》於本篆下以《六書故》所引唐人李陽冰之說，指出「某」
篆即是「梅」字，又引《夏小正》說明「某」通作「梅」。案：《說
文》「梅」篆下有「某」字，桂馥於許語「或從某」下云：

《詩‧摽有梅》：其實七分。《釋文》云：梅，木名也。《韓詩》作楳。《說文》楳，亦梅字。馥案：梅、楳，皆假借，當作某。

案：桂馥以書證說明「楳」、「梅」兩字爲「某」字之假借義，也揭示出「某」字之本義爲「梅」。王筠《句讀》就在桂說基礎上，闡釋其累增字之說，王氏曰：

某者，酸果也，以不可食之梅，而字從可食之某乎？（案：王氏在《說釋文例》云：可食者，區別之詞也。後文某字，乃是今之梅字。[41]）《詩‧摽有梅》《釋文》云：《韓詩》作楳。《說文》楳，亦梅字。是陸氏所据《說文》，固同今本。竊謂：楳蓋某之累增字。《毛詩》當用古文某，《韓詩》今文則加木旁。

王筠以累增字說明「某」、「楳」兩字關係，從文字發展分析來看，比桂馥之說又進一步。

（4）𣾣、淵
淵：回水也。从水𣾣。象形，左右岸也，中象水皃。（《說文‧水部》）本篆下收有「𣾣」字，許慎云：「淵，或省水。」之下有古文「𡘧」，許慎云：「古文。或省水。」（《說文‧水部》）桂馥《義證》於「淵，或省水」下論曰：

或省水者，後人亂之。《九經字樣》：𣾣，古文淵。本書「肅」從聿，在淵上。前云從水𣾣，此云或省水。先有淵字正文，而後有省體。豈淵之

41　見《說文釋例》，頁400。某、楳、梅之說，另見頁44及81。

從⿰，正文反從省體邪？斯不然矣。前象形云云，即解此字。丿丨：左右岸也。屵：中象水兒也。

桂氏的質疑及討論，給予王筠很大啓發（案：《段注》於許語「淵或省水」下並無論說），王筠《句讀》就闡釋此兩字的相互關係，他說：

淵從⿰，而⿰又省水，是兩字之先後不定也。且中象水而旁又有水，豈有此等淵乎？故知淵者，⿰之累增字也。⿰者，囧之變形也。

此外，王氏在《說文釋例》也有討論此兩字的構形，並以其他部首中具有⿰爲構形的字：遟、鼺、蕭、肅、嫻爲佐證，由此指出古字並沒有從「淵」，論證「⿰」是較古的文字，在「淵」字出現之前已有。很明顯，王氏這個說法與桂說有傳承之關聯。

（五）俗體、或體、省體

桂馥非常重視字形之研究，尤其對於《說文》的或體、俗體和省體，均有所闡發。[42]誠然，王筠的《說文》研究受桂書影響很深，他是一位相當注重《說文》字形研究的專家，對於俗、或、省諸體均有不少精闢的見解，而其中有不少地方是受到《義證》影響。例如：

---

[42] 桂氏之有關論說，詳見本書第五章之「『俗、或、省』諸體」一節。

（1）啎、仵、忤、逜

午：啎也。（《說文・午部》）王筠《句讀》釋曰：

> 《廣雅》：午，仵也。《淮南・天文訓》：午者，忤也。仵、忤皆啎之俗
> 體。

王氏又於同部「啎」下云：

> 《呂覽・明理篇》：夫亂世之民，長短頡啎百疾。高注：啎，猶大逜逆
> 也。既無節度，大逆爲變詐之疾也。俗作逜。

案：王說甚是。《說文》沒有「仵」、「忤」兩篆，這些都是俗體字。
然而，王氏此說本自《義證》。桂氏於《說文》「啎」篆說解已指出：
「字或作䚡」，並以漢印、《戰國策》爲佐證，桂書所引高注《呂氏
春秋》，王筠《句讀》也同樣引用。桂氏於「午」篆說解裏，說明
「午、啎聲相近」而可通，其注文中所引《廣雅》、《淮南子》資料，
王氏《句讀》裏也一併收錄引用。至於桂氏在「啎」下詳引書證，
辨明「啎」篆又或作「逜」、「仵」、「迕」、「遻」等字。王筠則視「逜」
爲俗體，其理解角度與桂說稍有不同。

（2）瞴䁆、牟婁

瞴：瞴䁆，微視也。从目，無聲。（《說文・目部》）王筠《說文
句讀》與桂馥《義證》都有論及「瞴䁆」之各種或體字，《段
注》則只說明兩字疊韻。以下試以表解，對比王、桂兩家之異
同：

王筠《句讀》「瞴」字條		桂馥《義證》「瞴」篆說解	
或體	書證名稱	或體	書證名稱
瞴瞜	《廣韻》	瞴瞜	《廣韻》
瞜瞴	《玉篇》	／	／
離婁	《孟子》	離婁	《孟子》
矑矑	《集韻》	矑矑	《集韻》
牟婁	《字書》	牟婁	《字書》

桂氏《義證》指出「婁」當爲「廔」，王筠則不依從。桂氏又說許
語「瞴婁」或作「牟婁」。王筠《句讀》另出《玉篇》作「瞜瞴」
之逆序語釋例。如上表所示，王氏《句讀》所引書證，基本上與
《義證》相同，但沒有具體交待是出自桂說。

　　其他類近例子，如桂氏《義證》在「謾」篆下之論證，有或體
「僈」、「漫」、「撗」三例。王筠《句讀》之「謾」篆說解，也引錄
桂書所引之《莊子》《荀子》等文獻，再加以申說「謾」篆之或體。

（3）匭、軌
　　「簋」下有古文「匭」，許語云：古文簋，或從軌。（《說文·
竹部》）王筠《句讀》釋曰：

　　　　《史記·李斯傳》：飯土匭。太史公《自序》作簋。《始皇本紀》作朒。
　　　　《公食大夫禮·注》：古文簋皆作軌。《易·損》：二簋。蜀才本作軌，
　　　　則省形存聲字也。

案：王氏以「省形存聲字」爲分析理據，說明「匭」省作「軌」。
然而，其所引證乃源自桂馥《義證》，桂氏曰：

《史記‧秦始皇本紀》：飯土塯。《李斯傳》：塯作甌。太史公《自序》作籃。徐廣云：籃一作塯。

桂馥又指出「甌」在經典中省作「軌」，《義證》曰：

經典或省作軌。《公食大夫禮》：宰夫設黍稷六簋于俎西。注云：古文簋皆作軌。《易》：二簋。蜀才本作軌。

從上文可見，王筠的論證完全出自桂書，他受了《義證》啓發而建立其「省形存聲」之說。

（六）許語句讀

　　清代乾嘉之世，錢大昕、段玉裁和桂馥都曾在《說文》研究裏談及許語的句讀。[43]王筠在其《釋例》及《句讀》裏繼承前人所論，再加以深入研究。他受段、桂兩家影響較深，以《釋例》爲例，曾開專節討論轉注與句讀之關係。[44]至於《句讀》一書，更仿照《段注》體例，以細字「逗」、「句」等格式，標明許語中某處應該斷句。全書一共討論了二○七條，當中有些是參考自《段注》，也有些是

43　1.錢大昕有「《說文》連上篆字爲句」之說，見《十駕齋養新錄》，臺北市：廣文書局，1968年，卷4，頁188。

　　2.段玉裁注《說文》在許語有須要作句逗停頓的地方，就以「句」、「逗」、「句絕」標明，這是全書通例。詳見《說文解字注》，「尟」、「舊」、「羔」等篆字說解；《說文解字詁林》，第3冊，頁3-12；第4冊，頁4-225及頁4-338。

　　3.桂馥在《義證》裏討論許語句逗，多從文義疏解中分開說明，間中也會用「句絕」說明句中所應停頓的地方。如：「妾」、「舊」等篆下的說解，見《說文解字義證》，頁224、290。

44　見《說文釋例》王筠著，北京市：中華書局，1987年，頁97-103，「轉注」條。

王氏自出己見之論。[45]然而，桂馥的《義證》也同樣注意到許語的句讀問題（詳見本書第四章，「說明句讀」一節），此對王筠的句讀分析，也有一定的影響。以下為有關例子：

（1）博：大通也。从十尃。尃，布也。（《說文・十部》）桂馥《義證》釋曰：

> 大通也者，當是大也、通也。《玉篇》：博，廣也，通也。《中庸》：博厚配地。本書「襮」：衣博大。《廣雅》：博，大也。此大義也。《論語》：博我以文。《荀子・修身篇》：多聞曰博。《趙策》：子南方之博士也。《漢詔》：明於古今，溫故知新，通達國體，謂之博士。《漢舊儀》：武帝初置博士，取學通行修，博識多藝。《漢官儀》：博士通博古今。《漢書・百官表・注》：秦燔書籍而置博士之官。博者，博通於藝事也。此通義也。

桂氏將許語原句分作兩個義項立說，辨明本句的訓解應是「大」、「通」。王筠受到桂說啓發，在《句讀》裏就將許語分為兩個疏解部分，並於「大」下用小字注明「句」，然後引用《義證》的書證《廣雅》：「博，大也」，加以說明。接著王氏在許語「通也」下云：

> 《玉篇》：廣也，通也。故知大、通是兩義。《中庸》：溥博淵泉。皆疊韻。淵泉是兩義，知溥博亦然。惟溥、博同聲，故水部：溥，大也。斯博兼有大義。

王筠在桂說基礎上加以發揮，雖然書證內容與《義證》有所不同，但結論是相同。

---

[45] 有關王氏對《說文》句逗之研究，詳見拙作《〈說文解字句讀〉述釋》，頁 28-67。

（２）葭：大遠也。从古，叚聲。（《說文・十部》）

桂馥《義證》認爲許語應分兩個義項理解，他先分析許語，說：「大遠也者，當是大也、遠也。」然後分作兩項疏證，首先引《釋詁》：「葭，大、退、遠也。」說明「退」即「葭」之俗體。再證之《詩箋》《方言》《儀禮注》，說明「葭」解作「大也」。接著說解「遠也」義項，桂氏以《周易》《尚書》《楚辭》《魏都賦》《太元經》《詩經》《左傳》等古注作證。王筠《句讀》參照了桂氏之分析，在許語「大」下標明「句」字，並引《釋詁》：「葭，大也。」再於「遠也」下釋曰：

> 葭、退同聲，故得遠義。《釋詁》：純、葭，皆大也。然《賓筵》：錫爾純葭。《閟宮》：天錫公純葭。豈可以大、大爲解？故許以遠別之也。毛公蓋未之覺，故《賓筵》傳曰：葭，大也。鄭君覺之，故易之曰：純，大也。葭，謂尸與主人以福也。許君則不改《釋詁》之說，而以遠伸之。《郊特牲》曰：葭，長也，大也。是許君所本。《禮運》：是謂大假。借假爲葭。

案：以上「博」、「葭」兩例，《段注》均沒有將許訓分成兩個義項立說，也沒有下「句逗」註明，即是不主此說。王筠則分作兩個義項來理解，於兩字之間標示「句逗」斷句，此觀點與桂說相一致。論說中所引材料也有不少與《義證》相同，很難說沒有受到桂說影響。

（七）材料引用

如前所述，王筠應是最早研究桂馥《義證》的乾嘉學者，他擷取桂書中之精華而寫成其《說文句讀》。王氏又曾參與桂書的校刊

工作（詳見本書第二章之「成書過程」），對《義證》一字一句都較
他人熟悉。誠然，王筠《說文句讀》是在段、桂、嚴三家之研究基
礎上撰作而成。該書經常徵引桂氏《義證》所引所論，其對桂書之
重視由此可知。讀者假如將桂、王兩書對照來看，就可發現桂馥的
學說是對王筠具有一定程度的影響。以引用《義證》的資料來說，
王筠《說文句讀》有明引和暗引兩類。所謂明引，亦即具體的套用，
是指王筠在書中標明出自桂說。暗引則沒有明言，但所說或所錄見
於《義證》。[46]以下分別各舉幾例說明。

1 明引桂書立說

（1）粜：惡米也。从米，北聲。（《說文・米部》）王筠《句讀》
　　於本篆下云：

　　桂氏曰：《玉篇》作粜，其次在粗下。又重出粜、粜二字在部末。

（2）尺：十寸也。……从尺，从乙，乙所識也。（《說文・尺部》）
　　王筠《句讀》於許語「从尺，从乙，乙所識也」下曰：

　　識當作職。耳部：職，記微也。桂氏曰：乙即亅部之尸；鉤，識也。音
　　居月切。《繫傳》曰：《漢書》：武帝讀東方朔上書。止，輒乙其處。是
　　以乙為記識也。《考工記・輪人》：凡斬轂之道，必矩其陰陽。注：矩謂
　　刻識之也。案（王筠案語）：《經》謂識為矩，是即指斥規矩之證。昌石
　　切。

46　王筠於《說文句讀》之開端已清楚說明其著作之編撰背景，及書中所引錄多取自桂氏《義
　　證》之理由。有關王筠明引、暗引《義證》之說，拙作《〈說文解字句讀〉述釋》（2011
　　年）亦有所討論，見頁 252，註文 193 及頁 271。

案：以上一條，王筠引自桂說，除「案」下之說，整節內文與桂氏《義證》所記幾乎完全相同，僅改原文之「徐鍇」爲「《繫傳》」，《漢書》引文多一「止」字，及於「注」字後省一「云」字而已。[47]

（3）香：不見也。從日，否省聲。（《說文・日部》）王筠《句讀》於許語「不見也」下曰：

桂氏曰：《玉篇》：香或作旮。《廣韻》誤作旮。案：《玉篇》：覓，索也。覔，同上，俗。馥謂：本書當爲覓也，寫者誤分爲兩字。《魏志・管輅傳》：覓索餘光。筠案：許君不當用俗字，且覔亦當是覓之俗字也。段氏說與此相反，而亦多未安。姑闕之。[48]

以上皆爲明引例，其中有只引桂說而不作補充，或略減省其中文字，也有錄引桂說後再加以說明。此類明引體例，王筠在書中以「桂氏曰」三字領起，一般都交待得十分清楚。除上述例子，《句讀》明引《義證》例子甚多，如「覺」、「充」、「衣」、「屈」、「毋」、「鼎」、「稷」、「稇」、「稇」等都是。

2　暗引《義證》立說

（1）囟：气也。逯安說：凶人爲囟。（《說文・亡部》）王筠《句讀》在許語「气也」下云：

借雲气字爲气求也。（案：以上與《段注》同。）今省作乞。（案：《義
證》曰：今作乞。桂氏以《一切經音義・三》所引之《蒼頡篇》爲說。）
《通俗文》：求願曰囟。字體從人從凶，言人有凶失，則行求乞也。

案：以上自「省作乞」而下，王氏所說皆錄自桂書，但沒有加以說
明。末句之「乞」，桂書本作「囟」。

（2）妊：少女也。从女，壬聲。（《說文・女部》）王筠《句讀》
　　　在許語「少女也」下云：

《玉篇》：美女也。《廣韻》：嬌妊也。

　　　王氏所引兩書全見於桂書「妊」篆之說解。桂氏《義證》曰：

《玉篇》：妊，美女也。《廣韻》：妊，嬌妊也。

案：「妊」三見於《廣韻》。〈三十五・馬〉：妊，嬌妊也。〈十一・
暮〉：妊，美女。〈四十・禡〉：妊，美女。[49]桂氏只取《廣韻》其
中一個義項，正因爲其餘兩義相同，又同見收於《玉篇》。王筠則
據桂氏《義證》所引照單全收，並沒有加以說解。

（3）禾：嘉穀也。二月始生，八月而孰，得時之中，故謂之禾。……
　　　（《說文・禾部》）桂馥《義證》曰：

---

[49] 見《廣韻校本》周祖謨著，北京市：中華書局，1988 年，頁 312、370、424。

> 《五經文字》：禾之言和也，以二月始生，八月而孰，得時之中，名之
> 曰禾。馥謂：當云得時之中和，故謂之禾。禾、和，聲相近。或曰中即
> 中和。本書：中，和也。《禮記》：升中於天。盧植注：升中和之氣於天。
> 是也。馥案：凡「故謂之」云者，皆聲義相兼，此本書之例。

桂氏揭示古訓條例，闡明聲兼相兼之關係，裨益後學，意義深遠。
王筠《句讀》於本篆下撮取了桂氏書證及其論說，再於許語「故謂
之禾」下云：

> 凡言故謂之者，皆聲義相兼，禾、和，同音也。

　　將兩書對照起來，王氏套用桂說昭然明白，他接著在下文引《尚
書》注文及《呂覽》高注作論，當中也有引用桂書所說資料，但是
沒有提及出自桂馥的研究。
　　王筠在《句讀》中還有不少暗用桂書例子，如「偉」、「禿」、「次」、
「頒」、「亘」、「町」、「勘」等篆的說解，都與桂氏《義證》的闡發
相近。
　　此外，也有些是明引、暗引兩類兼有，即是《句讀》在許篆某
處所說的，沒有明白交待是引自《義證》，而另一處說明來自桂說。
茲以「纓」篆為例，表解如下：

艐：船著不行也。从舟，㑥聲。讀若宰。（《說文・舟部》）	
王筠《句讀》「艐」篆說解[50]	桂馥《義證》「艐」篆說解[51]
依《廣韻》引補。 （案：王筠在許語「船著不行也」句中「著」字下增一「沙」字。此參照《段注》改。）	《廣韻》引「箸」下有「沙」字。 《集韻》、《增韻》並同。 《廣韻》「盎」下云：船箸沙也。
《漢書》：踏以艐路兮。張揖曰：踏，下也。艐，著也。皆下著道也。	《漢書・司馬相如傳》：踏以艐路兮。張揖曰：踏，下也。艐，箸也。皆下箸道也。
案：以上王筠暗引桂書資料	
桂氏曰：《釋詁》：艐，至也。 孫叔然曰：艐，古屆字。	《方言》：艐，至也。 《釋詁》：艐，至也。 孫炎云：艐，古屆字。 本書：屆，行不便也。 顏注《漢書》：艐，音屆。
徐廣曰：艐，音介。	《史記集解》引徐廣曰：艐，音介。
	通作「戒」。《詩・烈祖》：既介既平。傳云：戒，至也。
案：以上王筠明引桂說	

---

[50] 案：《句讀》本條「著」作「箸」。見《說文解字詁林》，第 7 冊，頁 672。

[51] 案：桂氏本條「著」作「箸」，《段注》亦作「箸」。同上。

類似上述之引用桂氏例子，王筠《句讀》的相關字例有「餮」、「楡」、「稽」、「偶」、「伎」、「佮」、「衣」等，不再贅說，以省篇幅。

三　辨解細入、考證翔實：與朱駿聲闡析《說文》字義訓解的關連

朱駿聲與王筠皆是生於同一時期的《說文》專家，二人輩份相同。[52]朱氏生於乾隆五十三年（1788），是小學名家錢大昕門生。《說文通訓定聲》（以下簡稱「朱書」、《通訓定聲》）是他「竭半生之目力」、「殫十載之心稽」[53]的著作。一如書名所云，「說文」是說明字形和字義，「通訓」是通釋訓詁，「發明轉注假借之例」；「定聲」就是確定文字的聲韻地位，「證《廣韻》今韻之非古而導其源」。[54]全書較突出而具開創者是：「部標十八，派以析而支以分，母列一千，聲爲經而義爲緯」[55]，「遵《康熙字典》之例，使學者便於檢閱」[56]，並將經史子集之故訓薈萃其中，引述材料豐富賅備，可比之於當世由阮元編撰的《經籍纂詁》。[57]然而，《說文通訓定聲》體例獨樹一幟，以音義貫串全書，選用《周易》六十四卦中十八個卦名爲韻部名目，按所訂古韻將《說文》篆字逐一歸類，開創了用形

---

[52]　見本章有關王筠之論說部分。王、朱之生卒年詳見本書〈緒論〉及後之【附錄】表解。

[53]　見《說文通訓定聲》朱駿聲著，北京市：中華書局，1984 年，頁 6，〈自敘〉。

[54]　有關引文詳見《說文通訓定聲》，頁 1，〈上書奏表〉。案：此書刊於 1833 年，詳見本書【附錄】。

[55]　見《說文通訓定聲》，頁 7-9，〈自敘〉。

[56]　見《說文通訓定聲》，頁 1，〈上書奏表〉。

[57]　參考《「說文學」源流略考》，頁 171，及附注 46，頁 447。案：《經籍纂詁》刊行於 1799 年。

聲聲符的檢索模式。書中除說明許篆與六書關係，又標明文字引申義與通假義，及自創術語闡釋詞義特性，例如疊韻連語、雙聲連語、重言形況字、單詞形況字、託名標識字等。[58]事實上，朱書羅列資料非常充足，說解條理鮮明清楚，確實是一部對詞義解釋很有貢獻的著作。[59]

　　《說文通訓定聲》這部別出心裁的《說文》學專著，形式創新，體例獨特，不但能讓《說文》讀者眼界大開，一新耳目，也讓編撰者朱駿聲藉此而躋身於清代《說文》名家之中，與段、桂、王三家同列一席，合稱「《說文》四大家」，此書在學術界地位之高由此可知。語言學大師王力先生曾以「博大精深」四字稱許朱氏的《說文通訓定聲》，並品評他在詞義的綜合研究上應該坐上第一把交椅。[60]就詞源學的角度來說，這樣的讚許的確一點也不誇大。誠然，朱氏的《說文通訓定聲》與段玉裁的《說文解字注》、王筠的《說文釋例》，都同樣是別具一格的《說文》研究佳作。要是從編書的體例和說解的創新兩方面與桂氏的《義證》比較，段、王、朱三家的著作必然優勝於桂書。但是，倘若從內容的說解與對字義考證的功力來比較，桂馥的《義證》就絕對不會在段、王、朱三家之下。其實，很多時，我們會發現桂氏的研究功夫與學術討論，都是異常的精深和堅實。就以辨析詞字的通借義來看，朱書中有些分析及觀點都甚有可能與桂說有關。誠然，朱駿聲在書中雖然未有表明參考《義證》立說，但桂書的確早於《說文通訓定聲》成書之時（1833 年）已

---

[58] 上述諸例分別見於《說文通訓定聲》，「頭」篆，頁 354；「頡」篆，頁 642；「次」篆，頁 725；「汐」篆，頁 293；「顧」篆，頁 404。

[59] 王力說：「朱書最大的貢獻在於全面地解釋詞義。朱氏突破了許氏專講本義的舊框子，進入了一個廣闊的天地。」見《中國語言學史》王力著，香港：中圖書刊行社，1981 年，頁 126。

[60] 同上，頁 128。

撰成並以稿本流傳於世。[61]以桂馥在清代的名氣來看，他的《義證》也應該受到當世學者注意。假若依照這個理路推測，朱駿聲在編撰其著作時，也很有可能參閱過桂書的流通稿本。以下歸納幾個重點，對照研究《義證》和朱書在說解及使用材料上的關聯。

（一）朱書「聲訓」說解字義，有與《義證》所說同源

　　「聲訓」是朱書中較特別而常用的術語，一般是指兩字之間有聲音互通的特點。然而，朱氏這種說法與其書中所提示的證據，很多時都與桂氏《義證》所說的互相吻合。例如：

（1）山：宣也。宣氣散生萬物，有石而高，象形。（《說文·山部》）朱駿聲《說文通訓定聲》於書中標示【聲訓】，並在此下考證說：

> 《説文》：山，宣也。宣氣散生萬物，有石而高。《春秋説題辭》：山之爲言宣也，含澤布氣，調五行也。《釋名》：山，產也。產生物也。

案：「山」、「宣」有聲義上的關係，此於《段注》中沒有提及。但是，桂馥《義證》有談及，朱書所引兩項資料正與桂氏所引相同。桂氏在本篆說解「宣也」下曰：

> 宣也者，《廣雅》同。山、宣，聲相近。……《春秋説題辭》：一歲三十六雨，天地之氣宣。……《春秋説題辭》：陰含陽，故石凝爲山。山之爲言宣也，含澤布氣，調五行也。

61　關於桂、朱之《說文》著作刊行情況，可參考本書第二章及書後之附錄部分。

《義證》又於許語「宣氣散生萬物」下云：

> 《釋名》：山，產也。產生物也。韋昭《國語注》：山河所以宣地氣而出
> 財用。

案：桂氏以下再徵引《詩經注疏》、孔叢子《論書篇》等書證深入
論說，此等資料在朱書本條下就沒有出現。

（2）序：廡也，从广，牙聲。《周禮》曰：「夏序馬。」（《說文·
　　　广部》）朱駿聲《說文通訓定聲》於書中標示【聲訓】，並
　　　在此下引書考證：

> 《釋名》：大屋曰廡，并冀人謂之序。序，正也，屋之正大者也。

案：「序」、「廡」兩字有聲義上的關係，《段注》於此沒有提及。[62]
然而，桂馥《義證》就明確指出是「聲相近」，朱書所引《釋名》
資料正與桂氏所引相同。桂氏曰：

> 廡也者，序、廡，聲相近。《廣韻》：序，廳也。《通俗文》：客堂曰序。
> 《一切經音義·十七》：今言聽序是也。劉逵注《蜀都賦》：廡，序也。
> 《廣雅》：序，舍也。《釋名》：序，正也。屋之正大者也。

案：桂書於本條所引《通俗文》《釋名》《廣雅》，朱氏於「序」篆
之字義說解中所引剛巧相同。朱書考證後出而轉精，於此另附《周
禮》《淮南子》《西京賦》等文獻注文立說。

---

[62] 案：《段注》只說「古音在五部」，見《說文解字詁林》，第 8 冊，頁 95。

（3）悳：外得於人，內得於己也。从直，从心。（《說文‧心部》）
　　朱駿聲《說文通訓定聲》於書中標示【聲訓】，並在此下引
　　書考證說解：

> 《禮記‧樂記》：德者，得也。《鄉飲酒義》：德也者，得于身也。《太元‧
> 元攡》：因循無革，天下之理得之謂德。《釋名‧釋言語》：德，得也。
> 得事宜也。《莊子‧天地》：物得以生謂之德。《淮南‧齊俗》：得其天性
> 謂之德。又《鶡冠子‧環流》：所謂德者，能得人者也。賈子《道術》：
> 施行得理謂之德。皆以德爲之。

案：「悳」、「得」兩字，《段注》只以俗字、古字說明，並沒有提及
有聲義關係。桂馥《義證》就明確指出兩字「聲相近」，桂氏釋曰：

> 外得於人，內得於己也者，悳、得，聲相近。本書：得，行有所得也。
> 《釋名》：德，得也。得事宜也。《周禮‧師氏》：敏德以爲行本。注云：
> 德行內外，在心爲德，施之爲行。《韓非‧解老篇》：德者，內也。得者，
> 外也。上德不德，言其神不淫於外也。神不淫於外，則身全。身全之謂
> 德。德者，得也。《鶡冠子‧環流篇》：所謂德者，能得人者也。《學記》：
> 禮樂皆得謂之有德。德者，得也。《鄉飲酒義》：德也者，得於身也。故
> 曰：古之學術道者，將以得身也。《賈誼書》：施行得理謂之德。《說苑》：
> 夫德者，得於我又得於彼，故可行。

案：朱書以「聲訓」說解兩字的聲義關係，一共引書證八條，桂說
亦用了八條（引《說文》一條不計算在內），其中《釋名》《鄉飲酒
義》《鶡冠子》《賈誼書》／賈子《道術》四條，與朱氏所引完全相
同。由此可見，在一定的範疇內，朱氏很有可能參考過桂馥的《義
證》。

（二）朱書所說假借詞義，有與《義證》所說基本上相同

　　暉：光也。从日，軍聲。（《說文·日部》）

　　此條桂馥《義證》根據所考文獻，說解本篆之本義和借義，有四個不同的義項，共引用了十三種文獻材料。朱駿聲《說文通訓定聲》則說解本篆五個不同的義項，其中四種與桂氏所說完全相同。朱氏本條所引用材料一共十種，與《義證》相同的有四條。很明顯，我們若將桂、朱兩家的書證比較一下，就會發現朱說是受桂書影響。他是在桂氏的論說基礎上加以補充。然而，在文獻資料的處理方面來說，朱書並沒有《義證》那樣細緻，其論說與交待也似乎不夠完整。

　　以下我們試以表解，對照一下桂、朱兩家所引用之資料。案：表中序號依照原書的排列先後，序號用 a／A 及 1／i 編次。a.b.c／A.B.C 等為見於書中之義項序號，1.2.3／i.ii.iii.等則為所列書證序號。為便對照閱覽，排列以左欄之桂書為先，朱說及其所引錄則依桂書義項之次序。引文後之 ＊號為兩家所用資料相同。

桂書「暉」篆說解	朱書「暉」篆說解
a.光也者，	A.（暈）日光氣者，从日軍聲。
1.《纂要》：暉，日光也。	B.字亦作暉，左形右聲。
2.《易·未濟》：君子之光，其暉	v.《易·未濟》：其暉吉也。 ＊
吉也。 ＊	vi.《太元》：視·厥德暉如。 注：
3.《趙策》：日月暉於外，其賊在	文德之貌。
於內。	vii.謝元暉詩：馳暉不可接。 注：

桂書「暈」篆說解	朱書「暈」篆說解
4.劉氏《新論・類感篇》：太白暈 芒，雞必夜鳴。	日也。
b.或作暈。	ii.《漢書・天文志》：暈適背穴。
5.《釋天》：弇日為蔽雲。　郭云： 即暈氣五彩覆日也。	注曰：旁氣也。 iii.《呂覽・明理》：有暈珥。　注： 氣圍繞日周匝，有似軍營相圍 守，故曰暈也。　* F.【聲訓】
6.《釋名》：暈，捲也。氣在外捲 結之也，日月俱然。　*	x.《釋名・釋天》：暈，捲也。氣 在捲結之也，日月俱然。　*
7.《史記・天宮書》：兩軍相當， 日暈。如淳曰：暈讀曰運。	軍、卷，雙聲。
8.《呂氏春秋・明理篇》：有暈珥。 注云：暈，讀為君國子民之君， 氣圍繞日周匝，有似軍營相圍 守，故曰暈也。　*	
9.北魏《高湛墓誌銘》：日月再 朗，六合更暈。	
c.（或作煇）[63]	
10.《王篇》：暈，或作煇。	
11.《周禮・眂祲》：掌十煇之灋， 以觀妖祥，辨吉凶。鄭司農云 煇謂日光炁也。　*	i.《周禮・眂祲》：掌十煇之法。 注：四面反鄉，如軍狀也。司農 注：日光炁也。以煇為之。　*
12.《漢書・李尋傳》：煇光所燭，	C.【假借】為煇。

---

[63] 案：此為本文補上之義項名稱，桂氏原書則以《玉篇》資料為義項名目。

桂書「暉」篆說解	朱書「暉」篆說解
萬里同暈。	iv.《說文》：光也。
d.又通作運。	D.又為運。
13.《淮南・覽冥訓》：晝隨灰而月運闕。高注：運者，軍也。有軍事相圍守，則月運出也。	viii.《淮南・繆稱》：暉目知晏。注：鴆鳥也，天將晏靜，暉目先鳴。
	E.又為渾。
	ix.《莊子・天下》：不暉于數度。

按上表所示，讀者不難發現朱說與桂氏有相同、相近之處，朱書於編排條目及次序與桂氏略有不同，也有所增補，但在引述資料及義項說解方面，很難說一定沒有參用過桂說，桂書對朱說有所影響或可由此得知。《段注》此條引《周禮》鄭司農說、《釋名》及孟康之說，此等資料未及桂、朱兩家所說之詳盡。除「暉」篆一條，朱書還有不少相類例子。又如「覘」篆一條，《義證》博引書傳說明其通借字，分別有「貼」、「佔」、「沾」三例。朱書於此也同樣參用桂說，並加以補充，其所引書證、資料及出處等等，均有不少與桂書相同或相關。讀者將朱、桂兩書一並比勘閱讀，就會發現兩者之處理方式及引用資料上的相關脈絡，也可由此理解到朱書排列各類義項（尤其是假借一項）的創新理念，在一定程度上與《義證》說解字義之體系頗有關聯。

（三）朱說有相同於《義證》之考證基礎而加以發揮

> 舫：方舟也。從方，亢聲。《禮》：「天子造舟，諸侯維舟，大夫方舟，士特舟。」（《說文・方部》）

桂馥《義證》指出本篆通作「杭」，並舉《詩・河廣》及《郡國志》為證。[64]此外，又引書證以申明本篆或作「航」，桂氏曰：

> 又或作「航」。《方言》：舟自關而東，或謂之舟，或謂之航。《管子・小匡篇》：遂至於西河，方舟設泭。《楚詞・七諫》：將方舟而下流兮。注云：大夫方舟。《後漢書・張衡傳》：譬臨河而無航。注云：航，船也。

《說文通訓定聲》在此分析基礎上加以擴充討論，朱氏曰：

> 字亦作「航」。《後漢・杜篤傳・注》：航，舟度也。《淮南・主術》：大者以為舟航、柱梁。注：方兩小船並與共濟為航。《氾論》：乃為窬木方版以為舟航。注：舟相連謂航也。《思元賦》：譬臨河而無航。《詩・河廣》：一葦杭之。以杭為之。今浙江杭州府餘杭縣因始皇渡此，其地有餘杭，故名。亦以杭為之。

案：今廣州話口語也有「無航」一詞，其詞義為「沒有機會」、「沒有成事」等，與桂、朱二氏所考的詞義內容相近，「無航」大抵是流傳久遠的古代恒言[65]，意思指沒有船可渡河，與《周易》「未濟」卦意義相近，引申而言即是：沒辦法、沒機會、沒著落。朱氏所引《詩・河廣》及張衡《思元賦》（案：桂氏所引出自《後漢書・張衡傳》）亦與桂書相同，除了說明本篆借作「航」、「杭」，朱書亦如

---

64 桂氏曰：《詩・河廣》：「一葦杭之。」傳云：「杭，渡也。」《郡國志》：「餘杭舍杭登陸，因以為名。」見《說文解字義證》，頁739。

65 「恒語」一詞，即是「常見的口頭語」。參《中國語言學大辭典》，頁884，「恒言」條。

桂書所引，將相同之《方言》語料加以發揮，並引用當時之浙江掌故立說[66]，以【轉注】說解曰：

> 《方言・九》：自關而東，舟或謂之航。《封禪文》：蓋周躍魚隕航。注：舟也。《吳都賦》：長鯨吞航。又，汎舟航于彭蠡。

案：朱氏以「轉注」說字，能顧及詞義發展與地域方音等時空因素變化，其系統清晰，理路明白，比桂氏之說可謂更進一步。

（四）朱說所用材料有與《義證》相近，而論說則比桂說精簡扼要

儻：長壯儻儻也。从人，黨聲。《春秋傳》曰：長儻者相之。（《說文・人部》）桂馥《義證》詳釋曰：

> 長壯儻儻也者，壯、《廣韻》引作狀。《廣雅》：儻，長也。《春秋傳》曰「長儻者相之」者，《昭七年・左傳》文，彼作「長鬣者相」。注云：鬣，須也。《楚語》：而使長鬣之士相焉。韋云：長鬣，美須髯也。《昭十七年・傳》：使長鬣者三人潛伏於舟側。注云：長鬣多髭鬚。馥案：《傳》借鬣字，說者望文爲義，不見古本也。

朱駿聲《說文通訓定聲》本條則如此解釋：

> 按：謂人高大豐偉。《廣雅・釋詁・二》：儻，長也。今《左傳》《楚語》皆作鬣，疑借字。〈注〉皆訓須，疑杜、韋誤也。或曰儻亦鬣字，許君誤也。

---

[66] 案：《段注》本條亦提及始皇之事，此或朱說所本。

朱氏論講精要，一語中的，區區四十多字就把訓解問題說明。然而，所用材料亦與桂說相合，當中亦與《段注》所引相同，但書證就不如桂書翔實有力。其他類似例子有「袥」、「頯」、「姎」、「孅」等。

（五）朱書所釋「別義」之引用材料，有與《義證》之說解相同

朱駿聲在《說文通訓定聲》裏自訂「別義」一項，一般來說，是指《說文》中的「一曰」說解。[67]以下舉幾例論說：

（1）「傝」篆，朱氏有【別義】之說：

> 《方言・六》：信，襄也。自山而西，凡物細大不純者，謂之傝。《說文》：自關以西，物大小不同謂之傝。

案：本條《說文》不以「一曰」體系說之，然而此乃屬於「別義」範疇。[68]朱氏之「別義」考證，很多時在引用材料方面與桂書相同，其中有些論說則在桂說基礎上加以發揮。桂氏《義證》在「傝」篆之引述及分析是這樣：

---

[67] 「一曰」之說是指《說文》許慎說解一種術語，一般用以解釋許篆形、音、義異說或詞語異義。（參考《中國語言學大辭典》，頁200，「一曰」條）朱氏「別義」之說，詳參《「說文學」源流考略》，頁168。

[68] 朱氏本篆另有「轉注」之說，見《說文解字詁林》，第7冊，頁255。案：《方言》云：「陂、傝，襄也。陳楚荊揚曰陂。自山而西，凡物細大不絕者謂之傝。」見《方言箋疏》錢繹撰集，上海市：上海古籍出版社（據上海圖書館藏清光緒十六年紅蠊山房本影印），1984年，卷六、頁二。

> 自關以西物大小不同謂之儵者，字或作傂。《方言》：傂，衰也。自山而
> 西，凡物細大不純者，謂之傂。注云：言俄傂也。

案：朱氏所引《方言》資料基本與桂書相同。然而，對比之下，桂氏較爲具體，清晰可取。至於《段注》之說及引書則略有不同，朱氏未見採用。

（2）襜：衣蔽前。从衣，詹聲。（《說文・衣部》）朱書以【別義】說解，云：

> 《方言・四》：襜謂之袩。注：衣掖下也。按：下文，襱謂之袩。注：
> 即衣袧。又，裯謂之袩。注：未詳其義。疑即襜也。

案：《段注》「襜」篆下沒有引《方言》作說，桂馥《義證》則有。桂氏釋曰：

> 《方言》：襜謂之袩。注云：衣掖下也。又，襜褕，江淮、南楚謂之襢
> 裕。馥案：《玉篇》：襢裕，襜褕也。

桂、朱兩家都是從《方言》的資料入論。然而，朱氏的考證與分析與桂說之理路相近，桂氏提及的「襜褕」，朱氏亦有引用，並歸入其「轉注」下論說，詳見朱書本條，茲不贅說。

（3）掍：給也。从手，臣聲。一曰約也。（《說文・手部》）《段注》於「一曰約也」下云：「約者，纏束也。此掍之別一義也。」朱氏《說文通訓定聲》以【別義】說之，他說：

　　一曰約也,《爾雅・釋詁》:捪,清也。《儀禮・士喪禮》:乃沐櫛捪用巾。
　　注:晞也,清也。按:抑按之,使乾也。《禮記・喪大記》:捪用浴衣。
　　注:拭也。

表面看來,朱說似乎是受到《段注》的啟發,爲《段注》「捪之別
一義」而加以發揮,但書中並沒有提及段氏所謂的「纏束也」。然
而,若翻閱《義證》本條所論,朱氏之說就很可能導源於桂氏。《義
證》在本篆許語「一曰約也」有這樣的說解:

　　一曰約也者,未聞。案:捪當有拭義。《五經文字》:捪,拭也。《釋詁》:
　　捪,清也。《喪大記》:捪用浴衣。注云:捪,拭也。《士喪禮》:乃沐櫛
　　捪用巾。注云:捪,晞也,清也。

除《五經文字》一條,上文其他引文都見於朱書。就資料而言,朱
說與桂說很難說沒有相關。在論說條理和系統方面,朱氏之論也似
乎未及桂說清晰。至於《段注》本條亦有引用《士喪禮》《爾雅》
資料,但說解頗爲冗贅迂曲。

　　(4)闆:大開也。从門,可聲。大杯亦爲闆。(《說文・門部》)

段氏《說文注》於「大杯亦爲闆」云:「五字蓋後人所增」,並沒有
再作考證。朱書則以【別義】釋曰:

　　《說文》:大杯亦爲闆。按:《方言・五》:桮,其大者謂之闆。猶盂謂
　　之柯也。語言之異耳。

這節考證材料原來與桂馥的《義證》基本相同。《段注》亦有引《方言》之說,但未有進一步申說。桂氏於此則有詳細論述,《義證》釋曰:

> 大杯亦為閜者,《方言》:閜,桮也。其大者謂之閜。《急就篇》:橢杅槃案桮閜盌。顏注:閜,大桮也。

《義證》於此下還再細入討論閜篆之或體及其借義,桂氏曰:

> 字或作盂,《廣雅》:盂,杯也。又通作雅。《東觀漢記》:今日歲首,請上雅壽。注:雅,酒閜也。別作盉。劉景升兒設有三杯,命曰:伯雅、仲雅、季雅。

　　再看回朱氏於此條下之【假借】,他只指出疊韻連語的使用例,並引述與《段注》相同的司馬相如《上林賦》「坑衡閜砢」之注文「相扶持也」作結。

　　通過對比分析,可進一步推斷,朱氏在撰寫時曾參考《義證》之可能性甚高,對《段注》也應該有所涉獵及參用。他在辨解許篆之某類義項時,很可能擷取桂氏資料,再加以補訂、刪減。其他與此相近情況,有「襡」、「袠」、「鮒」、「僑」、「頒」等篆字之「別義」說解。

（六）朱書所說許篆於經典之借字,《義證》亦有詳考

（1）褱:俠也,從衣,眔聲。一曰橐。(《說文・衣部》)朱氏《說文通訓定聲》云:

在衣曰褱，在手曰握，在器曰匱。《廣雅·釋器》：襩謂之褱。《武榮碑》：
咸褱傷愴。經傳皆以懷爲之。

案：朱氏謂「在衣曰褱，在手曰握」，兩句出自《段注》，之後只說
經傳作「懷」，而沒有引證說明，《段注》對此也沒有討論。《義證》
則有詳細考證，而且正好是朱氏所謂「經傳皆以『懷』爲之」的注
腳，桂氏曰：

《成十七年·左傳》：瓊瑰盈吾懷乎。《宣十一年·傳》：所謂取諸其懷
而與之也。《襄三十一年·傳》：叔帶竊其拱璧，以與御人，納諸其懷而
從取之。

（2）徲：行平易也。从彳，夷聲。（《說文·彳部》）桂馥《義
　　　證》釋曰：

行平易也者，《廣雅》：徲徲，行也。《老子》：大道甚徲。范應元注：徲，
古本如此。《說文》云：徲，行平易也。經典借「夷」字。《釋詁》：夷，
易也。《詩》：岐有夷之行。《書·堯典》：厥民夷。傳云：夷，平也。《太
元》：孔道夷如蹊路。《漢書·地理志》：右扶風郁夷，莽曰郁平。

朱氏《說文通訓定聲》亦以「夷」說解本篆，他說：

經典皆以夷爲之。《廣雅·釋訓》：徲徲，行也。亦重言形況字。

案：朱氏雖然沒有說明這是借字或假借義，但是書中所謂「經典以
『夷』爲之」，即是桂氏所謂之借義。其所舉《廣雅》亦與桂氏《義
證》及段氏《說文注》所引相同，但書證與論說則較簡單。

　　除此以外，在考證《說文》字義方面，朱書有些說解是不及桂書之精要和周詳。例如：

　（3）歡：喜樂也，从欠，雚聲。（《說文·欠部》）朱氏《說文通訓定聲》云：

　　　　與懽別。《禮記·曲禮》：君子不盡人之歡。注謂飲食。【假借】爲勸。《孟子》：而民歡樂之。《左·昭九·傳》注正作勸。

案：朱氏說：「與『懽』有別」，並沒有提出文獻證明，只是列出《禮記》之注文。他所舉「勸」字例，其實是經典中的別字。《段注》本條只引《孟子》有借「驩」爲「歡」一例。相比之下，《義證》的考證就不同，桂氏所選材料，充分說明本篆的借義及其不同寫法。桂氏先以頂格引述《說文》有「歎」篆，此字從欠，與「歡」同，再於許語「喜樂也」下釋曰：

　　　　喜樂也者，李善注〈七命〉引同。《廣韻》：歡，喜也。《孟子》：而民歡樂之。通作驩。《書·無逸》：言乃雍。《史記》作讙。裴駰引鄭注：讙，喜悅也。《檀弓》：言乃讙。注云：讙，喜說也。《坊記》：言乃讙。注云：讙，當爲歡。聲之誤也，其既言天下皆歡，樂其政教也。

案：《禮記注疏》（《坊記》）於「天下皆歡」下有「喜」字[69]，桂氏所引則缺一「喜」字。

---

[69] 見《禮記注疏》，臺北市：臺北藝文印書館影印清嘉慶二十年（1815）南昌府學重刊宋本《十三經注疏》，附《校勘記》，1973 年，頁 867。

（4）片：判木也。从半木，凡片之屬皆從片。（《說文・片部》）

　　桂馥《義證》云：

> 判木也者，《廣韻》：片，半也，判也，析木也。《論語》：片言可以折獄者。鄭注云：片，半也。《五經文字》：片，象半木形。

　　桂馥先引《廣韻》說解「片」篆的字義，再引《論語》說明古代用法，並以漢、唐的經義注解加以論證。《說文通訓定聲》也是按此脈絡說解本篆的字義及其用法，朱氏云：

> 判木也，从半木，指事。《廣雅・釋詁・四》：片，半也。《釋言》：片，禪也。《論語》：片言可以折獄者。鄭注：半也。孔注：猶偏也。《漢書・李陵傳》：一半冰。以半爲之。

朱氏所引述之字義基本上與桂說相同，《段注》只以《周禮》鄭注及《漢書》爲說，採用書證種類似乎未如桂、朱兩家之多。朱氏書中疏解所引用資料雖然比《義證》稍爲豐富，但是內容則不如桂氏之準確及扼要。《廣雅》《漢書》等書雖比桂書所引之《廣韻》早出，然而論說稍見轉折，未能明白說明「片」篆之字義。相比之下，還是桂說可取，其所引《廣韻》之三個字義解釋，已涵蓋「片」篆之各種訓解。桂氏辨解細入，精審材料，排列具有理據，於此亦可知一二。

（5）逾：遠進也，从辵，俞聲。《周書》曰：無敢昏逾。（《說文・辵部》）

本條朱氏考證較少，《說文通訓定聲》只說一個借義，朱氏曰：「【假借】爲踰，《書・禹貢》：逾于洛。」《段注》這條說解，也沒有討論「逾」字的借義。桂馥《義證》則分析得非常細入，而且書證豐富，桂氏釋曰：

> 經典作踰字。《易・謙卦》：卑而不可踰。《王制》：朋友不相踰。《曲禮》：禮不踰節。《孟子》：禮，朝廷不歷位而相與言，不踰階而相揖也。又借愈字。《論語》：孰愈？《孟子》：丹之治水也，愈於禹。趙注：自謂過禹也。又借俞字。《荀子》：俞少俞辱。又借瘉字。《藝文志》：不猶瘉於其野乎？

桂氏先從經典論證，再以各項相關文獻論證本篆有「踰」、「愈」、「俞」、「瘉」四種不同的借字。按此條而論，《說文通訓定聲》與之相比就較遜色，朱氏只說了一個借字義項。

除此之外，《義證》在字義、詞義考證上，還有不少是說得比《通訓定聲》細緻及可取，如「庤」、「廄」、「礜」、「麒」、「夾」、「獙」、「䖸」、「烛」、「黥」、「忼」、「耇」、「雒」、「麤」、「粵」、「盃」、「遺」、「齝」、「踶」、「膡」、「殿」、「蟄」、「牖」、「稀」、「舀」、「寫」、「嶚」、「鬋」、「瘈」、「諾」、「剒」、「磭」等篆字之論證，值得詳細研讀探究。當然，本節各項所論只是桂、朱兩書中一些例子，不能據此確定朱、桂之說具有必然的承傳關係，只能揭示出其所用材料及討論內容具有相近及相關的可能性。除非二人都曾參用一部相同的文獻典籍。當然，《通訓定聲》全書也有不少篆字之辨析及論述勝於《義證》。事實上，朱氏在書中之創新觀點與詞彙分類，及其與桂說互不相關的地方也頗多，在探究桂、朱兩家之論說時，最好將兩者比並閱讀，細心分析研究。

第八章

總結

　　《說文解字義證》是桂氏畢生用力之作，其撰作宗旨有二：其一論證許慎《說文》全書之訓解，重點在於字形之筆法、構件組合及說解訓釋；其二翻檢群書為許篆尋找本義，以書證闡釋許慎之說解及文字之借義。

　　綜合上述各章所論，桂氏《義證》一書最大貢獻，就是以古書文「義」論「證」字義。他以文字之形、音、義三項特質為研究根本，藉着文字形音義之各項說解理據，進行細緻而深入的分析研究。字形方面，包括闡述釋形條例、訂正許語之訓解、辨析古文、籀文、篆體、隸體之筆法及各類文字之構形特質。此外，有論及《說文》之重文、或體、省體等結構發展，還有討論古今字之關係及文字之訛變問題。字義方面，將文字本義、借義、引申義、通假義作細緻而清晰的辨解分析，其論說範疇有涉及字、詞之別義與多重義項，對詞義之範圍，包括詞義之發展與分工，也有深入的分析探討，並且應用傳統聲訓說解字義的辨析手段，論說文字之音、義關係。字音方面，桂氏非常注重各類傳統音理之分析，反切、讀若、亦聲、省聲、雙聲疊韻、韻部、古音等分析條例，經常出入於其論說之中。對於文字之聲符、文字之音隨形變現象，乃至傳統之注音方式，如同音、直音、聲調、反音等，也相當重視，並展示不少個人研究成果。

　　桂氏說解文字，遵從許慎《說文解字》的編撰體系，參照古人注經之格局，疏解系統通達，理路層次清晰。先說許篆、次釋許語，案語隨後之表述法則，自卷首至卷尾，一氣呵成，貫通全書，秩序

井然，不相雜廁。桂書徵引文獻自有法度，採用比勘辨證之手法，引用與討論並行不悖，而且每每前後呼應，互爲表裏，能清楚而通達地將《說文》中的文字，包括古文、重文、遺文，及許語之訓解、引述內容，作條分縷析的辨析及疏解論證。於文字之說解分析，其立論皆有所本，務求言必有據，證據確鑿，絕少空洞妄測之辭。若有學者之論說可作說明，則引錄其說而不再提出己見。於不能定奪或無可補訂者，則注明一己之立場，或依《說文》之「闕如」風格，只錄書中文字（包括篆文、古文等）及許君說解原句，其下文則一律留白，以備後人研究補充。除博引古今專家言論佐說，桂氏說解字義亦甚重視現實生活之考察與口語、俗諺等語言材料，以及個人之眞實見聞。對於出土文物、金石契刻、各類書體、圖畫字帖、詩賦詞曲、方音諺語，各方各面材料，亦會逐一審視研究。其考證方式與材料之引用亦非一成不變，不會只拘限於文獻典籍之翻查研究，只要有理據而又可論說通達者都會斟酌採用。總而言之，《說文解字義證》一書包藏着作者桂馥畢生之《說文》研究心得，書中字裏行間盡是其學問精髓。

　　桂氏之《說文》研究成就，一如本書第六章所析，可以歸納爲以下八項：

　　一　疏解許語、翔實有據，全書此類例子甚多，較具代表的可
　　　　參考「䣙」、「朕」、「敊」、「薄」、「述」、「反」、「衰」、「絟」、
　　　　「緩」等篆字的說解內容。

　　二　辨析構形、融會貫通，相關例子有「丨」、「屮」、「屯」、「小」、
　　　　「止」、「正」、「曰」、「飛」、「丂」諸篆。

　　三　闡釋字體、一絲不苟，此類對篆字、古籀、隸體、楷書均
　　　　有字例分析，如「畀」、「勘」、「吒」、「鳳」、「廩」、「非」、
　　　　「繭」、「子」皆有具體討論。

四　引證深入、層次井然，書中此類例子多不勝數，典型例子有「躓」、「爨」、「耒」、「夯」、「籥」、「工」、「豈」、「闈」等。

五　校勘審慎、補訂認眞，此類有關例子相當豐富，「器」、「剡」、「憖」、「莫」、「犥」、「嗽」、「哉」、「灉」、「畱」等皆有論證及補訂。

六　蒐羅他說、方便後學，書中相關字例不勝枚舉，可參考「燮」、「棪」、「屑」、「敕」、「斾」、「有」、「豐」、「桎」、「績」等篆字下之引述。

七　互證仔細、通達清楚，具體例子如「楮」、「僵」、「偃」、「奰」、「㮰」、「欑」、「郵」、「丗」、「㕭」等。

八　說明體例、淺近簡要，書中類此例子不少，如「祘」、「褥」、「蒜」、「蘥」、「丄」、「丁」、「旁」、「祐」、「葬」、「茇」等，分別對許語及篆字之說解或有關條例，有淺近而扼要之說明。

桂書缺失之處，按本書第六章所論，總其要者有五：

其一　立論保守、拘牽許說，此亦爲一般學者常咎病之處，有關例子如「中」、「牢」、「長」、「韋」、「爲」等。

其二　引述過多、批評較少，此正好與桂氏少發議論、拘謹表達己見，而過於審愼之研學態度有關，這方面字例有「一」、「閨」、「芝」、「藪」、「歲」、「梁」、「漾」等。

其三　體系單一、用語籠統，此類書中例子頗多，如「聲相近」、「聲近」、「同聲相近」、「聲並近」等含混術說，經常穿

插於其論說之中，相關字例有「禮」、「祪」、「士」、「短」、「穋」、「月」、「仇」等。

其四　取材繁雜、欠缺剪裁，此項缺失或許與其流通之手抄本及後來之成書背景相關，與此相關例子確實不少，「螅」、「螟」、「茇」、「腎」、「窞」、「繀」、「澥」、「潛」、「幘」、「餠」、「漳」等皆是典型例子。

其五　辨解亦聲、理論不穩，此類關乎桂氏個人對「亦聲」理論的觀點，當中可商榷者頗多，例子有「吏」、「禮」、「琥」、「珥」、「琀」、「睍」、「懪」、「挻」、「授」等。

　　至於桂書與段、王、朱三家之《說文》研究比較，綜合而言，四家的《說文》研究都是各具特色，此於本書第七章已有具體討論。無可否認，在不同學術研討範疇而論，《說文》四大家各有與眾不同的研究風格與成就。然而，倘若孤立於某一家之長去評論他家之不是，結論就會不公允，也不夠客觀。反過來，較適切的是在四家各自的研究特點去評說其長處與短處。通過以桂馥《說文解字義證》為中心的比較研究，可以清晰地瞭解桂、段、王、朱四家的《說文》研究特質與優劣，及其在學術上的貢獻。概括而論，段玉裁的《說文解字注》以發凡起例、破舊立新為長，而失之於主觀武斷、引證體系不夠嚴謹。王筠的《說文》研究（以《說文釋例》與《說文句讀》而論）以開創說解義例及綜合段、桂等說為長，但過於重視形、義考據，既失之於細碎及不合理之分類（例如王氏所謂「兼書」之說）[1]，又稍欠聲義結合之系統研究。朱駿聲的《說文通訓定聲》，

---

[1] 王筠「兼書」之說，發軔於《說文釋例》（見卷一，卷二、三亦有論及），此說其實本於《段

長於對字義、詞義的重組與整理分析，開創將《說文》九千多個篆字作音韻爲線索的字義、詞義檢索系統，但失於條目繁瑣、術語含混（例如所謂「轉注」即是詞義引申）及韻部之歸類過於寬鬆，而考據材料也略欠完整交待。[2]桂馥的《說文解字義證》，長於鉤沉字義、詞義用例，以經、史、子等典籍文獻爲主體，重點在於文字使用方面的研究，但引用資料繁多而較少個人闡發，分析欠缺清晰的理論基礎，亦乏有系統的形音義綜合分析研究。然而，桂書的整體精神是放在用字方面，書中對每字之考證力求翔實有據，而且忠於書證原貌，可以說是一門文獻文字學。可是，它失於資料紛繁廣泛，欠缺適切剪裁，也多局限於單一字義考據表述，而較少全面討論字形、字音、字義的交互關連，以及形音義三者之間的衍變與發展分析。在學術討論方面，又較因循保守，過於矜慎細入，而引錄資料往往累贅冗長，未能顧及使用者之閱讀水平和研究趣味。辨析表述雖然具有啟導性，但欠缺批判精神，質疑駁論較少，與段、王、朱三家相比，桂氏之個人創獲就不夠突出和豐厚。

　　誠然，《說文》四大家各自有其過人之學術成就，撇開其他學術領域，諸如文學、文化、藝術等範疇不提，單就《說文》研究而論，段玉裁對文字形、音、義的貫串疏解與開創條例的科學體系分析，特別是在六書音韻研究方面，貢獻最宏大。假若我們真的要將四大家品評分先後的話，段氏列於榜首，絕對是實至名歸，亦是古今學術界一向所公認的地位。王筠對前人研究成果的綜合整理及其在《說文》學上的承先啟後，他的成就可以說是獨樹一幟，尤其是

注）。王氏晚年之作《說文句讀》亦間有論及「兼書」，至於其普及《說文》之著作《文字蒙求》則較多「某兼某」之分述，如「兼聲意之象形」、「借象形爲指事而兼意」、「會意兼指事」等（詳見王氏《文字蒙求》卷一至三）。

2　關於段、王、朱三家之評述，基本上綜合梁啓超、王力、何九盈、黃德寬等諸位大師之有關意見，以及本書第七章之比較研究。近期，已有不少專家論文發表過對三家之《說文》研究評論，於此不再贅引。

在文字學的推廣、普及方面，更是貢獻良多，是三家所不能逮及。若討論到詞義的歸納與分類，以及對文字系統性的編排與整理，朱駿聲是四家中的開創先鋒，他對《說文》原書的嶄新整理與重組，對文字形音義的分類考證與注釋疏解，能為讀者開闢研究新領域，以其在文字聲符之系統調整及別出心裁的排檢體系來說，朱氏的研究成果確是異軍突出，功勞不少。[3]

　　桂馥的《說文解字義證》是一部實事求是的論證文字著作。不要因為其書編排沒有創意而忽視其學術貢獻，也不要因為其論述沒有驚人創見而忽略其研究價值，更不要因為其書正式刊行較晚、刊本數量較少而輕視它對學術界的影響力。誠然，桂氏以一人之力去完成《說文》九千多個篆字的書證及疏解，包括各類資料之分析、版本勘證及文獻篩選，的確是難能可貴。他的研究成果其實也是相當燦爛而重要，絕不會比不上段、王、朱三家之《說文》研究貢獻。首先，在書證的審慎處理及客觀的論述精神方面來說，桂馥是清代小學研究者的典範。[4]《義證》全書沒有刪改《說文》的內容，縱然對某篆之筆形結構，或對許語訓解言辭有所訂正，作者只在註文中加以清楚說明，將要斟酌的損益的內容及意見一一附錄於下文，對原著及前人之論述是相當尊重，而對共時同輩之學術意見也會兼容並蓄，吸納於其疏解文義之中。桂馥可以說是自清初大學問家顧炎武以來，一位功力極之深厚的傳統樸學繼承者。以他忠誠的學術研究態度，其對《說文》字義之詳盡考據，以及對字形、書體之分析成果來看，桂氏可以說是乾嘉當世一位具典範性的文獻學專家。

---

[3] 同上。

[4] 以「車」篆之說解為例，段、王、朱三家皆以「橫視」之說分析許語之「象形」，迂曲說解「車」字之上下兩橫筆為車輪。桂氏則比較審慎，他在本條下沒有疏解「象形」之構意，而只以書證論說字義。詳見《說文解字詁林》第 11 冊，頁 296-197。

　　從文獻考據資料的處理及字用學的分析層面來看，桂氏所作出的貢獻亦相當寶貴。他在書證及校勘方面的功力，其精細、審慎、準確、踏實之優點，幾乎是無與倫比，獨步當世。再者，桂書對後學的啟導與學術的傳承，也是意義深遠。拙作第二章曾記述，桂氏曾與當世大學問家周永年合力振興文教，二人將私人藏書不吝借出，直接推動閱讀文化及學術研究之發展，其熱心扶掖後學之精神確實令人欽佩。於此，可旁證桂氏之學問何以如此廣博精深，也可由此瞭解其論著精神、學問功底、知識建構體系，乃至與樸學風格之傳承背景等等複疊綿細之關係。無可否認，王筠與朱駿聲的《說文》研究成就，尤其是王氏的研究，有不少地方都是從桂書中得到啟迪，當中所受到的影響亦深遠而廣闊，有關具體分析討論詳見本書第七章。總的來說，《義證》給予後學的影響，委實深邃綿長，桂書在學術上不但具有高度的實用性，而且蘊涵重要的示範性及研究價值。

　　除此以外，從對研究資料的忠實處理及在書中條分縷析的排列體系來論，桂氏的《說文》研究又確是勞苦而功高。作者驚人之記誦能力及其於書籍瀚海中翻檢查閱之無比毅力，正好說明為何《義證》書中能夠引錄廣博且書證豐富之原由，其超凡的閱讀量與記憶力委實令人驚嘆而佩服。無可否認，《義證》為後來的《說文》研究者帶來種種方便，為讀者提供了豐富多樣、翔實細緻而原始真實的資料檢索與分析。桂馥《義證》與他同一時代段氏《說文注》的學術成就，可以比擬為兩顆輝映於乾嘉時世的參商耀星。事實上，桂、段兩書的確在當世得到了學術界的肯定及高度的讚揚。但是，正如前文所述，由於受到書中體例、刊行情況、表述風格、學問傳承系統，乃至政治、文化思潮等種種因素之局限，桂氏的《義證》始終不及《段注》之受人注目，甚至因為其鋒芒不彰顯而得不到應有的重視。不過，在學術質量而言，《義證》的堅實研究成績，對後世乃至當代《說文》學的研究與發展，也確實存有深遠而重要的

意義。讀者倘若要研究清人的《說文》學，無論是段玉裁的《說文解字注》、王筠的《說文釋例》與《說文句讀》、朱駿聲的《說文通訓定聲》，以及其他時代的專家《說文》學問，不論是古代的或現代的小學研究，都宜同時細心研讀桂馥的《說文解字義證》，最好能將此書用作比勘式及參照式探究閱讀。《義證》對文字學、訓詁學、詞彙學、字用學、方言學、字樣學、文獻學，乃至於書法藝術、碑帖金石、文物稱謂、生活習俗等各方各面的探研，皆具有重大的參用價值，絕對是一部值得學術界重視的傳統語言學著作。

附錄一
檢字表（一）

一畫	日 47	囚 85	牟 235	狄 198	沿 149
丨 178	廿 47	末 87	妭 242	启 211	音 160
二畫	毌 50	弗 100	**七畫**	佇 235	戕 165
刀 46	木 85	正 115	釆 46	庱 248	畁 179
凵 84	丮 88	央 116	返 51	**八畫**	朋 233
儿 114	左 93	禾 118,242	共 63	坺 48	香 241
八 131	天 112	㸚 128	足 66	枚 51	舫 252
丄 191	不 113	申 230	李 70	拇 59	**九畫**
丁 191	勿 135	勾 241	孚 71,173	玪 62	炯 50
三畫	及 141	**六畫**	郊 72	舀 63	敁 52
屮 46,178	屯 179	吂 64	尙 101	昔 84	穿 53
才 47	中 193	臼 85	困 112	粉 87	頁 56
仝 59	月 197	戍 104	吮 119	柔 89	是 66
丈 96	仇 197	衣 115	男 123	狛 92	首 67
口 114	尺 240	任 144	巩 125	昕 107	奎 66
互 158	片 261	吏 160,203	邙 127	姜 108	厚 69
士 197	**五畫**	糸 221	彤 131	受 118	畁 70
山 247	冊 47	充 222	芊 132	典 119	喜 74
四畫	少 47	曲 224	朵 133	戻 127	枵 75
公 46	兂 50	件 235	孝 160	豕 133	涛 75

檢字表（二）

檢字表（三）

檢字表 (四)

檢字表（五）

廿四畫及 以上				
彎 141				
鼉 217				
簪 102				
轆 124				
蘸 227				
鱷 136				
爨 182				
鸕 94				
鑾 136				
難檢字				
串 73				
冓 90				
闞 122				
卤 158				

附錄二
桂馥生平及《說文解字義證》刊行簡表

年份	重要事項	備註
雍正十三年（1735）		段玉裁生於此年。
乾隆元年（1736）	桂馥生於此年。	
乾隆卅三年（1769）	桂氏以優行貢成均。	
乾隆四九年（1784）		王筠生於此年。
乾隆五三年（1788）		朱駿聲生於此年。
乾隆五四年（1789）	桂氏中鄉舉。	
乾隆五五年（1790）	桂氏中進士。	
嘉慶元年（1795）	桂氏授任雲南永平知縣，後移任順寧知縣。	段氏完成《說文解字讀》。
嘉慶四年（1799）		阮元《經籍纂詁》刊行。[1]
嘉慶十年（1805）	桂馥自言於七十後寫定其研究《說文》之作，卒於此年。	桂氏《說文解字義證》稿成。
嘉慶十二年（1807）		段氏《說文解字注》修訂完成。
嘉慶二十年（1815）		《說文注》刊行，段氏卒於此年。
道光六年（1826）	李璋煜得桂書稿本，請	

---

[1] 此書於嘉慶三年（1789）纂成，翌年刊行。

	許瀚等專家校訂。	
道光十三年（1833）		朱駿聲《說文通訓定聲》面世，此爲臨嘯閣原刊本。
道光十七年（1837）		王筠《說文釋例》刊本面世。
道光廿二年（1842）	桂馥孫桂顯忱提供原稿以便校正。	
道光廿五年（1845）	張穆、王筠慫恿楊尙文刊刻。	
道光廿七年（1847）	楊氏出資於清浦刊刻。	
道光三十年（1850）	於贛榆青口鎮重刻，由許瀚負責。	
咸豐元年（1851）	由許瀚詳加校訂《義證》，刊入《連筠簃叢書》。	《說文通訓定聲》進呈朝廷。
咸豐二年（1852）	連筠簃楊氏刊本面世。	
咸豐三年（1853）		王筠完成《說文句讀》撰作。
咸豐四年（1854）		王筠卒於此年。
咸豐八年（1858）		朱駿聲卒於此年。
咸豐十一年（1861）	捻軍經山東日照，許瀚家藏之《義證》版片毀於戰火。此書一時絕版。	
同治三年（1864）	張之洞重新刊刻《義證》，此爲湖北崇文書	

	局刻本。	
同治九年（1870）	湖北崇文書局翻刻，由丁少山負責。崇文刊本正式面世。	

參考文獻

《〈說文釋例〉有關籀文或體、俗體諸篇之研究》單周堯著，香港：
　　香港語文學會，1982 年。

《「說文」學名詞簡釋》李國英、章瓊著，鄭州市：河南人民出版
　　社，1994 年。

《「說文解字」與文獻學》宋永培著，鄭州市：河南人民出版社，
　　1994 年。

《「說文解字」與漢字學》王寧著，鄭州市：河南人民出版社，1994 年。

《「說文學」源流考略》張其昀著，貴陽市：貴州人民大學出版社，
　　1998 年。

《十三經注疏》，附《校勘記》，臺北市：藝文印書館，1973 年。

《十駕齋養新錄》錢大昕著，臺北市：廣文書局，1968 年。

《中國小學史》胡奇光著，上海市：上海人民出版社，1987 年。

《中國文字學》唐蘭著，香港：太平書局，1949 年。

《中國文字學》潘重規著，臺北市：東大圖書有限公司，1977 年。

《中國文字學史》胡樸安著，臺北市：臺灣商務印書館，1988 年。

《中國古代語言學史》何九盈著，廣州市：廣東教育出版社，1995 年。

《中國古代語言學史稿》李智明著，貴陽市：貴州教育出版社，1993 年。

《中國古代語言學家評傳》吉常宏、王佩增編，濟南市：山東教育
　　出版社，1992 年。

《中國古代語言學簡史》李恕豪著，成都市：巴蜀書社，2003 年。

《中國近三百年學術史》梁啟超著，臺北市：華正書局，1974 年。

《中國近三百年學術思想論集五編》周康燮主編，香港：崇文書局，
　　1974 年，甲集。

《中國傳統語言學要籍述論》姜聿華著，北京市：書目文獻出版社，
　　1992 年。

《中國漢字學史》孫鈞錫著，北京市：學苑出版社，1991 年。

《中國語言學史》王力著，香港：中國圖書刊行社，1984 年。

《中國語言學史》趙振鐸著，石家莊市：河北教育育出版社，2000 年。

《中國語言學家辭典》陳高春撰，鄭州市：河南人民出版社，1986 年。

《中國語言學論文索引》中國科學院語言研究所編，香港：三聯書
　　店，1978 年。

《中國學術名著提要‧語言文字卷》胡裕樹主編，上海市：復旦大
　　學出版社，1992 年。

《中國歷代語言學家評傳》濮之珍主編，上海市：復旦大學出版社，
　　1992 年。

《文字學概說》林尹編著，臺北市：正中書局，1971 年。

《文字學論集》陳新雄、于大成主編，臺北市：西南書局，1979 年。

《文字聲韻訓詁筆記》黃侃述、黃焯編，上海市：上海古籍出版社，
　　1983 年。

《北京大學百年國學文粹‧語言文獻》北京市：北京中國傳統文化
　　研究中心，1998 年。

《古今字》洪成玉著，北京市：語文出版社，1995 年。

《札樸》桂馥撰，北京市：商務印書館，1958 年。

《甲骨文字典》徐中舒主編，成都市：四川辭書出版社，1988 年。

《甲骨文字集釋》李孝定編述，臺北市：中央研究院歷史語言研究
　　所，1974 年。

《甲骨文字學綱要》趙誠著，北京市：商務印書館，1993 年。

《金文詁林》周法高主編，香港：中文大學出版社，1975 年。

《怎樣學習說文解字》章季濤著，鄭州市：河南人民出版社，1988 年。

《段玉裁評傳》董蓮池著，南京市：南京大學出版社，2006 年。

《段注訓詁研究》馬景侖著，南京市：江蘇教育出版社，1997 年。

《郋園讀書志》葉德輝著，臺北市：明文書局，1985 年。

《桂馥的六書學》沈寶春著，臺北市：里仁書局，2004 年。

《訓詁與訓詁學》陸宗達、王寧著，太原市：山西教育出版社，
　　1994 年。

《訓詁學原理》王寧著，北京市：中國國際廣播出版社，1996 年。

《訓詁學教程》黃建中著，武漢市：荊楚書社，1988 年。

《訓詁簡論》陸宗達著，北京市：北京出版社，1980 年。

《假借遡原》魯實先著，臺北市：文史出版社，1978 年。

《晚學集》桂馥撰，式訓堂叢書。

《梁啓超國學講錄二種》梁啓超著，北京市：中國社會科學出版社，
　　1997 年。

《梁啓超與清季之西學》韓炎聯著，香港：香港大學中文系碩士論
　　文，1972 年。

《清代學術概論》梁啓超著，臺北市：水牛出版社，1981 年。

《清代樸學大師列傳》支偉成著，長沙市：岳麓書社，1998 年。

《許慎與〈說文解字〉研究》董希謙、張啓煥主編，開封市：河南
　　大學出版社，1988 年。

《陸宗達語言學論文集》陸宗達著，北京市：北京師範大學出版社，
　　1996 年。

《章太炎〈說文解字〉授課筆記》，章太炎講授，王寧主持整理，
　　北京市：中華書局，2008 年。

《黃侃手批〈說文解字〉》黃侃手批，上海市：上海古籍出版社，
　　1987 年。

《漢字》王寧、鄒曉麗著，香港：海峰出版社，1999 年。

《漢字文化國際學術研討會・臺灣地區論文集》丹東市：北師大漢
　　字研究所、遼寧人民，1998 年。

《漢字漢語基礎》王寧主編、龐月光副主編,北京市:科學出版社,
　　1997 年。

《漢字學》蔣善國著,上海市:上海教育出版社,1987 年。

《漢字學通論》黃建中、胡培俊著,武昌:華中師範大學出版社,
　　1990 年。

《漢語文字學史》黃德寬、陳秉新著,合肥市:安徽教育出版社,
　　1990 年。

《漢語傳統語言學綱要》韓崢嶸、姜聿華著,長春市:吉林大學出
　　版社,1991 年。

《漢學師承記》江潘著,臺北市:臺灣商務印書館,1970 年。

《說文解字引通人說考》馬宗霍撰,臺北市:臺灣學生書局,1973 年。

《說文解字句讀述釋》馬顯慈著,香港:新亞研究所‧煜華文化機
　　構,2011 年。

《說文解字注研究》李傳書著,長沙市:湖南人民出版社,1997 年。

《說文解字研究》(第一輯)曹先擢、董希謙、王寧等編著,開封
　　市:河南大學出版社,1991 年。

《說文解字通論》陸宗達著,北京市:北京出版社,1987 年。

《說文解字詁林》丁福保編,臺北市:鼎文書局,1983 年。

《說文解字義證》桂馥撰,濟南市:齊魯書社,1987 年。

《說文解字導讀》張舜徽著,成都市:巴蜀書社,1990 年。

《說文解字導讀》蘇寶榮著,西安市:陝西人民出版社,1995 年。

《說文箋講》黃侃著述、黃建中整理,武昌市:華中師範大學出版
　　社,1993 年。

《說文箋識四種》黃侃箋識、黃焯編次,上海市:上海古籍出版社,
　　1983 年。

《說文學》宋均芬著,北京市:首都師範大學出版社,1997 年。

《說文學導論》余國慶著,合肥市:安徽教育出版社,1995 年。

《廣韻校本》周祖謨著，北京市：中華書局，1988 年。

《潛研堂集》錢大昕著，呂友仁標校，上海市：上海古籍出版社，
　　1989 年。

《戴震文集》戴震著，趙玉新點校，北京市：中華書局，1974 年。

《繆篆分韻》桂馥撰，上海市：上海書店，1986 年。

《斷句套印本說文解字注》段玉裁著，王進祥總編輯，臺北市：漢
　　京文化事業有限公司，1983 年。

《讀〈說文〉記》李孝定撰，臺北市：中央研究院歷史語言研究所，
　　1992 年。

後記

　　本書於二〇〇〇年冬季完成初稿，原題《〈說文解字義證〉研究》。非常感激北京師範大學中文系漢字研究所所長王寧教授之悉心指導與提攜。恩師之體恤、關顧、勉勵與支持，予以撰作本書之最大動力。今天又特地爲拙作撰寫序言，更是感激不盡。隆恩厚德，銘記五中，沒齒不忘。

　　二〇〇一年，書稿通過評審。謹此再向趙誠先生、趙克勤先生、鄒曉麗教授、余國慶教授、錢超塵教授、石定果教授、李國英教授、李運富教授，致以萬二分謝忱。諸位古文字學界頂尖級專家學者所給予之嚴正指導及寶貴意見，讓後學收益良多，受用匪淺。此外，更要感謝北師大李正榮教授、齊元濤教授多年來之熱誠支持與幫忙。

　　光陰如水，轉眼已過十多年。期間，個人教學工作與行政事務不斷增加，精神壓力日益沉重。爲完成出版此書心願，只得在紛亂、壓迫之生活間隙中，抽空將稿本從新審訂，增補、刪減若干內容，又調整了一些不成熟觀點。誠然，研究古人著作，最困難是檢校原文。很遺憾，由於所處環境資源匱乏，古籍藏本嚴重不足，加上桂先生本來就是一位大學問家，他一生讀書無數，博聞強記，見廣識多，其鉅著《義證》所引錄材料又是如斯博大浩瀚，要蒐尋、核對書中每條原始資料，眞是談何容易。曾有同道建議利用今天資訊爆滿之互聯網絡，因爲幾乎任何資料皆可從網中蒐錄讀取。可是，畢竟所見非原書原文，始終難以盡信。事實上，網中資料疏漏訛誤亦時而有之，電子科技更可容許下載後重編變改，委實眞僞難辨。況且網中字體又繁簡夾雜，亂碼層出不窮，魯魚亥豕，比比皆是。加之抄襲剽竊，截取竄改，虛造失實者，亦多不勝數。面對如此泛濫、

虛空之電子網絡世界，自問不敢信賴，於是只好利用有限之資源與空間，奔走於各大學圖書館，竭盡所能，務求將有關資料逐一覆核校對。於可查考則查考，不可則博問通人，無可問者只好以管見判斷。於此，必要交待一下，本書修訂稿在每一條引用材料下皆有附註，合共八六七條。其後基於刊印之篇幅及排版問題，只得將大部分注文、參用書目及若干古文字刪去。倘若因此而令讀者閱覽不便，謹此致歉。

由於個人學識所限，書中定有訛誤、不通之處。假如在文字、引文材料，或是文獻來歷，辭章句讀標點，乃至訓詁理論、論析辨解，行文用字等等，有偏見誤解，或紕繆差錯，懇祈各方賢達先進包容，不吝指正。

拙作能夠付梓刊行，全賴李學銘教授及方滿錦博士的鼎力薦舉，謹此向兩位大學者致謝。順此答謝嶺南大學呂子傑先生所給予的電腦技術支援，拙作初稿中所造的古字及僻字，的確耗用了他不少心血和時間。

陳汝柏教授賜贈之精妙七律及墨寶，為本書平淡內容添上了無限光彩，耑此再三拜謝，萬分感謝恩師長期以來所給予之種種鼓勵、關懷與啓導。茲謹呈拙詩一首答和：

業尚精勤望展舒，奮將心事效鴻儒。
乾嘉高詣輝千載，桂段專晐通九衢。
多識前言容有得，謹隨正學賴加扶。
明鐙夜讀南窗下，衔德師恩感不孤。

最後，要答謝原籍波蘭之社會語言學大師柯偉其教授 Prof. Marek KOSCIELECKI。這位忘年好友多年來所給予之學術啓導和

人生指引，委實難得而寶貴。沒有柯教授的熱情鼓勵和精神上的支持，本書是難以如期完成，特此致以萬分謝忱。

馬顯慈
二〇一二年十月

國家圖書館出版品預行編目(CIP)資料

說文解字義證析論 / 馬顯慈著. -- 初版. --
　臺北市 : 萬卷樓, 2012.12
　面 ; 公分. --（語言文字叢書）
ISBN 978-957-739-785-0(平裝)

1.說文解字 2.研究考訂

802.21　　　　　　101027527

說文解字義證析論

2013 年 1 月 初版 平裝

ISBN 978-957-739-785-0　　　　　　定價：新台幣 **380** 元

作　　　者	馬顯慈	出　版　者	萬卷樓圖書股份有限公司
發　行　人	陳滿銘	編輯部地址	106 臺北市羅斯福路二段 41 號 9 樓之 4
總　編　輯	陳滿銘	電話	02-23216565
副總編輯	張晏瑞	傳真	02-23218698
編　　　輯	吳家嘉	電郵	editor@wanjuan.com.tw
編　　　輯	游依玲	發行所地址	106 臺北市羅斯福路二段 41 號 6 樓之 3
封面設計	百通科技	電話	02-23216565
	股份有限	傳真	02-23944113
	公司	印　刷　者	百通科技股份有限公司

如有缺頁、破損、倒裝　　網 路 書 店　www.wanjuan.com.tw
請寄回更換　　　　　　　劃 撥 帳 號　15624015